戦神《いくさがみ》の裔《すえ》

矢野隆

中央公論新社

目次

装幀　片岡忠彦
装画　鈴木康士

戦《いくさ》神《がみ》の裔《すえ》

これは鬼と神の最後の戦いの物語。

壱　鬼と侍

一

いつも、風呂から始まる。

額《ひたい》から流れる汗が頬《ほお》を伝い、胸から腹へと落ちてゆく。黒い。血と埃《ほこり》と汗と泥が綯交《ないま》ぜになった物が、獣の臭いとともに股《また》の下へと消える。

焼けた石から上がる湯気が湯殿《ゆどの》を覆う。閉めきられた部屋に明かりはない。

ただ一人、長い旅の汚れを洗い流す。

心地良さは微塵《みじん》も感じない。心中にあるのは、得体のしれぬ憎しみだけ。なにがそんなに憎いのか。己でもわからない。

こんなはずじゃなかった。こんなはずじゃなかった。こんなはずじゃなかった……。

憎しみの深奥《しんおう》から湧き上がってくる言葉は、いつも同じ。黒く濁《にご》った汗をにらみながら、念仏のように唱え続ける。

もうすぐ……。

一番嫌な時が訪れる。

わかっていながら避けられない。すぐにでもこの場から立ち去りたいのに、体が己であって己ではない。熱された靄《もや》の息苦しさや得体の知れぬ憎しみは、はっきりと感じられるのに、肝心の体が思うように動かない。

動け。と、幾度も念じてみるが、一度として手足が従ってくれたことはない。だから、いまから起こる凶事から逃れられないこともわかっている。

「なぜじゃ」

己の想いとは違う言葉が、口から零《こぼ》れ出《だ》して靄に溶けた。

「儂《わし》はなぜ敗《ま》けた」

言ってしまったが最後、もう戻れない。

背にした壁から、乾いた音が聞こえた。刹那《せつな》、背の骨の脇から左の脇腹にかけて凄《すさ》まじい熱さを感じる。思うままにならぬ目が、己の腹を見た。血に濡《ぬ》れた太刀《たち》が臍《へそ》の横から飛び出して、ぐりぐりと動いている。

「おのれ……」

前のめりになりながら太刀を引き抜く。碗に満たした水をこぼしでもしたかのような水音が、床で鳴るのを聞きながら、ふらつく足に力を込めて立ち上がる。この体は己の物であって己の物ではない。立つなと命じても、かならずここで立ってしまう。

流れを止められぬことはわかっている。

板戸が弾け飛んだ。射し込んで来た白い光のなか、数人の男が部屋に雪崩《なだ》れ込んでくる。

「忠致《ただむね》かっ」

叫ぶ。そんな名は知らない。なのにかならず、この名を呼ぶ。

「なにをいまさらっ」

男たちの誰かが叫ぶ。いつも同じ声だ。

皆の手に刀が握られている。錆《さ》びるだろうにと、いつも思う。

しかし我が身は、そんな想いに囚われはしない。刀を構えた男たちにむかって駆けて行く。腹の熱さは止《や》まぬどころか、激しくなっている。熱い物がそこから溢れ出して、左足をびっしょりと濡らしていた。

「逃がすなっ」

三本ほどの刀が、己が身めがけて降って来る。構わず駆けた。刃《やいば》が体に当たるよりも先に、男たちにぶつかって開かれたままの板戸から外に出る。そのまま土の上を転がり、片膝《かたひざ》立ちで周囲をうかがう。

「政清《まさきよ》っ、政清はおらぬかっ」

「ひと足先に逝ったわ」

先刻の声が答えた。すると、それまで心に横溢《おういつ》していた憎しみがふっと消えてゆく。

「裏切り者めが」

目の前の男たちにむかって力なく告げる。

「悪く思わんでくれ頭殿《こうのとの》よ。もはや時流には逆らえぬ。長田《おさだ》家が生き残るにはこれしか道がないのだ」

笑う。心にあるのは無念の一字のみ。

「殺《や》れっ」

男たちがいっせいに刃をこちらにむけた。四方から突き出された切っ先が、体のなかを縦横に這いずり回る。

そこでいつも体から抜け出す。

魂魄《こんぱく》か。わからない。とにかく無数の刃を受けた体を空から見つめるのだ。

驚く。刺されている者は己ではない。幾度も見ているからわかっているくせに、毎回驚く。髭《ひげ》面《づら》の壮年の男だ。己よりも何倍も歳を取っている。決まって男は刃を体に受けたまま、空を見上げるのだ。

目が合う。口から血を流し、顔は青ざめ、大きく見開かれた目は深紅《しんく》に染まっている。

「我が……」

虚《うつ》ろに開いた男の紫色の唇から声が漏れる。

「我が血に連なる者よ」

答える口を持たないから、男を見つめたまま聞くしか術《すべ》はない。

「我の無念を知るならば……」

強《こわ》い髭に覆われた唇から血飛沫《ちしぶき》が舞う。それでも男は語るのを止めない。

「平氏を討て。清盛《きよもり》を……」

深紅の海に浮かぶ漆黒の瞳から吐き気をもよおすほどの邪気がほとばしり、天へと舞い上がって見下ろしている己を包み込む。

「殺せ」

男が言うと、答える間もなく白くまばゆい光に包まれて、なにもかもが潰《つい》える。

いつも。

それで終わり。

＊

己が吐いた小さな息の音に驚き、源《みなもとの》九郎義経《くろうよしつね》は肩を震わせ目を開いた。

夜露に濡れた草のなかに座し、ところどころ朱が剝《は》げ落《お》ちた橋桁《はしげた》に背を付けている。立てた右膝の上に伸ばして置いた腕が、少しだけ痺《しび》れていた。視界の先にあるその掌《てのひら》をゆっくりと動かす。開いては閉じ、閉じては開きを繰り返すと、次第に力が蘇《よみがえ》ってくる。指先まで熱が戻った掌を眺めながら、鼻から息を吸う。青臭さに混じって水の湿った匂いがする。冷え冷えとした夜の気に研ぎ澄まされた水気が、緩やかな眠気にまどろむ体の芯を、少しずつ覚ましてゆく。

「またか」

淡い桃色の唇をかすかに動かしてつぶやく。長い睫毛《まつげ》の奥にあるつぶらな瞳は、まだぼんやりと掌を眺めている。

溜息が忘我のうちに口から漏れた。

不吉な夢……。

見知らぬ男が死ぬ夢である。気が昂《たか》ぶったまま眠りに落ちると、義経は決まってこの夢を見た。そしてかならず、男の死とともに目覚めるのだ。気持ちの良いものではない。男に見覚えはなかった。が、見当はついている。父だ。義経が乳飲み子の時に死んだ。夢と同じく、風呂に入っていたところを襲われ死んだという。

だからどうだというのだ。会ったこともない男を父だと思えるわけもない。夢のなかの男は死ぬのだ。語りかけることもできぬのだから、わかりあえるはずもない。

己は己。父も母も知ったことか。

だから、男が死ぬ夢を見ることが、義経にはたまらなく腹立たしい。

「ん」

頭上の異変に声を吐く。見上げた。夜空を阻《はば》むように無数の板が張りめぐらされている。五《ご》条大橋《じょうおおはし》だ。板を踏み抜かんとするほどのけたたましい足音が、橋を震わしている。

近頃、この橋に鬼が出るという。朱《あか》い目をした鬼は闇に現れ、男を狙《ねら》う。襲われた者はかならず太刀を奪われるらしい。そんな噂が都に広がると、陽が沈んで後に五条大橋を渡る者は絶えた。

橋のなかほどで足音が止まる。

呼気をひとつ吐き、義経は立ち上がった。腰をかがめて橋の下を小走りで駆ける。息を殺して堤を駆けのぼると、橋の袂《たもと》に躍《おど》り出た。

懐から笛を取り出す。

家を出て寺に住まうことになった時、母から貰ったものだ。大層な品だというが、どこの誰が作ったものなのか、母にとってどんな因縁があるのか、一切忘れてしまった。

吹き口に唇をあてる。臍の下に軽く気を蓄え、鼻から息を吸い、細めた唇からそっと吐く。柔らかい音色が夜風に乗って流れてゆく。純白の直垂《ひたたれ》の袖《そで》を揺らし、義経は静かに歩む。笛に触れる薄桃色の唇が、音色を生み出すたびに小さく震える。烏帽子《えぼし》の下にある長い睫毛に覆われた瞳が、伏し目がちに足下のわずかに先を見つめていた。視軸を定めて歩んでいるため、義経の目は、行く手をさえぎる影を捉えていない。

巨軀《きょく》である。

僧形《そうぎょう》の大男が足を開き、丸太のごとき腕を左右に広げて、義経の前に立ちはだかっていた。右手に長大な薙刀《なぎなた》を握りしめ、石突《いしづき》を橋に突き立てている。男のぎらついた目は、義経の腰のあたりに定められていた。笛を吹きながら歩む義経は、金色の太刀を佩《は》いている。それがまがい物でない証拠に、天から降り注ぐ月光に、拵《こしら》えの細部が照らされまばゆく輝いていた。

元は白かったであろう薄茶に染まった布を頭に巻いた大男が、黄金の太刀を見つめて喉《のど》を鳴らす。五条大橋の鬼。その正体はまさしく、この大男であった。鬼は薙刀をわずかに浮かせ、石突で橋を打った。強烈な力で叩《たた》かれた橋板が、乾いた悲鳴を上げる。

笛の音が止んだ。

義経は伏し目がちのまま足を止めた。まだ薙刀の間合いにはほど遠い。義経が察したというよりも、鬼が間合いの外に留まらせるために石突を鳴らしたようだった。

足を止め、義経は笛から唇を放してかすかに口の端を吊り上げる。鬼と噂される大男が、薙刀を突き立てたまま鷲《わし》の嘴《くちばし》のような鼻をひくつかせた。義経は、烏帽子を入れても男の鳩尾《みぞおち》ほどしか背丈がない。遠くから見れば、大人と子供ほどの差がある。

「腰の太刀を置いて、このまま去れ」

重々しい声が、闇を震わせた。が、義経は大男を見ようともしない。

薙刀の柄をつかむ拳《こぶし》が軋《きし》む。ぎりという鈍い音が、静謐《せいひつ》な夜を不穏な響きで掻き乱す。

「どこの郎党かは知らぬが、太刀を置いて踵《きびす》を返せば命までは盗《と》らずにおいてやろう」

鬼は義経をにらんだまま右足を高々と上げ、橋板を思いきり踏みつける。数十人が同時に渡ろうとびくともしない大橋が、痛烈な一撃でぐらと揺れた。凡夫であれば、この化け物じみた所業だけで震えあがる。鬼の言葉に従い、腰の物を投げ捨てて逃げだす。しかし、義経は睫毛一本震わすことはない。

「千の太刀を奪うと思い定めて半年あまり。奪った太刀は九百九十九。その腰にある太刀で千本目じゃ。大人しくそこに置いてゆけば、見逃してやる故、さっさとしろ」

義経は思わず笑ってしまう。真の鬼ならば太刀を千本奪おうなどという愚かな願いを抱くだろうか。目の前の鬼は、ただの僧である。ただ人より体が大きいだけの坊主だ。

義経の祖先は昔、鬼を討ったという。だから己も鬼を討ち、みずからの武を試してみようと思った。ただそれだけのこと。鬼ではないのなら興味はない。だからといって、このまま太刀を渡さずに、坊主が許してくれるはずもない。

大男がふたたび橋板を踏んだ。先刻よりも大きく橋が揺れ、橋桁がぎしぎしと鳴いた。

「これが最後じゃ。腰の太刀を置いてさっさと去《い》ね。さもなくばこの薙刀で」

そこまで言った大男の顔が強張ったのを、義経はしっかりと見据えている。そして、さもありなんと思う。

誰でも驚くはずだ。

相対していた者が消えたのだから。

義経は橋を蹴って間合いを詰めた。すでに笛は懐に仕舞い、太刀を抜き放っている。刃の間合いに入るまで、坊主は気付きもしなかった。

首を狙い太刀を振るう。

硬い物で刃が阻まれた。鬼が掲げた薙刀の柄に刃がわずかに食い込んでいる。

驚きと喜びが混ざった声を義経は吐いた。一刀目を受けられるとは思ってもみなかったのである。自然と口許《くちもと》が綻《ほころ》ぶ。それを見て、眼前にある坊主の太い眉が吊り上がる。

「お、御主《おぬし》はいったい何者じゃ」

薙刀を押しながら鬼が言うと、義経は笑いながら刃を反転させた。虚空で返った太刀で、鬼の首筋を襲う。凄まじい勢いで薙刀がせり上がって来る。

顔を狙った一撃だ。

待っていた。

義経は笑みのまま、太刀を止めて後方に飛んだ。その尖《とが》った鼻のわずかに先の空を、薙刀の切っ先が駆け抜けてゆく。両腕で思いきり振り上げたせいで、大男の半身が無防備なまま晒《さら》される。義経は見逃さない。後方に飛んだ以上に素早く前に出て間合いを削ると、大男の脇腹を横薙《よこな》ぎの一閃《いっせん》で斬り裂きにゆく。鬼が吠えた。そして、薙刀を振り上げたまま義経にぶつかった。あまりにも唐突な動きであったため、避けられなかった。中途で斬撃を止められた義経に、巨体が圧《の》し掛《か》かる。

重い。歯を食い縛って両足で踏ん張る。大男の体が止まった。

「やるではないか。すばしっこいだけではなく、力も大したものだ」

牙をのぞかせ鬼が笑う。その分厚い胸板の下で、義経は微笑《びしょう》を浮かべていた。

殺る……。

鬼を見上げる瞳に、殺意の光が宿った。

大男が若者から飛び退く。刹那、純白の直垂の腰のあたりから太刀の切っ先が飛び出し、先刻まで鬼が立っていた虚空を下から斬り裂いた。大きく後ろに飛び、薙刀の間合いよりも遠ざかった鬼が笑う。

「御主、いったい何者だ」

重い声が問う。義経は微笑のまま答えない。睫毛という漆黒の御簾《みす》の奥に輝く紅の瞳は、鬼を捉えたまま微動だにしない。

「我が名は武蔵坊弁慶《むさしぼうべんけい》、御主の名はっ」

みずからの名を堂々と叫んだ大男は、またも言葉を途中で止めた。

弁慶の足でも大股で五歩はあろうかという間合いを、義経が瞬きほどの間に詰めたのである。首を狙う。鬼が乱暴に薙刀を振るう。刃と刃がぶつかり、甲高い音が鳴った。

「何故《なにゆえ》、殺し合いの最中に名乗るのじゃ」

弁慶と名乗った男にむけてささやく。恐怖で顔を引《ひ》き攣《つ》らせる鬼が、義経に正対するように体を回した。しかし、それよりも早く背後に回り込む。

「死ぬ者の名などに興味はない」

もう一度ささやいてやると、弁慶の肩が激しく震えた。

「化け物めがっ」

薙刀を振るいながら弁慶が一回転した。唸《うな》りをあげる刃が虚空を斬り裂く。義経はそれを、高い場所から眺めていた。柄を脇に挟んだ弁慶が顔を振って義経を探す。

弁慶の目が若者を捉えた。緩やかに弧《こ》を描いた欄干《らんかん》に爪先で器用に立ちながら、義経は弁慶を見下ろしている。

「天狗《てんぐ》か」

笑みをたたえたままの生白い顔に、弁慶が言葉を投げた。

「良く喋《しゃべ》る」

涼やかな声で言った義経は欄干を蹴った。

「喋る暇《いとま》があるならば……」

ふわりと体が浮いた。宙に舞う無防備な義経の胴めがけて、弁慶が薙刀を振るう。

そんな振りでは当たらない。銀色の光を足下に見ながら、義経は虚空で体を回転させ、弁慶の背後に着地した。

「その間に斬ればよい」

巌《いわお》のごとき背に語りかける。

鬼が唸った。

振り返ろうとした背中を蹴る。先刻まで義経が立っていた欄干にむかって、弁慶が前のめりになりながら数歩たたらを踏む。左手で欄干をつかんで留まる。

弁慶が振り返って叫んだ。頭巾《ずきん》に覆われた顔が朱く染まっている。

義経はふたたび跳んだ。ふわりと宙を舞う純白の袴《はかま》から草鞋《わらじ》の底が覗いている。

呆然《ぼうぜん》と見上げる鬼の鼻先を、爪先で蹴り上げた。目を閉じぬように必死に鼻先に力を込める弁慶であったが、体を支えきれずによろけて欄干に背をつける。薙刀を杖代わりにして体勢を立て直そうとした弁慶の視界から逃れるように、しゃがみながら間合いを詰めた。その間に太刀を鞘《さや》に納める。こちらの動きに追いつけていない弁慶の右の足首を両手で取った。

「なにをするっ」

そんな叫びなどで義経が止まるはずがない。ひと踏みで大橋を揺らすほどの力があっても、足首を掬《すく》われたらひとたまりもない。暴れる暇もなく、弁慶は背中から鴨川《かもがわ》へと落ちてゆく。両足が板から離れる刹那、弁慶が薙刀を橋の上に放った。

良い動きだと義経は心の裡《うち》でつぶやく。剝き身の刃とともに落下すれば、みずからを傷付ける。咄嗟《とっさ》のうちにそれを恐れたのだ。

義経は橋の上から川面《かわも》を見る。

川面を背中で激しく叩いたと同時に、弁慶は水のなかでくるりと体を回し、四肢《しし》を器用に使って泳ぎだした。川岸にむかっている。逃げる気はないらしい。

弁慶が落ちたのと反対の橋桁のほうまで退《ひ》く。

「逃げたかっ天狗っ」

川岸に辿り着いた弁慶が叫んだ。義経が待ち受けていないことが不思議だったらしい。

「まだ儂は生きておるぞっ。まだどこかで聞いておるのなら、尋常に勝負いたせっ。御主など素手で十分じゃ」

義経は駆けだす。そのまま橋桁を飛び越えて、弁慶の背後に着地した。

「やってやろう」

気付いて振り返ろうとした弁慶の膝の裏を蹴った。大男は抗う術もなく膝を折る。回り込んで正面に立ち、抜き放った刃を肩に突き入れてやった。

「立ち上がれば、御主の左腕は落ちるぞ」

「卑怯者めが」

怒りを目に滲《にじ》ませて、弁慶は悪しざまに罵《ののし》った。月明かりに朧《おぼろ》に浮かぶ義経の細い眉が小さく揺れる。

「卑怯……それは俺のことか」

一重《ひとえ》の目を大きく見開いて、義経は問うた。

卑怯という言葉に得心がゆかない。弁慶の肩に刃を突き入れたまま、義経は小首をかしげた。

弁慶が笑う。

「御主以外に誰がおるっ。武士のくせに名乗ろうともせず、不意を突くような真似ばかりしおって。太刀で斬り伏せず橋より落とし、川岸に潜んで闇討ちとは。御主もどこぞの郎党であろうっ。武士であろうっ。武士ならば武士らしく正々堂々戦ったらどうだっ」

言いながら前のめりになって刃を肩に押し込んでゆく。

「腕が落ちるぞ」

「落としてみろ」

弁慶が小刻みに震える口の端を吊り上げた。

義経は小首を傾げ、肩に入ったままの太刀を回す。肉を緩やかに抉《えぐ》ってゆく。鬼の食いしばった歯の隙間から涎《よだれ》が垂れた。

「生きておる故、御託《ごたく》が吐ける。骸《むくろ》なれば、卑怯だなんだと騒ぐこともできまい」

義経は太刀を回し続ける。弁慶が顔を伏せた。笑い声が聞こえてくる。

「なにが可笑《おか》しい」

問いに答えず、弁慶は笑い続ける。思わず義経は太刀を回すのを止めた。ひとしきり笑った後、弁慶が膝を叩いて顔を上げる。

「たしかに御主の申す通りだ。命のやり取りに正々堂々も卑怯もないわ。儂は御主に出会うまで九百九十九の太刀をこの橋で奪った。が、御主のような卑怯な真似をする武士には出会《でお》うたことがない」

刃を肩に突き立てたまま続ける。義経は太刀を引かずに、黙したまま弁慶を見下ろす。

「大抵の者は儂を見ただけで太刀を置いて逃げ出しおった。太刀を抜いてかかってきた者たちは、声高《こわだか》に名乗って刃を儂にむけおった」

だが、と弁慶はなおも続けた。

「儂に勝った者は一人もおらなんだ。卑劣な御主だけが儂に膝を突かせた」

敗けたというのになんと不遜《ふそん》な坊主であろうか。御託は聞き飽きた。

「死ぬ前に聞いておきたい。御主、何処《どこ》の家の郎党だ」

声高に言った弁慶の勢いに負け、義経は太刀をそのままにして思わず答えていた。

「誰にも仕えておらぬ」

「まさかどこぞの御曹司《おんぞうし》か」

「御曹司……」

義経は目を伏せ、自嘲《じちょう》するように笑った。

何故、誰もが素性や出自にこだわるのか。太刀泥棒までもが余人の身分を知りたがる。

殺す気が失せた。太刀を抜き、弁慶に背をむけた。

「去ね」

吐き捨てて一歩踏み出す。

「待てっ」

鬼が呼び止める。

「御主の名を教えろ」

足を止めた。肩越しに弁慶を見る。

「先左馬頭《さきのさまのかみ》、源義朝《よしとも》が九子、源九郎義経」

「なんと」

だらしなく口を開けたまま固まった弁慶をそのままにして、義経はふたたび歩き出す。

「待てっ。待って下されっ」

義経は振り返らずに歩む。

坊主が追って来る気配を感じながら。

二

「近所に行くように、ふらりと屋敷を後にしたかと思えば、一年あまりも姿をくらましおって」

見知らぬ翁《おきな》が上座から鷹揚《おうよう》に言ったのを、弁慶は末席で聞いた。背筋を伸ばし胸を張り、堂々と老人を見据えている。叡山《えいざん》の本堂にも負けぬほどの広間に、大勢の男たちが並んでいた。厳《いか》つい顔をした面々が、不機嫌そうな表情で弁慶の前に座る若者をにらんでいる。

源九郎義経。それが若者の名であった。義経の名は聞いたことがなかったが、その父の名ならば弁慶も知っている。

謀反人《むほんにん》の名だ。

かつて帝《みかど》を拉致《らち》せんと企み、平氏と戦った源氏の棟梁《とうりょう》。それこそが義経の父、源義朝である。義朝は平氏の棟梁、平《たいらの》清盛に敗れ、都を追われた。みずからの本拠ともいえる坂東《ばんどう》に逃れる途次、尾張国《おわりのくに》で裏切りにあい死んだという。伝え聞くところによると、風呂場で不意打ちを喰らった末の死であったそうだ。

義朝の子の多くは討たれた。しかし三男で嫡男《ちゃくなん》の頼朝《よりとも》は、清盛の継母《ままはは》池禅尼《いけのぜんに》の懇願によって伊豆《いず》に流されたと聞く。義朝の側室であった常盤《ときわ》の美しさに惚《ほ》れた清盛は、その三人の子の命も救っている。この三人の子の末子こそ、義朝の九男、義経であった。いわば義経は罪人の子である。しかも天下を騒がせた謀反人の子。

なぜこのような北の果てにいるのか。

弁慶はなにも知らない。知りもせぬまま、義経の後をついてきた。

あの日……。

五条大橋で敗れてからというもの、弁慶は常に義経の側にいる。郎党ではない。だが側にいる。

そのことを義経は咎《とが》めなかった。

好きにすればいい、と言い放つと、都で義経が宿にしていた商人の屋敷にも出入りさせた。

義経の側に侍《はべ》るようになって三月ほど経った頃、突然北に行くと言われた。ついてゆくと言う弁慶を、やはり義経は止めなかった。そうしてひと月あまりの長旅の末、弁慶は奥州《おうしゅう》にいる。奥州平泉《ひらいずみ》、柳御所《やなぎのごしょ》。北国を統《す》べる者の住処《すみか》である。

「都はどうであった」

上座の翁が言った。この男こそ奥州の覇者である。藤原秀衡《ふじわらのひでひら》。それが翁の名であった。

「吉次《きちじ》から報《しら》せは受けておった」

吉次とは義経が都で厄介になっていた商人の名だ。奥州で産する金を、都で商っている。

「なんとか申されよ九郎殿っ」

秀衡の脇に控えた荒々しい髭を蓄えた男が、身を乗り出して言った。義経は微動だにしない。紺青《こんじょう》の直垂に身を包み、胡坐《あぐら》の膝のあたりに手を置いている。

「父上がどれほど九郎殿のことを心配されておったかわかっておられるのかっ」

「止めよ泰衡《やすひら》」

上座の翁が額に皺《しわ》を刻んで言った。名を呼ばれた男は、義経をにらんだまま口をつぐんだ。男が黙ったのを確かめてから、奥州の覇者は顔をかたむけ義経の背後に控える弁慶に目をむけた。

「其奴《そやつ》は土産《みやげ》か」

秀衡の言葉を契機にして、男たちの目がいっせいに下座にむく。懐疑と嫌悪に満ちた無数の視線を浴びながらも、弁慶は手の指ひとつ動かさない。

「いいえ」

広間に来てはじめて義経が口を開いた。

「では、御主が稚児《ちご》をしておった頃の鞍馬寺《くらまでら》の知縁の者か」

いまの秀衡の言葉で、弁慶ははじめて義経が稚児だったことを知った。それほど義経は己のことを語らない。

鞍馬寺で稚児をしていた謀反人の子が、なぜ奥州の主の元にいるのか。不穏な物を感じる。

「違いまする」

弁慶を置き去りにして話は進む。

「こやつは武蔵坊弁慶と申しまする」

義経が言った。弁慶は秀衡へ頭を下げる。秀衡の白い眉の下にある目が細くなった。猜疑《さいぎ》の色を隠しもせずに、弁慶を見つめる。

「武蔵坊……。どこの僧坊だ」

「比叡山《ひえいざん》にござります」

弁慶はみずから答えた。

「叡山の坊主が何故、九郎殿とともにおる」

「稚児のみぎり、叡山を辞しておりまする。武蔵坊と名乗るようになったのは、後のこと」

奥州の覇者が鼻で笑う。それを無視して弁慶は続けた。

「拙僧は天児屋根命《あまのこやねのみこと》の末孫、中関白《なかのかんぱく》こと藤原道隆《みちたか》の後裔《こうえい》、熊野別当湛増《くまのべっとうたんぞう》を父とし、母は二位大《にいのだい》納言《なごん》の娘にござりまする。乳飲み子のうちに山ノ井三位《やまのいのさんみ》とよばれる公卿《くぎょう》の妻であった叔母《おば》に預けられ、比叡山の稚児となり、悪行祟《たた》って山を追われ、みずから頭を丸め武蔵坊弁慶と名乗り、諸国をまわって仏法修行にあけくれ、都にて庵《いおり》を結んでおりました」

義経にも語ったことがない来歴である。この若者は弁慶のことも知ろうともしなかった。それでいて、身近に侍ることを咎めもせず、奥州までの旅路の供を許した。付き従う弁慶自身、奇妙だとは思う。だが、義経のその間合いの取り方が心地良くもあった。

「これまた大層な来歴であるな。が、結局は名のある師も持たず、みずから頭を丸めた、僧とは名ばかりのあぶれ者ではないか」

主の言葉に男たちがいっせいに笑った。弁慶の胸に熱が灯《とも》る。体の芯に小気味良い震えを感じた。他者を嘲《あざけ》る者の笑い声を聞くと、弁慶は心が昂ぶってどうしようもなくなる。

「どのような手管を使い九郎殿に近付いたのか知らぬが、大方、中尊寺《ちゅうそんじ》や毛越寺《もうつうじ》が目当てなのであろう」

中尊寺と毛越寺は、秀衡の父祖が創建した寺である。どうやら秀衡は、弁慶がその二寺のいずれかに籍を置きたいがために義経に近付いたと思っているらしい。

お門違《かどちが》いもはなはだしい。

腹のなかの怒りが言葉となって、弁慶の頑強な四角い顎から溢れ出す。

「拙僧の話を聞いておられたか、ご老人」

「ご、ご老人……」

秀衡が白い眉を震わせる。

「無礼であろうっ」

先刻、泰衡と呼ばれた髭の男が怒鳴った。弁慶は泰衡のほうを見もせずに続ける。

「拙僧はいまだかつて、誰の弟子にもなったことがない。仏法修行はいたしたが、悟りはとうに諦めておる。拙僧と九郎殿がどのようにして知り合うたか、聞きたそうであったな、ご老人」

「止めぬかっ」

泰衡とは別の男が怒鳴った。もちろん弁慶は名も顔も知らない。秀衡の郎党のなかからちいさな笑い声が聞こえてきたような気がしたが、確認することなく語る。

「拙僧は太刀千振り得ようと思い立ち、夜な夜な五条大橋で侍どもを待ち受けておったのだが。あぁ、知っておるか都の五条大橋を。都には鴨川という川が流れておってな。一条《いちじょう》から九条《くじょう》までの東西に走る大路に橋がかかっておるのだ」

「愚弄しておる気か、坊主」

皺くちゃな頰を震わせて秀衡が憎々し気に言う。弁慶は素知らぬ振りで続ける。

「五条大橋で侍どもから太刀を奪うこと九百九十九振り。さて最後のひと振り。拙僧は義経殿の金色の太刀に狙いを定めた。拙僧はそれまで一度として敗れたことがなかった。斬り合いはおろか、殴り合いの喧嘩《けんか》でもな。だが、拙僧は九郎殿に敗れてしもうた。完膚なきまでに敗けたのよ。このような若僧に。このような小男にじゃ」

「口を慎まぬかっ」

怒号に耳も貸さず、弁慶は四角い顎を動かし続ける。

「拙僧は己を負かした義経殿についてゆくと決めたのじゃ。どうせ都におっても、骸になるまで暇を潰すだけの毎日。それならば、この源家の九郎殿に付き従ったほうが面白い目にもあえようと思ったまでのことじゃ。蝦夷《いい》の寺の門を潜るなど、考えたこともなかったわ」

秀衡が床を叩いて立ち上がった。そのまま駆け寄ってくるのかと思ったが、期待が外れた。上座に立ったまま、握った拳を震わせている。主の怒りに呼応するように、男たちも立ち上がった。

「無礼な坊主めが。九郎殿」

秀衡が義経をにらむ。

「この男は其方《そのほう》に従っておると申したが」

「某《それがし》は郎党にした覚えはありませぬ」

義経が答えた通り、弁慶も郎党になった覚えはない。

「ならば儂が斬り捨てても、文句はないな」

秀衡が背後にあった太刀を手にした。広間に集う者たちは、いずれも得物を手にしていない。得物を持つのは、秀衡ただ一人である。

こんな老いぼれに斬られる弁慶ではない。たとえ男たちがいっせいにかかって来ようとも、負けぬ自信はある。両の口の端を耳のあたりまで吊り上げて、弁慶は悪辣《あくらつ》な笑みを浮かべた。両手であぐらの膝を叩いて、腰に力を込めて尻を浮かせる。

「弁慶」

機先を制するように義経が言った。拍子を外され、弁慶は立ち上がれない。

「この男を斬ることは、某が許しませぬ」

毅然とした態度で義経が言い放つ。張りつめた男たちの嫌悪が義経に集まる。しかし秀衡だけはこの若き源家の九郎に嫌悪をぶつけはしなかった。困った息子を見る父親のような視線で、義経を見下ろしている。

「御主は郎党ではないと申した。ならば此奴《こやつ》が、ここに座っておること自体が間違うておる。場違いなだけなら笑って許しもするが、儂や平泉を愚弄するような物言いを許すわけにはゆかぬ」

「先に愚弄したのは御主のほうではないか」

唇を吊り上げたまま、弁慶は言った。

男たちの殺気が濃くなる。

心地良い緊張が広間を覆っていた。

弁慶の荒ぶる心は抑えられなくなっている。己を嘲笑《あざわら》い、数を頼りに人を見下す男たちを、一人残らず打《ぶ》ち殺《ころ》してやりたかった。

立つ。

「弁慶の申す通り」

またも義経の言葉が機先を制した。明らかに、弁慶の心を読んで言葉を発している。

「秀衡殿がこの男をあぶれ者だと申した。それ故、売り言葉に買い言葉。弁慶は挑発に乗っただけのこと。弁慶を無礼だと申すのであれば、秀衡殿もまた無礼」

「その男はただのあぶれ者ではないか。儂は奥州藤原の当主ぞ」

「貴賤《きせん》と礼は別物でありましょう」

きっぱりと言い切った義経が、秀衡を見据えて言を重ねる。

「貴人なれば卑しき者を愚弄してよいわけではござりますまい。秀衡殿はみずからの郎党とともに、弁慶を見下した。弁慶は某の力を借りようともせず、秀衡殿と相対したのです。秀衡殿が斬ると申された後も一歩も引かずに」

義経が膝を滑らせ間合いを詰める。

「そのような者を斬るおつもりか。どうあっても弁慶を斬ると申されるのならば、某もともに戦いまするぞ」

「九郎殿」

「此奴はいまより我が郎党にござりまする。郎党が愚弄されて、主である某が黙って見過ごすわけにはゆきませぬ」

肩越しに義経が弁慶を見た。

「良いな」

弁慶はうなずく。己でも驚くほど素直に、義経の郎党となることを認めていた。

はじめて主を持った。

心の真ん中にぽっかりと空いていた穴が埋まったような気がする。物心がついてからずっと欠けていたなにかが、義経という主を得たことで満ちたような気がする。欠けていた物がなんなのか。心が満ちたのは何故なのか。うまく説明することができない。ただ、己が少しだけ変わったのだけはたしかである。

弁慶を見ていた義経が、ふたたび上座に顔をむけた。

「どうなさりますか秀衡殿」

「九郎殿……」

苦虫を噛み潰すような顔で、秀衡は弁慶をにらむ。その時、男たちの群れからなにかが飛び出した。弁慶の目は、それをはっきりと捉えていた。五条大橋の時の義経に負けぬほどの速さで己にむかって来る者を、弁慶は腰から背に力を込め座ったまま迎える。

圧し掛かられた。手が喉仏《のどぼとけ》を押さえつけている。そのまま弁慶の体を後ろに倒したかったのだろう。しかし弁慶が渾身の力で踏ん張っていたため、思うようにはならなかった。

若い男である。

「継信《つぐのぶ》っ」

泰衡が叫んだ。どうやら弁慶の首に手をかけている若者の名前らしい。継信の細い首と肩には、立ち上がった義経の手が添えられている。弁慶の喉仏を握りつぶそうとすれば、義経が継信を引き剝がす体勢であった。何故かはわからぬが、義経がなにを考えて動いたのか、言葉を交わさずとも弁慶には理解できた。

首を握られたまま、弁慶は泰衡のほうを見た。こぼれ落ちんばかりに瞳を見開いた泰衡の顔には、期待の色が滲んでいる。継信が弁慶を仕留めるのを望んでいるのだ。

「迂闊《うかつ》なことはするなよ継信」

口ではそう言っているが、顔は〝殺れ〟と言っている。

白目のなかの小さな瞳を爛々《らんらん》と輝かせた継信が弁慶に言葉を吐いた。

「取り消せ」

「なんだ」

「蝦夷という言葉を取り消せ」

都に住まい、みずからこそが〝人〟だと言って民を見下す公家どもが、北に住まう者を蔑《なみ》して呼ぶ語こそが〝蝦夷〟である。どうやら継信は、弁慶の先刻の言葉に腹を立てているようだった。

「止めろよ兄者《あにじゃ》」

青白い顔をした継信の背後に若者が立ち、義経を見ている。その顔は驚くほど継信に似ていた。しかし継信の白い顔とは反対に、こちらは浅黒い。

「あんたが妙なこと口走っちまうから、兄者が我慢できなくなっちまったじゃねぇか」

浅黒い顔の若者が言った。どうやら継信の弟らしい。

「兄者よぉ。泰衡様も言ってんだろ。その小汚ねぇ坊主の首から手を退《ど》けろよ」

「黙ってろ忠信《ただのぶ》。こいつは俺たちのことを蝦夷と呼んだ」

殺気を瞳にみなぎらせて、継信が弟の名を呼んだ。

「ったく」

忠信と呼ばれた弟が溜息を吐《つ》いた。

「止めぬか継信」

今度は上座から声が降ってきた。秀衡である。しかし継信は主を見もせず、弁慶をにらんだまま舌打ちをした。

「継信っ」

従わないことよりも己に舌打ちをしたことに激した秀衡が、継信を叱《しか》りつける。

「五月蠅《うるさ》いっ」

叫んだ継信が、手に力を込めた。弁慶の喉の奥で管が潰れる鈍い音がする。

「良い加減にせぬかっ継信っ。これ以上愚かな真似をすると、咎めを受けるぞっ」

今度は泰衡が怒鳴った。

「最初にはじめたのは秀衡様ではないかっ」

答えた継信は首を絞めるのを止めない。弁慶を見下ろす目が朱く染まる。

「あぶれ者が俺たちを蝦夷呼ばわりするとは良い度胸だ。その図体はこけおどしか」

威勢の良い啖呵《たんか》に、弁慶の胸が高鳴る。こういう男は嫌いではない。遠回しに嫌味をぶつけてくる秀衡のような老いぼれなどより何倍もおもしろい。

「こけおどしかどうか試してみるか」

喉を握られたまま、弁慶は足に力を込めた。継信を抱えるようにして立ち上がる。

「弁慶っ」

「手を退けてくれ」

律する声を上げた主に言ってから、弁慶は高々と継信を抱え上げた。

「なにをするっ」

喉仏を握り潰そうとする継信の首根っこに手を回し、そのまま床に叩きつけた。

頭の後ろをしたたかに打ちつけた継信が白目を剝いて動かなくなった。

「ほら、言わんこっちゃない」

弟の忠信が肩をすくめる。

「四人とも良い加減にせんかっ」

秀衡が弁慶たちを怒鳴りつける。それまで継信を見下ろしていた義経が、静かに振り返って上座の老人を見た。

「某は武門の棟梁、源家の血を引きし者。道は武によって示しまする。故に弁慶の所業、謝るつもりはござりませぬ」

かたくなな義経を前に、老人のほうが折れた。あからさまな溜息を吐いた秀衡が、首を横に振って郎党たちを見た。

「座れ」

泰衡が抗弁しようとするのを、秀衡は目で律する。仕方なく泰衡が腰を床に落ち着けると、他の郎党たちも倣《なら》った。郎党のなかで立っているのは、忠信一人となる。泰衡たちが座ったのを確かめてから、秀衡も上座に腰を下ろした。

「忠信、兄を連れて下がれ」

「承知しました」

忠信は悪びれもせず兄を背負って部屋を出ていった。

「御主たちも座れ」

先刻までの剣呑《けんのん》な気配が消えた穏やかな秀衡の声に諭され、義経が座した。弁慶も素直に従う。

「とにかく」

鼻から深く息を吸い、秀衡が弁慶を見た。

「其方への無礼は謝ろう。悪かった許せ」

そう言って奥州の覇者は、一介の僧に深々と頭を下げた。こうなると弁慶も謝る以外に術はない。深く頭を垂れて、秀衡に感謝の言葉を吐いた。

「拙僧こそ、己が分を弁《わきま》えず無礼な振る舞いをいたしました。何卒《なにとぞ》御容赦くださりませ」

「もう良い。互いに謝ったのだ。これで終わりにいたそうではないか」

笑いながら言った秀衡の言葉を受けて、弁慶は頭を上げた。

義経は先刻の無礼を謝ろうともしない。そんな源家の末子の態度を、秀衡は悪しく思っていないようだった。

「改めて九郎殿」

秀衡が義経に微笑《ほほえ》みを投げる。

「よくぞ戻った」

「秀衡殿」

義経の声はまだ張り詰めていた。

「いつ平氏打倒の兵を挙げてくださるのだ」

義経の問いに、奥州の主は答えなかった。

三

蝦夷。

佐藤《さとう》継信にとって、その言葉は誇りでもあり、怒りの元凶でもあった。

陸奥《むつ》と出羽《でわ》。古来より都の貴人どもは、日ノ本の北にあるこの二国に住まう者たちを、蝦夷と呼んだ。

支配の手が及ばぬ、蛮族《ばんぞく》の住まう地。奥羽《おうう》二国は、日ノ本にあって日ノ本ではない。

そんな都の高慢な貴人どもの蔑みが蝦夷を苦しめ、過去に幾度もの戦《いくさ》を生んだ。阿弖流為《あてるい》の反乱、安倍貞任《あべのさだとう》、藤原経清《つねきよ》らによる前九年《ぜんくねん》の役《えき》。そして藤原氏興隆のきっかけとなった後三年《ごさんねん》の役。

奥羽の歩みは都の貴人たちの支配との戦いの歴史であった。

後三年の役によって奥羽から都の勢力を排除した秀衡の祖父、藤原清衡《きよひら》は、平泉に藤原氏の本拠を置き、蝦夷の長となった。都から遣わされる陸奥守《むつのかみ》や出羽守《でわのかみ》は、都の貴人たちが藤原氏を牽《けん》制《せい》するだけの名ばかりの物となり、実際の支配は蝦夷によってなされている。

奥羽は蝦夷の国となった。

それでも、なにひとつ変わっていないと継信は思う。奥羽を一歩出れば、いや奥羽に住まう大和《やまと》の者たちでさえ、継信たちのことを蔑んでいる。どれだけ金で平泉を飾ろうと、どれだけ都の貴人たちを銭の力で骨抜きにしようと、蝦夷であるという事実は曲げることはできない。

継信は、決して蝦夷であることを厭《いと》うているわけではなかった。むしろ、大和の者どもから恐れられる存在であることに誇りを抱いてすらいる。日ノ本にあって、いまなお都の政《まつりごと》の埒外《らちがい》にいるのは奥州の蝦夷だけだ。それは、継信の祖先たちが、幾多の激闘の末に勝ち得たものである。

だからこそ、大和の者の蔑みの目が耐えられない。奴等の口から蝦夷という語が吐かれるのを聞くと虫唾《むしず》が走る。斬り殺してやりたくなる。

奴等と継信には、なにひとつ違いはない。額に角があるわけでも、口から飛び出すような牙が生えているわけでもない。男と女も老いと若きも、蝦夷と日ノ本の民になんの違いもないではないか。秀衡の祖父である清衡は、安倍貞任の妹である蝦夷の母と、大和の貴人、藤原経清の間に生まれている。蝦夷と倭人《わじん》の間に子はなせるのだ。

大和の者たちは恐れている。蝦夷の逞しさを。奥羽の厳しい冬に鍛えられ、強く育つ蝦夷の男たちの体軀はどれも堂々たるものだ。強くなければ生き残れぬから、自然と頑強な者だけが残る。そうして何代も強き者の血だけが受け継がれてきた結果、蝦夷の精強さは大和の者たちとは比べものにならぬほどになった。

だからこそ倭人は蝦夷を恐れる。

ならば何故、蔑むのだ。蛮族などと悪しざまに罵るのだ。

倭人は蝦夷の何倍も人が多い。阿弖流為も貞任も、幾度となく敵を討ち果たしながら、最後は数の力に押し潰された。

一人一人は大して強くもないくせに、群《む》れ集《つど》い数で呑みこむなどというやり方は、若い継信には我慢がならない。

気高き蝦夷に生まれたが故に、継信は怒《いか》る。

大和の者たちに。

蝦夷の同朋《どうほう》たちに。


「本来ならば、首を刎《は》ねられておるのだぞ。わかっておるのか」

上座から降って来る偉そうな声に、継信は我に返った。

「それは重々承知しております」

隣に座る弟が、わざとらしいほどに神妙な声で答えて深々と頭を下げた。

「責めを負うておるのは御主ではない。継信、御主なのだぞ。わかっておるのか」

先刻の偉そうな声が問うてくる。伏目がちに上座を見ると、白髪の老人が黙したまま継信に穏和な眼差しをむけていた。声を投げたのはこの翁ではない。上座の脇に座す居丈高な男のほうだ。厳つい髭で口許を覆う男は、翁の子である。

翁こと藤原秀衡が、なおもなにか言おうとした息子を咳払いで止めた。戸惑うような目を上座に投げた息子に、小さく首を横に振ってから、秀衡はふたたび継信に目をむける。

「御主はそれで良いのか継信」

温もりを帯びた柔らかな声が降って来る。秀衡の口調に、子の泰衡は不服そうに口を尖らせた。

継信が責めを負うことになったのは、この老人への不敬が元なのである。

蝦夷。あの坊主はそう吐き捨てた。

許しておけるはずがない。義経の家人《けにん》であろうと、平泉の地で悪しざまに蝦夷というなど言語道断。殺そうとしなかった秀衡たちのほうがどうかしていると、継信はいまでも思っている。

「父上は甘うござります。九郎殿は父上の御言葉を聞きもせず、奥州を飛び出されたのです。もはや我等との縁は切れたも同然」

義経が平泉を出た。あの坊主と二人きりで。都から戻って数ヶ月後のことであった。

義経の兄、源頼朝が伊豆で兵を挙げたのだ。

きっかけは後白河法皇《ごしらかわほうおう》の三子である以仁王《もちひとおう》である。

この皇子は法皇にゆくゆくは帝にと言われていたのだが、法皇の女御《にょご》で清盛の義妹である滋子《しげこ》が男児を産んだことで、その道を断たれた。そのため平氏に恨みを持っていたのである。

以仁王はまず、平治《へいじ》の乱《らん》の際に清盛に与《くみ》し、平氏全盛の世にあってなお失地を免れていた源頼《より》政《まさ》と組んだ。そして、各地で細々と命脈を繋いでいる源家の血を継ぐ者たちに平氏追討の令旨《りょうじ》を発した。義経の叔父にあたる源行家《ゆきいえ》に令旨を託し、各地を回らせたのである。決起が露見した以仁王と頼政は近江《おうみ》の園城寺《おんじょうじ》に逃れた後、頼政は平等院《びょうどういん》で自害。院を逃れた以仁王もすぐに討ち取られた。

王は討たれたが、令旨は各地の源家を駆け巡った。この令旨を受け取った者のなかに、頼朝がいたのである。

清盛によって命を救われた頼朝は伊豆に流され、その地の国人北条時政《ほうじょうときまさ》の娘、政子《まさこ》を妻としていた。以仁王らの決起が武力によって抑えられ、平氏の手が令旨を受け取った源家にも及び、頼朝は舅《しゅうと》の力を借りて兵を挙げたのである。

平氏追討の兵を。

それを奥州で知った義経は、じっとしてなどいられなかったのであろう。なんとしても兄の元に馳せ参じる。義経は秀衡にそう言ったという。あの男のことである。顔色ひとつ変えなかったであろう。継信には見てきたようにわかる。

秀衡は許さなかった。

頼朝が兵を挙げたとはいえ、平家の威勢は盤石である。事を急いて、義経が兄諸共《もろとも》討たれてしまえば源家再興の望みは潰えてしまう。時を見よ。今は待て。そう言って秀衡は義経を止めた。だが、義経は聞かなかった。平泉が兵を貸してくれなければ、それでも結構。従者と二人で、兄の元へむかうと啖呵を切り、身支度も整えぬうちに平泉を出て行ったのである。

継信がそのことを知ったのは、すでに義経が平泉を出た後のことだった。

過日の不敬のため、沙汰あるまで自邸で待てとの命を受けていた。それから数ヶ月、なんの沙汰もなく、自邸に飼い殺し同然の身の上であった。そんな時、義経の出奔を弟から聞かされた継信は、命に背き屋敷を出て柳御所にむかい、秀衡への面会を求めたのである。

「蝦夷の力を求めた源家の御曹司を放逐《ほうちく》するようなところにいても、なんの意味もありませぬ。平泉を出て九郎殿とともに戦い、死んだほうが増しにござる」

「兄上」

たしなめる弟の言葉を聞き流し、継信は老人の目の下の染みを見つめる。

「もういっぺん言うてみぃっ」

叫んだ泰衡に目だけをむけ、継信は背筋を伸ばす。

「何度でも申しましょう。奥州に籠《こ》もり、都以上の栄華だなどと嘯《うそぶ》いて、蔑まれておることから目を背ける。そのような生き方をしたいとは思いませぬ。九郎殿の決起は好機であったはず。九郎殿とともに起たねば、蝦夷はいつまでたっても蝦夷のまま。都の貴人どもから疎《うと》んじられ、富を吸い取られるのみ」

「儂等が金で都の白粉首《おしろいくび》どもを動かしておるのじゃ。心得違いをするなっ」

「そう思うておるのは蝦夷のみ。蔑まれておることを認めとうないだけにござろう」

「今日は喋り過ぎておるぞ兄者」

隣に座る弟の口許には、微笑が揺蕩《たゆた》っている。剣呑な気のなかにあっても、忠信は飄然《ひょうぜん》とした態度を崩さない。

「もう良い泰衡」

「しかしっ」

「黙れと申しておるのが聞こえんか」

皺に埋もれた目に覇気が満ちる。老いている秀衡の気に、堂々たる体躯の泰衡が押されている。息子が溜息とともに目を逸らすのを認めてから、奥州の主は下座に笑みをむけた。

「それほど九郎殿を慕《しと》うておるか」

わからない。

あの男は、蝦夷だ倭人だと分《わ》け隔《へだ》てはしない。そして、継信と同じ荒ぶる魂を身中に宿している。このまま終わってたまるか。源家の御曹司でありながら奥州に逃れ、蝦夷の庇護を受ける日々でも決して諦めていなかった。いつ平家討伐の兵を挙げてくれるのかと、顔を合わせる度に秀衡を問い詰めていた。北国に引きこもりすっかり腰が重くなってしまった老人たちよりも、義経の清冽《せいれつ》な訴えは継信の魂に響いた。

「九郎殿とともに行きとうござりまする」

答えを曖昧《あいまい》にしながら、継信は素直な想いを口にした。奥州の主は目を閉じ、小さく笑った。

「好きにせよ」

戸惑いの声を吐いた息子を無視しつつ、秀衡は続けた。

「儂からの餞別《せんべつ》じゃ。兄弟揃って、九郎殿の家人となれ。よいな」

頭を下げた継信に、忠信も従う。弟もまた、義経を好ましく思うている。平泉を出ると言って秀衡に面会を求めようとした時、己も一緒に行くと言ってここまでついてきた。いつも飄々としているが、一度決めたら梃子《てこ》でも動かない頑固者である。

「頼んだぞ二人共。命を賭して九郎殿を御守りいたせ」

「承知いたしました」

秀衡に仕えてはじめて、心よりの承服の言葉を吐いたように思い、継信は珍しく笑った。

「九郎殿。本当に兄上は、九郎殿を見て弟とおわかりになられるのでしょうな」

「うるさいっ」

森閑《しんかん》とした木々のなか、若い男の怒号が響く。飛び出そうと息を潜めていた継信と忠信であったが、きっかけを失い動きが止まる。

平泉を出た兄弟は、陸奥と常陸《ひたち》の国境あたりで、義経主従に追いついた。弁慶が曳《ひ》く馬の背に揺られ山道を行く義経を認めると、弟が森へと駆けだした。いつもの悪戯《いたずら》である。こうなると継信は大人しく従うしかない。

音もなく木々を縫い、二人の前に回ると先刻の怒号が聞こえたのである。

「ついてきたくないのなら平泉に戻れ」

白い頬を怒気で紅く染め、義経が弁慶をにらんでいる。手綱《たづな》を持ったまま僧形の従者は、主の激昂《げきこう》に戸惑っているようだった。

「いや、別に儂はついてゆくのが嫌だと申しておるわけではありませぬ」

戸惑う弁慶は、手綱から手を放し、頭巾のなかに手を入れて首を掻いている。その姿が気に入らなかったのか、先刻以上の怒号が馬上が降ってくる。

「兄上が平氏追討の兵を挙げられたのだ。俺は一人でも行く」

「従うのは拙僧一人。領地ももたず兵もなく、ただ弟だというだけで、頼朝殿は迎え入れてくれるかと。儂はそれを心配しておるのです」

腰の重い奥州の兵などいらぬ。某一人でも兄の元へとむかう……。

秀衡にそう言い放って、義経は平泉を飛び出したのだという。弁慶の心配も継信にはわかる。たしかに主従二人でいきなりむかっても、果たして一度も会ったことのない兄は弟だと認めてくれるか。

「兄者」

腰を浮かせる忠信に首を振る。

「黙れっ」

義経は馬上から叫んだ。

「お前になにがわかる」

「そこまで言わずとも良かろう」

弁慶もいきり立つ。

しかし義経は止まらない。

「俺は平氏の所為《せい》でなにもかもを奪われた。父も母も奴等の所為でな。なのに俺はなんだ」

義経は両の掌を顔の前に掲げ、憎しみに満ちた目でにらんだ。

「大丈夫か兄者。このまま喧嘩別れしてしまうのではないか」

「待て」

弟を制しつつ、継信は馬上の青白い顔を見つめ続ける。

「幼き頃、母は継父《けいふ》との間にできた弟たちばかりを可愛がっておった。いまになってわかる。俺一人が謀反人の子であったのだ。俺がいればいつ平氏からあらぬ疑いをかけられるかわかったものではない。母の平穏な暮らしに、俺は必要なかったのだ。寺に出され稚児となっても、俺に居場所などなかった。坊主どもが気に掛けるのは、俺の顔ばかりだ」

平泉に現れた義経は、源家の御曹司という煌《きら》びやかな衣をまとっていた。謀反人の子であるとはいえ、帝に連なる血筋の持ち主である。その血を受けんと、平泉の名だたる武人たちは夜な夜な娘を夜伽《よとぎ》にむかわせた。己とは違う生き物だと、継信は思っていた。なのに、何故か妙に気になった。この男は源家の御曹司であることに満足していない。蝦夷という生まれに誇りと怒りという矛盾した感情を抱える己と、同じような匂いを感じる。その正体を、いま義経自身が語っていた。

継信は馬上の貴人に熱い視線をむける。

「父の旧臣であったという男が、俺が源家の棟梁、源義朝の子であると教えてくれた時には身震いした」

手綱を持ったまま弁慶が黙って聞いている。

「俺をこんな目に遭わせたのは平氏だ。奴等は父を殺し、都にはびこり、我が世の春を謳歌しておる。なのに何故俺は、こんなところでくすぶっておらねばならぬのだ」

憎い、と言って義経は弁慶をにらむ。

「俺は平氏が憎い。一族郎党根絶やしにしてやらねば気が済まぬ。平氏を滅ぼすことができれば、俺は死んでも良い」

痛いほどわかる。継信も蝦夷が憎い。金で買った自尊心を鎧《よろい》にして、現実から目を背ける臆病者たちが。

しかし、それよりも倭人が憎い。同じ人であるくせに、蛮族だと誹《そし》り、恐れ、蔑む高慢な者たちが憎い。

「どうした兄者」

弟がささやく。目だけを隣に移す。

「泣いておるぞ」

とっさに下瞼《したまぶた》に触れた。濡れている。

「黙れ」

吐き捨て、涙を拭《ぬぐ》ってからふたたび義経に目をむけた。

「兄が起《た》った。俺はかならず弟であることを認めさせる。俺が弟だと知れば、兵は兄が貸してくれるはずだ。俺は平氏を滅ぼすために使える物はなんでも使う」

「兄上を御助けするためでは……」

「違う。俺のためだ」

狂気じみた笑みを浮かべ、義経は力強く言い切った。

「平氏を滅ぼすためならば、たとえ兄であろうと利用する。兵が無ければ借りれば良い。奥州であろうと坂東であろうと、しょせんは手足だ。俺が頭なのだ。己が折れねば、兵は敗けぬ。そして俺が折れることは決してない。たとえ首だけになろうと、俺は折れぬ」

「そういう考えは嫌いではありませぬ」

そう言って弁慶が口許をほころばせる。

気付けば木の陰から飛び出していた。兄の心を悟った忠信は、すでに道に躍り出ている。

「俺もっ」

叫んだ忠信が、二人の前に立つ。その姿に驚いた白馬が前足を立てて暴れようとしたのを、義経が鞍の上で手綱を絞り諫《いさ》める。継信も静かに弟の隣に立った。

「御主等は」

二人の姿を見た弁慶が、驚きの声を上げた。忠信が片膝を突いて頭を垂れる。継信は弁慶をにらんだまま動かない。この男が蝦夷と悪しざまに言ったことを忘れてはいない。

「兄者」

いつもの気楽なものとは違う弟の声が兄をたしなめる。鼻から深く息を吸い、継信は膝を折った。そして馬上の義経に語りかける。

「秀衡様より、九郎殿の供を命じられました。これより先は我等兄弟、九郎殿の郎党にしていただく所存」

言い終えるのを待って、弟が顔を上げた。

「この前の一件で兄者は責めを負わねばならなかったんで、秀衡様や泰衡様にとっても都合が良かったんですよ。まぁ、体の良い厄介払いってやつです」

言ってぺろりと舌を出す。そして、軽妙な口調で弟は続ける。

「お前たちは九郎殿が大好きなようだから丁度良いではないか。なぁんて言うんですよあの爺さんは。あの人は九郎殿を実の子のように想っておられる故、此度《こたび》のことも大層胸を痛めておられます」

実の子と想っているのなら、兵を貸してやれば良かったものを。

「なにか言いたそうだな」

弁慶が見下ろしながら問いかけてくる。継信は舌打ちと同時に顔を上げた。茶色い頭巾に覆われた厳つい顔をねめつける。

「お前に言うことなどなにもない」

「弟の言葉を聞いて笑っておったではないか」

笑っていたのか己は。

覚えがない。

「よせ弁慶。此奴等は俺の郎党になったんだ。仲間同士で争うな」

馬上から義経が止めると、忠信が飛びあがるようにして立ち上がった。

「郎党になることを認めてくれるんですね」

「仲間は一人でも多いほうがいい」

淡然と答えた義経に、忠信が笑う。

「仲間……そういうところが、たまんねぇんだよな兄者」

弟から顔を背ける継信に、義経の声が降って来る。

「御主も立て継信」

命に従う。

「継信」

新たな主を真っ直ぐに見つめ、継信はうなずいた。

「御主は秀衡殿が嫌いか」

「嫌いだって言うのなら、平泉にいるすべての侍が嫌いです」

「御主も平泉の侍ではないか」

茶々を入れた弁慶を舌打ちとともにひとにらみしてから、継信は義経に顔をむける。争うなという義経の命を守っただけだ。

「ここは北の都だなどとうそぶいて、外を見ようともせず、戦えばかならず勝つなどと口にしながら、誰一人本気で戦おうとはしない。平泉に籠もって、気位ばかり高くしておるような腰抜けどもなど俺は嫌いです」

「そうか」

義経は短く言って、馬腹を蹴った。落ち着きを取り戻した白馬が足を前に出す。弁慶が手綱を持とうとすると、忠信が機敏に動いて先に取り、気安い笑みを投げた。弁慶は大人しく手綱を忠信に渡し、己は馬の後方へと回った。継信は静かに忠信の前を行く。

「継信」

馬を歩ませながら、義経が語りかけてきた。先頭を歩みながら、継信は主の言葉を待つ。

「蝦夷の意地、俺の元で日ノ本の侍どもに存分に見せてやれ」

「そのつもりです」

顔を見せず継信は答える。その声がかすかに跳ねているのが自分でもわかった。


継信と弟忠信が加わった義経主従は、上野国《こうずけのくに》に辿り着いた。

ある男に会うためだと主は言う。

成島《なるしま》という地に入った時のことである。畦道《あぜみち》に毛の生えたような田畑に囲まれた小路を、主従四人で進んでいた。義経一人だけが行く先を知っているため、主が馬を歩ませるに任せ継信たちは黙ってついてゆく。すると突然、前方から十数人の男たちが駆けてきた。まばらに見える人家へと続く脇道には目もくれず、一直線に継信たちにむかって進んでくる。

三人の郎党は思い思いの得物を手に身構えた。継信は背に負っていた弓に矢を番《つが》え、忠信は腰の太刀を引き抜く。弁慶は驚くほど長大な薙刀を構えている。主の馬の左右に佐藤兄弟、前方に弁慶という布陣である。

「待て、敵ではない」

気を張る継信たちに、義経が穏やかな声を投げた。まるでそれを聞いていたかのように、男たちが足を止める。先頭を駆けていた者だけが、歩みを止めない。黄の直垂の上に狸《たぬき》の皮でできた羽織を着込み、濃茶の括袴《くくりばかま》の脛《すね》は脛巾《はばき》で覆われている。腰には男の背丈ほどもあろうかという大太刀がぶら下がっていた。黄色い目のなかに浮かぶ小さな瞳はねばついた光を発し、鼻から下が強い髭で覆われている。

「いやっはぁぁぁっ」

主へと近付いて来る男が、両腕を思いきり広げて雄叫《おたけ》びを上げた。

「待ったっ。待ったぞ九郎殿っ」

両腕を広げたまま男が言った。

「済まぬ、三郎」

馬上から義経が声をかける。どうやら主は、この男のことを知っているらしい。継信は鏃《やじり》を男にむけたまま気を引き締める。忠信と弁慶も、構えを解かない。

三郎と呼ばれた四十がらみの男は、薙刀を構えたまま気を張り続ける弁慶の前で止まった。にやけ面で緩みきっているように見えてはいるが、弁慶が薙刀を精一杯振って切っ先がわずかに逸れるぎりぎりのところに立っている。目は馬上の義経にむけたまま、三郎と呼ばれた男は弁慶との間合いを計ったのだ。

「伊勢三郎義盛《いせのさぶろうよしもり》っ」

白刃を掲げながらにらむ弁慶にむかって、三郎が言った。三郎の目が馬の左右に控える継信と忠信を交互にとらえる。

「九郎殿も申したろう。俺は敵じゃねぇ。物騒なもんは仕舞ってくんねぇかな」

「九郎殿」

構えは解かずに三郎をにらんだまま、弁慶が背後の義経に問う。

「大丈夫だ」

義経が答えてやると、その言葉をきっかけに弁慶は薙刀に鞘をかぶせた。忠信が太刀を鞘に仕舞うのを見届けてから、継信は弓弦《ゆみづる》を緩める。

鼻の穴を大きくふくらまして、三郎が胸を張って笑った。

「九郎殿、この男は」

弁慶が義経を守るように馬の前に立つ。

「侍には見えないな」

忠信が言葉を繋げる。

「盗賊の頭か」

継信も続いた。

「その通りっ」

嬉《うれ》しそうに三郎が吠える。大仰な三郎の態度に、継信は気を緩めずいつでも矢を放てる心持ちを保ち続ける。

「このあたりを根城にしてる盗賊の頭だ。後ろの奴等は俺の子分さ」

髭の隙間から桃色の舌が飛び出す。おどけているのだろうが、三郎の一挙一動すべてに得体の知れぬ剣呑さが見え隠れしている。強張る継信たちに目をやった三郎が、義経に視線を移す。

「九郎殿からちゃんと話してくれなきゃ、この坊さんたちはこのまんまだぜ。なぁ、しっかり言ってやってくれよ。俺ぁ味方だってね」

　継信たちは、義経にはばかることなく三郎に殺気を放ち続けている。武の心得がある侍でも、背をむけて逃げ出してしまうほどの濃い殺意を受けながら、三郎はへらへらと笑っている。

　義経は弁慶の背に声を投げた。

「この男の父は、私の父に仕えていたそうだ」

「伊勢二見浦《ふたみがうら》の渡会義連《わたらいのよしつら》ってのが親父の名でね。些細《ささい》な罪でここに流されて、死んじまった」

　義経に語ってくれと言いながら、三郎は身振り手振りを加えながら己で語り始めた。

「俺ぁ、親父の顔は知らねぇんだ。母ちゃんが聞かせてくれたのよ。親父が伊勢の出なんで、伊勢、名前ぇが義連だから義の字取って義盛。そんで伊勢三郎義盛。どうだ良い名前だろ」

　言いながら気楽に弁慶へと近付いてくる。

「そういうこった」

　微笑混じりに三郎が、弁慶の強張った肩を軽く叩いた。そうしてなおも身の上話を続ける。

「俺が九郎殿に出会ったのは……ありゃいつ頃のことだっけ」

　弁慶の頭越しに義経を見上げ、三郎が問いかける。

「六年前だ」

「もうそんなになるのかよ」

　目を丸くして三郎が驚きの声を上げた。胸を突いて遠ざけようと弁慶が腕を掲げると、機敏に悟った中年の盗賊はひらりと身をひるがえして間合いを計る。

「九郎殿がはじめて奥州に下られた時に、たまたま成島を通ってよぉ。偶然にも俺の女の家にひと晩の宿を乞うたのさ。それが縁で俺ぁ、九郎殿の郎党になることになったのよ」

いわば、とにやけ面で言ってから、三郎は弁慶から継信、忠信へと目を移す。

「俺ぁ、九郎殿の最初の郎党ってこった。よろしくな御三人さん」

「なんだか鼻もちならない人ですね」

忠信が弓形に目を歪めながらつぶやいた。

「ささ九郎殿。今宵は我が屋敷で、楽しくやりましょうや。なぁ、あんたたちも」

三郎が髭に埋もれた唇をぺろりと舐めた。

「俺は一日でも早く」

「わかってますよ。兄上のところに行くんでしょ。頼朝はいま黄瀬川《きせがわ》にいる」

義経のことは〝九郎殿〟と呼びながら、三郎は頼朝をぞんざいに吐き捨てた。

「こっからは俺が道案内する故、九郎殿はなんも心配しねぇでいい」

三郎がひょいと弁慶の脇をすり抜け、手綱を取った。

「行くぜ。えぇと……」

三人の郎党たちを見る。

「お前《め》ぇたちの名をまだ」

「佐藤忠信」

三郎の言葉が終わらぬうちに、忠信が名乗った。継信は続く。

「佐藤継信。忠信の兄だ」

「だろうな。だって肌の色以外はそっくりだもんよ」

手綱を引きながら三郎がからからと笑う。

「そこの坊さんは」

「武蔵坊弁慶」

「見た目に負けず強そうな名前ぇだな」

弁慶と忠信から殺気が消えている。飄然とした三郎を、釈然とはしないが心のどこかで認め始めているようだった。継信はなおも心の箍《たが》を緩めはしない。どんな時でも主を守るのが郎党の役目だと心得ている。

三郎が手綱を取って先導し、後ろを弁慶が行き、継信と忠信が義経の脇に侍る。三郎の手下たちは五人の後ろを黙ってついてくる。

「よろしくな」

あっけらかんと言い放った三郎に、弁慶が黙したままかすかに顎を上下させた。忠信はその前からへらへら笑っている。義経は馬上で微笑んでいた。

継信は気を緩めない。それが郎党の務めだから。

四

「さぁ、ここに座れ」

先刻までみずからが敷いていた鹿の毛皮を指し示し、細面《ほそおもて》の男が言った。

豪壮な鎧に身を包んだ男たちが居並ぶなか、弁慶は他の郎党たちと下座に控え、にこやかに笑う細面の男を眺めている。都の名のある堂塔伽藍《どうとうがらん》がすっぽり収まるほどの広大な敷地を、幔幕《まんまく》が囲っていた。

黄瀬川の源氏方の本陣である。

己が座していた毛皮を差し出し、みずからは上座に置かれた畳に座り直した細面の男こそ、この陣の総大将であり義経の兄、源頼朝であった。

源三位《げんさんみ》頼政を担ぎ上げて画策された平氏追討の謀議は、密告により失敗に終わった。だが、以仁王によって発せられた平氏追討の令旨は、全国の源家の残党にもたらされた。令旨を受け取った者たちを追討せんとする平氏を前に、頼朝は決起することを決意した。

伊豆国の目代《もくだい》、山木判官《やまきほうがん》平兼隆《たいらのかねたか》を討ち、平氏追討の狼煙《のろし》を上げた頼朝であったが、相模国石橋山《さがみのくにいしばしやま》で大庭景親《おおばかげちか》、伊東祐親《いとうすけちか》に大敗を喫する。真鶴埼《まなづるざき》から船で安房国洲ノ崎《あわのくにすのさき》へと逃れた頼朝は、安房上総《かずさ》を北上する間に和田義盛《わだよしもり》、上総介広常《かずさのすけひろつね》、千葉介常胤《ちばのすけつねたね》らを味方にし、四万もの大軍となって武蔵国に入った。八幡太郎義家《はちまんたろうよしいえ》の父、源頼義《よりよし》によって創建された鶴岡八幡宮《つるがおかはちまんぐう》があり、己が父である義朝が居を定めた鎌倉《かまくら》に入った頼朝は、ここを本拠とし関東の武士たちを結集させることに心血を注いでゆく。頼義の昔から関東は源家を慕う武士たちが多く、義朝が平清盛と敵対できるだけの力を得ることができたのも、関東の国人たちの協力があったからだった。

頭殿、源義朝の忘れ形見、源頼朝起つ。

その噂は関東八ヶ国に瞬く間に広まり、鎌倉には次々と国人たちが集った。

頼朝の勢いを無視できなくなった平氏は、追討軍三万騎を編成し京を発った。清盛の嫡男、重《しげ》盛《もり》の子である平維盛《これもり》を総大将にした追討軍は、駿河国《するがのくに》にいたるまでに七万にまで膨らんだ。対する頼朝は二十万もの大軍で駿河黄瀬川に着陣し、追討軍と対峙する。

しかし、両軍が一度も刃を交えることなく、戦の勝敗は決した。

富士川《ふじがわ》に留まっていた追討軍は、夜間水鳥の群れが飛び立つ羽音を聞いて驚き、夜襲と勘違いして混乱。一夜にして全軍が潰走して都に逃げ帰るという失態を犯したのである。頼朝は一兵の犠牲もなく平氏との初戦に勝利したのだった。

義経が訪ねたのは、勝利に沸きかえる黄瀬川の本陣である。

頼朝や関東の国人たちが集う区画には板が敷かれて座敷の体を成していた。国人たちは敷皮に座し、頼朝だけが一段高くなった畳に座っている。最前までは国人たち同様、畳の前に敷いていた毛皮の上に座っていたのだが、義経が現れたのをきっかけに、畳へと座を移したのであった。

先刻まで頼朝が座した敷皮を、義経が勧められている。

「遠慮することはない。さぁ」

立ったままの義経に、頼朝が穏やかに告げる。薄い唇の上に、細い髭を生やした頼朝の顔の造《ぞう》作《さ》は、すべてが薄造りであった。いっぽう弟の義経は、長い睫毛とつぶらな瞳が目を引く、くっきりとした顔立ちである。兄弟ではあるが母が違う。

「では」

義経が敷皮を引き寄せ、腰を下ろした。朱い直垂の上に、紫が下に行くにつれて次第に濃くなってゆくように染めた糸で威《おど》した鎧を着け、傍らに置いた兜《かぶと》は鉢《はち》に銀の星を配した金色の鍬形《くわがた》付きだ。義経のためにと三郎がかねてから用意していた逸品である。源家の御曹司に相応《ふさわ》しい物を揃えたのだと、三郎が鼻息を荒くして語っていた。その三郎は、弁慶の隣に控えている。手下たちを残して屋敷を発つ朝、鼻から下を覆っていた髭をきれいさっぱり剃《そ》った。尖った顎が露わになった顔は思いのほか涼やかで、四十を越えているとは思えなかった。十ほどは若返っている。

「ささ、其方たちも」

頼朝が弁慶たちを見る。四人の郎党は、声をかけられ板の上に腰を下ろした。

「くそが……」

下座に控える郎党たちにしか聞こえない声で、三郎がささやいた。不遜な言葉ではあるが、感情がいっさい籠もっていないため、さほどの悪意は感じられない。

「物珍しそうな目で見やがって」

どうやら座敷の左右に座る関東諸国の侍たちのことを言っているらしい。老若入り交じる甲《かっ》冑《ちゅう》姿の男たちのなかには、義経の背後に侍る弁慶たちに視線を送る者がいた。彼等の目には、好奇の光が宿っていた。三郎が悪態を吐きたくなるのもわかる。

だが弁慶は、無理もないとも思う。

一人は小汚い僧兵で、一人は小奇麗にはしたがやはり獣臭さが抜けぬ盗人《ぬすっと》上がり。他の二人は一端《いっぱし》の郎党に見えなくもないが、兄のほうの目付きがやけにぎらつき、日ノ本の侍に対する敵愾《てきがい》心《しん》を隠せずにいる。唯一かろうじて忠信だけが、郎党として成り立っているといえよう。そんな歪《いびつ》な集団を目の当たりにして、好奇な視線をむけずにいることのほうが難しかろうと思う。

「妙な真似はするなよ」

「んなこた、お前ぇに言われなくてもわかってるよ」

諭す弁慶に三郎が悪態を吐く。

「が、やっぱむかつくな」

鼻で笑って三郎は顔を伏せた。それ以上、余計なことはしないと行動で示した盗人上がりを一瞥し、弁慶は義経たちに目をやった。

「御主のことはかねてより聞いておった」

弟であると認めてくれるかという道中の懸念は、杞憂《きゆう》であった。黄瀬川の陣で義経が番兵に名乗ると、すぐに頼朝の耳に入り、なんの詰問もないまま御家人たちが居並ぶ幔幕の裡へと誘われたのである。

笑みを絶やさない頼朝の物腰は柔らかい。まだ顔を見て間もないのだが、本当に武士なのかと疑いたくなるほど、荒々しさの欠片も感じなかった。戦が終わったばかりの陣中であるため、甲冑に身を包んでいるのだが、深紅の糸で威した鎧が様になっていない。鎧に着られている。

義経は女と見紛うような顔付きで、体も華奢《きゃしゃ》で小さい。背丈は頼朝のほうが頭ひとつ大きかった。身形《みなり》は頼りないのだが、鎧を着て凜然《りんぜん》と座る義経の背中には、薙刀を振るわせれば百人力である弁慶ですら息を吞むほどの武威が漂っている。

「父が九条院《くじょういん》の雑仕《ぞうし》に産ませた子が三人おると聞いてはおったのじゃ。たしか、上の二人は出家しておるはずだが」

「幼き頃に生き別れ、以来会うたことはありませぬ」

義経は抑揚のない声で答えた。頼朝はにこやかにうなずき、言葉を継ぐ。

「御主も寺に入ったのであろう」

「鞍馬寺で稚児をしておりましたが、頭を丸める前に飛び出しました」

「それからは奥州に」

「藤原秀衡の世話になっておりました」

「聞いておる」

何度もうなずき頼朝は言った。柔和な笑みに歪む目から滴がこぼれ落ちる。それは次第にひと繋ぎとなり、瞬く間に滝のように流れ落ちて頬を濡らしはじめた。

「八幡太郎義家様が桃生城《ものうじょう》を御攻めになられ、多勢でありながら敗れ、厨川《くりやがわ》に逃れられた折、八幡大菩薩《はちまんだいぼさつ》にお祈りになられ御加護を求められた。すると都にいたはずの新羅三郎義光《しんらさぶろうよしみつ》様が手勢とともに現れて、御兄弟は見事、蝦夷を討たれたという」

頼朝が〝蝦夷〟と口走った時、それまで顔を伏せていた継信がすっと頭を動かし頼朝をにらんだ。隣に座した弟がなにかをささやくと、ふたたびうつむいて動かなくなった。

義経の郎党の些細な動きなど目に入れることもなく頼朝はにこやかに続けた。

「義光公を迎えた義家公の御悦《およろこ》びがいかほどであったか。いまの儂にはよくわかる。御主が奥州より馳せ参じてくれたこと嬉しく思うぞ」

畳を蹴って頼朝が義経の前にしゃがんだ。両手を弟に差し伸べ、金の縁取りがされた小手に包まれた手を握りしめる。義経の右手を己が胸に当てながら、頼朝は泣く。

「よく……。よく来てくれた義経」

「兄上」

弁慶には義経の背しか見えない。主の顔を無性に覗いてみたかった。兄上と言った時の声には、心の揺れはまったくなかった。いつもの淡然とした義経の口調である。泣いているのか。それとも、己の参陣を涙を流して喜ぶ兄を淡々と見つめているのか。知りたくてたまらない。

「泣いてんのかなぁ」

あっけらかんとした声で三郎がつぶやいた。この男も、同じことを思ったらしい。

弟の手を取りながら頼朝が鼻を啜《すす》る。義経は手を握られたまま、平坦な口調で言った。

「このまま都に攻め入り、清盛の首を取りましょうぞ」

涙で濡れた頼朝の細い目が、一瞬強張った。笑みのまま固まった兄の顔が、小さく揺れて周囲に侍る関東の侍たちを見る。

「ま、まぁその話はいまでなくとも……」

「某がここに座っておるのは、憎き清盛を殺すため。私や兄上を苦境のどん底に陥れ、みずからは栄華の限りを尽くしておる平氏どもを一人残らず血祭りに上げるためにござりまする」

兄弟の涙の対面に、容赦なく冷や水を浴びせ掛ける義経を前に、頼朝はどうして良いのかわからないといった様子で、弟の手を放って畳に逃げ帰った。義経はまったく動じず、背筋を伸ばして兄と正対する。

「ここに集う方々も、某と同じ想いでありましょう」

「そ、それは……」

　頼朝が右方に目をやったのを、弁慶は見逃さなかった。頼朝の右方に並ぶ男たちのなかで一番上座に近い場所に座った老人が、座敷じゅうに響くほど大きな咳払いをひとつしてから、ゆっくりと義経を見た。

「九郎義経殿」

　腹の底で響かせた重々しい声を、老人が吐いた。義経は頭を老人へとむける。

「其方は」

　まるでみずからが老人の主ででもあるかのように、義経は冷淡に問うた。老人のほうは顎に生やした髭を右手でつまみながら小さく笑ってから、気丈な若者に声を投げる。

「相模の住人北条時政と申しまする。我が娘は武衛《ぶえい》様の正室。よって某は武衛様の舅ということになりますかな」

　武衛とは兵衛府《ひょうえふ》の唐名で、伊豆に流される前に頼朝が右《う》兵衛《ひょうえ》権佐《ごんのすけ》に任じられていたため、関東の武士たちは、頼朝を武衛と呼んでいる。

「そうか」

　義経は時政にそれだけを言い放つと、ふたたび兄のほうへ顔をむけた。

「平氏は兄上に敗れたばかり。戦勝の勢いに乗りいますぐ都に攻め入れば、苦もなく平氏を滅ぼせましょう」

「九郎殿」

時政が割って入る。

「なんだ」

苛立《いらだ》ちを露わにして、義経がふたたび老人に顔をむける。

「攻めよ攻めよと申されるが、そんなに都を攻めたければ御自分でおやりになればよかろう」

黙って成り行きをうかがっていた男たちの間から、ちいさな笑い声が聞こえて来た。

「んの野郎……」

伊勢三郎がささやいてから、ちいさな舌打ちをした。もちろん時政に届くわけもない。勝ち誇ったように白い髭を吊り上げながら、頼朝の舅は続ける。

「奥州より馳せ参じたと仰せになられたが、どれほどの兵を率いて参られたのじゃ」

「兵はおらぬ」

「それはおかしゅうござりまするなぁ」

時政が大袈裟に首を振った。舅と弟のやり取りを、頼朝は困った顔で見守っている。

「蝦夷の長、藤原秀衡が一度声を上げれば、百万の兵が集うと聞き及んでおるが」

百万というのは誇張が過ぎるが、たしかに秀衡が起てば数十万の兵が集まるのは間違いない。

時政の〝蝦夷の長〟という言葉に、今度は継信が怒りを露わにしている。弁慶は男たちに聞こえぬ声でささやく。

「忠信」

「わかってるよ」

佐藤兄弟の弟が、蝦夷という言葉を聞くと見境がなくなる兄を必死になだめている。弁慶はみずからの隣にいる盗賊上がりに気を配る。

「下手な真似はするなよ」

三郎が横目で弁慶を見て鼻で笑った。

「ここまで主を虚仮《こけ》にされといて、ずいぶん冷静じゃねぇか、え。修行のせいで悟りきって腹も立たねぇってんなら、こんなとこにいるこたねぇ。さっさと寺に帰んな」

「所構わず傍若無人に暴れればよいわけではなかろう」

「したり顔で講釈たれやがって、気に喰わねぇなお前」

横目でにらみつけてくる三郎を見下ろしながら、弁慶は口を開く。

「後で白黒付けてやる」

「上等じゃねぇか」

義経の郎党の仲違いなど誰一人気付かない。男たちが注視しているのは、源家の兄弟と時政であった。老いた北条の当主が目を細め口許に冷笑をたたえながら、なおも義経を責める。

「九郎殿は勘違いされておるようだが、兵を掻き集め、犠牲を払ったのは我等関東の侍にござる。都に攻め上れ攻め上れと兄上を焚《た》き付けておられるが、我等のことは目にも入らぬご様子。初の対面を武衛殿は殊《こと》の外《ほか》喜んでおられるというに、弟のほうは平氏追討に躍起になるばかりで、情の欠片もない。これではあまりに武衛殿が不憫《ふびん》にござる」

「よいのじゃ舅殿」

「ここは言わせてくだされ武衛殿。都に攻め上れぬ臆病者呼ばわりされては、我等の面目がござりませぬ」

舅の激昂を抑えようと、にこやかに言った頼朝を突き出した掌で止め、時政はなおも義経に言い募る。

「都に攻め上り平氏を滅ぼすよりも、まずは関東の安寧こそが肝心。関東をしかと固め、武衛殿の地盤を盤石ならしめた後でも、都に攻め上るのは遅くはない。常陸の佐竹《さたけ》のように、関東にはいまだ武衛殿に従わぬ者もおる故」

「承知仕りました」

老人を無視するように、義経が兄のほうをむいたまま冷淡な口調で断ち切った。

「某はただ、己の思うたことを兄上に素直に言上したまでにござりまする」

義経の弁解に、畳の上で腰を浮かせる兄が強張った頬をわずかに緩めた。

「皆様方の都合も弁えず、出過ぎた口を利きましたこと平に御容赦いただきたい」

「なんで九郎殿が、腰抜けどもに頭下げなきゃなんねぇんだよ。くそっ、あの爺《じじ》ぃ本当にぶっ殺してやろうか」

深々と頭を垂れる主の背をにらみながら、三郎が毒づく。

「三郎」

たしなめる弁慶に舌打ちを返し、三郎が黙った。

「平泉に籠もり初陣《ういじん》すら果たせぬ若輩にござりまする。何卒、陣の末席に御加え下さい」

「儂のほうこそ頼む。我が力になってくれ」

舅に口を出されることを拒むように、頼朝が義経に駆け寄ってふたたび手を握った。

「頼んだぞ」

「はい」

「下手な芝居しやがって」

悪態を吐く三郎をそのままに、弁慶は義経の決意を思い出す。

平氏追討のためなら兄をも利用する。

これ以上、時政たちと反目しても利はないと判断した義経は、鉾《ほこ》を納めて従順な振りをしたのだ。己の宿願のために。

「九郎殿の真意がわからぬのなら、御主のほうこそ上野に帰ったほうが良いのではないか」

「んだと、こら」

「後で、なんだろ」

弁慶は余裕の笑みを浮かべて三郎の殺気を受け流す。

「さぁ、弟の参陣を祝い、今宵は呑もうではないか皆の者っ」

頼朝が義経とともに立ち上がって両腕を広げ、柄に似合わぬ大声で言った。時政はまだなにか言いたそうだったが、他の国人たちはこの場が穏便に済むようにとばかりに、いっせいに酒宴の支度のために立ち上がった。

義経は頼朝に誘われ奥へと消えて行く。

郎党四人だけが残された。


陣幕の外に出て関東の男たちが見えなくなるところまで四人連れだって歩いた。人気のない鬱蒼《うっそう》とした林に着くと、三郎が待ってましたとばかりに腰の太刀を抜いた。

「遅い……」

弁慶は一瞬たりとも三郎から気を逸らさなかった。太刀を抜く直前、盗賊上がりの郎党から立ち上った殺気を機敏に感じ取っている。抜くのはその時からわかっていた。先を行く三郎の右手が柄にむかうのを見越して、弁慶は人より長い足を存分に使い三郎との間合いを大きく削り取っていた。太刀を抜いた三郎が振り返って初めに見たのは、拳を硬く握った弁慶の赤ら顔である。

「この野っ……」

郎、と続くはずだったのだろう。三郎が放った言葉は半ばで途切れた。

「勝負あり」

忠信が楽しげに言った。

「一発……化け物か」

継信が呆れながらつぶやく。

太刀を右手に持ったまま、三郎が大の字に倒れて白目をむいている。口から白い泡が垂れて右の耳朶《じだ》を濡らしていた。

「情けねぇなぁ、おっさん」

忠信が肩をはずませながら三郎の元に駆け寄る。しゃがみ込んで三郎の頬を幾度も叩く。

「おい、起きろよおっさん」

「ぶはっ」

激しく息を吸って四十がらみの郎党が飛び起きた。その手に握られた太刀を、忠信が慣れた手付きで捥《も》ぎ取る。

「終わったんだよ」

弁慶にむかっていこうとする三郎の胸を太刀を持たぬ腕で押さえながら忠信が制する。

「んだと」

「一発だよおっさん」

「嘘だろ」

「ほんと」

にやける忠信に溜息を吐きかけて、三郎がどかりと腰を落とした。

「そんだけ強《つえ》ぇのに、なんであん時、怒らなかった」

腕を組んで弁慶を見上げながら、三郎が口を尖らせる。

「あの北条何某とかいう爺ぃの人を見下したような面見てると、俺ぁ斬り殺したくてたまんなくなっちまったぜ。俺ぁ生きるために盗賊になったんだ。人から奪わなきゃ生きられなかったからだ。でもな、持たない者からは奪わなかった。奪うのはいつも、あの爺ぃみてぇな奴からだった。俺ぁ、人を人とも思ってねぇ侍どもを見下すために、九郎殿の郎党になったんだ。人の上にふんぞり返ってる奴等の身分も誇りもなにもかも、九郎殿と一緒に盗み取ってやるのよ」

「だったら」

壮年の郎党を見下ろし、弁慶は悪辣な笑みを浮かべる。

「大人しくしているほうが良いと思うぞ」

「なに」

「九郎殿の望みはなんだ」

「平氏の追討だろ」

「そうだ。あの人の敵は、この世のすべてを見下しておる一族だ」

平氏にあらずんば人にあらず……。

これほどの驕《おご》りがあろうか。

「あの老いぼれに頭を下げたのも平氏追討のため。九郎殿はどんな手を使ってでもかならずやる」

握り拳を己が面前に掲げ、弁慶はいっそう悪辣に笑う。

「平氏を滅ぼしてから、思う存分盗み取れば良いではないか」

「おい大丈夫か生臭《なまぐさ》坊主」

三郎の声を聞き流しつつ、弁慶は続けた。

「御主等もそうであろう。この腐りきった世の中で、自分たちを見下してきた者たちにひと泡吹かせるために、あの男を主と仰いだのであろう」

佐藤兄弟は蝦夷という偏見への怒り。おそらく三郎にも彼等に似通った想いがあるはずだ。でなければ、あんな偏屈で無禄の男を主と仰ぎはしない。

そう思いながら、己はどうかと考える。

弁慶には三郎や佐藤兄弟のような想いはない。ましてや義経の平家に対する憤怒ほどの激した情など抱いたことはなかった。

だからこそ弁慶は、ここにいる。

「九郎殿とともにおれば、怒りを存分に吐き出せる場がかならず訪れる。それまであの人の邪魔をせぬことだ」

三郎が横をむいて弁慶から目を逸らす。

「お前ぇの言葉にほだされたわけじゃねぇ」

口を尖らして続ける。

「俺ぁ、あの人を……源九郎義経って男を信じる。それだけだ」

「それで良い」

「なに、仲直りしたの」

あっけらかんとした口調で、忠信が弁慶に問う。

「知らねぇよ」

言って三郎は起き上がり、弁慶の足下に唾を吐いた。

「お前ぇらと一緒にいると苛々すっから、どっかで酒でも呑んでくらぁ」

「あっ、俺も……」

弁慶は、ついてゆこうとする忠信の肩をつかんで止めた。

五

時政が言った通り、頼朝は都に攻め上らずに鎌倉に戻った。そして、源家の流れを汲む常陸の佐竹冠者秀義《かじゃひでよし》を討ったのである。同族の名門である佐竹を討ち、頼朝は関東の支配を強固なものにしてゆく。

関東は平氏の手が届かぬ地となった。

常陸を勢力圏としたため、頼朝の支配権は平泉の秀衡の領分と境を接する。つまりそれは、関東以北が平氏の直接支配を脱したことを意味していた。

みずからが生かした源家の禍根《かこん》が、清盛を苛《さいな》んだ。保元《ほうげん》、平治両乱を制し、平氏興隆の祖となった清盛も、寄る年波には勝てなかった。絶えず身中に凄まじい熱がこもるという奇病に冒され、関東に憂いを残したまま六十四歳の生涯を終えた。

「我が墓前に頼朝の首を供えよ」

呪いとも呼ぶべき邪悪な遺言を一族に残し、一代の傑物はこの世を去ったのである。

巨人が死のうとも、着実に時は進んでゆく。

義経とその郎党たちは、忸怩《じくじ》たる想いを胸に怠惰《たいだ》な日々に埋没していた。

＊

父が源家の家人であったことなど、伊勢三郎義盛の暮らしには関係がなかった。

三郎が生まれた時にはすでに父は上野に流された後だったし、物心付いた時には死んでいた。だから三郎は、父の顔も知らない。そんな男の来歴など、いくら母に聞かされたとて心に響くわけもない。お前はもしかしたら武士であったのだと言われても、物乞い同然の母子の飯の足しになるわけでもないのだ。果たせもしない望みを目の前にぶら下げられるだけ、腹立たしい。百姓でもない。武士でもない。母子が食いつなぐため、三郎は盗みを覚えた。

幼い頃からむこう気だけは強かった。気付いた時には悪い仲間たちと馴染み、大人と呼ばれる頃にはいっぱしの頭となっていた。

生きるために他者から盗むことに、一度も罪悪を感じたことがない。奪うために殺したことも一度や二度ではない。殺し、火点《ひっ》け、拐《かどわ》かし。生きるため、銭や飯のためならなんでもやった。

所詮、この世は盗むか盗まれるかではないか。汗水垂らして米を作るでもなく、侍たちは百姓から奪ってゆく。その侍たちも、主に奪われる。そうして集められた米は、都の公家や坊主たちが涼しい顔をして奪ってゆく。

あれほど母が慕っていた武士という生き物は、三郎にとっては己と同じ盗人であった。強き者が弱き者から奪うのが世の理《ことわり》。だから三郎は強くあろうとした。より多くの者から奪うために。

もともと童の頃から荒事が大好きだった。喧嘩に敗けたことがない。弓も馬もすぐに誰よりも上手く操れるようになった。一番手に馴染んだのは、太刀であった。

盗みにも縄張りがある。面倒事も多い。荒事になる度に、三郎は自慢の太刀を振るい敵を圧倒した。闇に生きる者たちの間で、三郎の名を知らぬ者はいなくなった。

そんな時だ。父の主の子だという男が目の前に現れたのは。源九郎義経。帝に弓引いた大謀反人の子である。しかし三郎にとって、この男はこの世でただ一つの標《しるべ》であった。母が死ぬまで慕いに慕った武士という身に三郎を導く一本の糸だ。

盗人などよりも大きな盗みができる。

三郎は平泉へと下ろうとしている義経の郎党になった。

あれから七年。

やっと道が開けた。

そう思ったのに……。

「だぁぁぁ、もうっ。俺ぁこのまま溶けちまうぞっ。良いのか、どろどろんなって、床の隙間から零れ落ちちまうぞっ。えっ、掃除すんのは誰だっ。お前ぇか忠信っ」

　床の上に大の字になって、手足を乱暴にばたつかせながら、三郎は怒鳴った。

「零れ落ちちゃったら掃除しなくて良いじゃないですか。だったらもういっそのこと溶けちゃってくださいよ。床の隙間から零れ落ちて地面に染み込んでくださいよ。そうやって毎日毎日、寝転がってふてくされて悪態ばかり吐かれてるよりましですよ」

　かたわらに胡坐をかいている忠信が、微笑とともに言った。

　鎌倉である。頼朝が義経に与えた屋敷であった。弁慶と継信もいる。義経の四人の郎党が揃って、暇をもてあましていた。義経は兄に呼ばれている。従者も付けずに一人で行くと言うと、四人が止めるのも聞かずにさっさと出ていった。

「だいたい、なんで俺たちぁ佐竹攻めに加われなかったんだよ」

　言いながら三郎は、起き上がり胡坐をかく。思い思いに座る三人の従者たちをにらむが、誰一人正面から三郎とむきあおうとはしない。

「その問い、何度目ですか」

　欠伸《あくび》のせいで目に涙を溜めた忠信が、うんざりした様子で問いを投げてくる。

「源家の惣領《そうりょう》の弟だってだけですからね九郎殿は。満足な兵も持たず知行地もない。なんの戦力にもなりませんよ」

「うちにゃあ、この化け物がいんだろ」

　三郎は弁慶を指さした。黄瀬川での兄との面会の日から、三郎は弁慶を〝化け物〟と呼んでいる。

喧嘩に敗けたことがなかった。本当にただの一度も。それが一発である。化け物と呼ぶ以外に、そんな男をどう呼んで良いのかわからない。

「俺たちだって結構やるぜ。なぁ」

言って三郎は継信の仏頂面を見た。

「関東の侍どもは我が殿を恐れておるのよ」

継信が淡々と答えた。寡黙《かもく》な男が珍しく口を開いたことに、少し驚く。

「どうした佐藤兄」

目を丸くして三郎は継信の顔を下からうかがう。弁慶は化け物、継信は佐藤兄。そして忠信は名前で呼んでいる。自然とそうなった。佐藤兄弟については理由はない。

継信が誰に目をむけるでもなく、虚空をにらんだまま続けた。

「清盛が死んだことで平氏は関東をそれまで以上に恐れるようになったようだ。それで、秀衡様に使いを送り、頼朝追討を持ちかけたということだ」

「お前ぇ、そんなこと誰から」

「吉次だ」

吉次は鞍馬寺にいた義経を平泉に導いた奥州の金商人である。継信は奥州藤原家の家人であった。奥州の商人と繋がっていても不思議ではない。

「秀衡殿は取り合わなかったそうだがな」

「なんでお前はそこまで知ってんだよ」

「兄者は吉次と書簡を交わしているからな」

三郎の問いに忠信が答える。すると継信は弁解がましく弟の言葉に続けた。

「九郎殿のためだ」

「ふぅん」

三郎はなんとなく相槌を打ちつつ、開け放たれた部屋の外へと目をむけた。

「ん」

柱の陰に誰かが隠れている。

義経だ。

「ぬおっ」

仰《の》け反《ぞ》った最年長の郎党につられるように、弁慶たちも義経に目をむけた。

義経が柱から出て、広間へと歩む。四人の郎党はすかさず居住まいを正して、下座に控えた。

主は、しずかに部屋の敷居をまたぎ、上座にどっかと腰を下ろした。

「びっくりさせねぇでくれよ」

苦笑いを浮かべる三郎に、口許を吊り上げた悪戯な笑みで義経が応えた。

「おかえりなさいませ」

弁慶が頭を下げる。三郎と佐藤兄弟も続く。

「うむ」

「兄上様はなんと」

言いながら弁慶が背筋を伸ばした時には、すでに三郎は頭を上げていた。誰よりも速い。

義経が郎党たちを見渡し、ゆっくりと言葉を吐く。

「鶴岡八幡宮を武蔵国の大工に造らせておるのは知っておるな」

弁慶がうなずく。もちろん三郎も知っている。八幡太郎義家の父、頼義が源家の氏神として由《ゆ》比郷《いごう》鶴岡に造営した八幡宮を、頼朝は小林郷《こばやしごう》の北山に移し、より大きな社殿を築くことにした。しかし適当な大工が鎌倉にいないということで、武蔵国浅草《あさくさ》からわざわざ呼んだという。

「明日、その上棟式《じょうとうしき》がある故、八幡宮に来いとのことであった」

「で、九郎殿の初陣のほうは」

口を尖らし三郎は問うた。

なかなか義経の初陣の沙汰がない。戦もなく、暇を持て余し、果てには八幡宮の造営である。これではいったいなんのために上野から出てきたのか。

盗人よりも大きな盗みをするため武士になったのだ。武功が挙げられねば、所領も手に入らない。それでは民から盗めないではないか。

義経が無言のまま首を振る。

「武衛殿は父君の仇討《あだう》ちより神信心にご執心でござるか」

これみよがしの溜息とともに三郎は悪態を吐いた。

主は焦っている。平家追討こそが主の宿願である。このまま兄の居候同然の暮らしに甘んじて良いわけがない。そのあたりのことは、主自身が良くわかっている。

三郎は義経を疑ってはいない。この男はかならずやる。四十年、様々な男を見てきた三郎の勘がそう言っている。

「まずは関東の侍どもをしっかりと束ねておかねばならん。そう兄上は申されておる」

「御輿《みこし》に乗っておるのも大変じゃの。担ぎ手の顔色をうかがわねば前に進むこともできん」

三郎は皮肉を言ったつもりはない。正論だ。頼朝は罪人である。源義朝の嫡男であり、八幡太郎義家の血を引くという血統の良さを見込まれているに過ぎない。平氏の専横に不満を持つ関東の武士たちが担ぎ上げなければ、いまでも頼朝はあばら家に住まう罪人なのである。関東の国人どもの顔色をうかがわなければ、いかに源家の嫡流であろうと鎌倉の頂に居座ることができないのだ。

「兄上には兄上の御考えがあるのだ。いまは大人しく従《したご》うておるしかなかろう」

「へぇ、大人になりましたねぇ九郎殿も」

楽しそうに忠信が言うと、隣に座っていた継信が弟の頭を容赦なく拳で打った。

「痛っ」

「九郎殿の心の裡も知らずに勝手なことを申すな。御主もじゃ」

「え、俺」

継信の目が三郎を見ている。とっさに己の鼻先を指さした。

「御主等は気楽なことをべらべらとしゃべっておられるが、関東の国人等と渡り合わねばならぬ九郎殿はそうもゆかぬ。奴等は北条時政のように、己が身が無事ならば平氏のことなどどうでも良いと思うておるのじゃ。そのような者共を相手にして、兄を焚き付け宿願を果たそうとなされておる九郎殿の御心を、郎党である我等が慮《おもんぱか》らずして、いかにする」

「けっ」

「なんじゃ」

鼻で笑った三郎を継信がにらんだ。

「蝦夷と言われるとなりふり構わず暴れそうになるお前ぇに言われたかねぇな。お前ぇもちっとは九郎殿のことを慮って、蝦夷と言われても怒らねぇようになれよな」

「言わせておけば」

「良い加減にせぬかっ」

三郎に飛び掛かろうとした継信を制するように、義経が怒鳴った。鼻から深く息を吸い、義経が怒鳴られて固まった三郎たちに穏やかに声を投げる。

「とにかく明日、鶴岡八幡宮に行く」


鶴岡八幡宮新宮の上棟式に関東の侍たちが集った。境内《けいだい》の東方に造られた仮屋に頼朝が入ると、その御家人である関東の侍たちが南北に列座する。義経は頼朝の弟でありながら、その列のなかにあった。三郎たち郎党は、御家人の家臣たちとともに、境内の隅に控えている。壁のない仮屋のなかの動向は、三郎たちからもうかがえた。

「武蔵国浅草の大工、郷司《ごうじ》」

細面の頼朝が、上座からなんとも甲高い声で下座の男に言った。

「ははっ」

武蔵国から来たという郷司とかいう名の大工が、緊張で震える声で答えた。

「其方に馬を授ける」

父祖が代々信奉し、八幡太郎義家公が元服した由緒正しき八幡社を再建することは、信心深き頼朝にとってはなによりの慶事なのであろう。その社殿を造るということは、頼朝にとっては大戦での武勲に勝るとも劣らぬ功なのだ。

下らない……。

戦場で功を挙げた者を賞してこその源家の棟梁であろう。大工の功など賞してなんになる。

心のなかで毒づく三郎であったが、口は固く閉じ、仮屋の動向を静かにうかがう。

「有難き幸せにございます」

喜びを露わにした郷司の声が仮屋を越えて境内に轟《とどろ》いた。感激に肩を震わせる大工をにこやかに眺めていた頼朝の目が、郎党たちの列にむく。

細い目が主をとらえた。

「義経」

名を呼ばれた主が頭を垂れる。

「其方が上手《かみて》を曳け」

頼朝の言葉の意味を理解しかねた様子で、義経が顔を上げて兄を見た。細い顔を朗らかに緩めながら、頼朝が上機嫌のまま弟を見下ろしている。

「しかし兄上」

「なんじゃ」

顔を曇らせた弟に、兄が穏やかに語る。義経の引き締まった頰に、三郎は嫌な予感を覚えた。身を強張らせながら仮屋を見守る視界の端に、肩をいからせる弁慶がいる。どうやらこの大男も、主の変容に気付いている。

「聞こえなんだか。馬を曳いて来いと申しておるのじゃ」

「某が上手を曳くのは良いのですが、下手《しもて》を曳かせる者がおりませぬ。某に見合う者となると、やはりここには……」

馬の頭の左右に一人ずつ立ち手綱を持って曳く。その際、身分の高い者が上手を曳くことになっている。

もはや仮屋に不穏な気配が漂い始めているのは、誰の目にも明らかである。義経はそれでも平然と、先の言葉を繰り返した。

「下手を曳く者は……」

そこまで言った時だった。

「おるではないかっ」

叫んだ頼朝が立ち上がって義経をにらみつけた。そして折り畳んだままの扇子を懐から取り出し、その先で御家人たちをさす。

「そこに畠山重忠《はたけやましげただ》がおるっ。ここには佐貫広綱《さぬきひろつな》もおるではないかっ。下手を曳く者がおらぬだとっ。思い上がるなよっ九郎っ」

先刻までの穏やかさはどこへやら、頼朝の細い顔は面の皮を後ろにきつく張ったかのように引き攣り、血走った目には義経に対する怒りが満ち満ちていた。大股で大工の横を通り過ぎた頼朝が、主の前に立つ。振り上げた扇子を勢いよく振り下ろし弟の肩に当て、頼朝はなおも吠える。

「そのようなことを申すのは、御主がこの役目を卑しいと思うておるからであろうっ。卑しいと思うが故、言いわけをして断わろうとしておるのじゃっ。そうであろうっ。答えぬか九郎っ」

純白の浄衣《じょうえ》に扇子がめり込んでゆく。

三郎は腰を上げようと背筋に力を込めた。帯を弁慶につかまれ、動きを止められる。

「なにをしておる」

「放せ」

義経以外の御家人たちの郎党も集っている。三郎は弁慶に小声で詰め寄る。

「駄目ですよ三郎さん」

左方から忠信の声がする。

「大丈夫だ。このようなところで我儘《わがまま》を通すような御方ではない」

忠信のむこうから継信の落ち着いた声が聞こえる。

「お前ぇ等になにがわかるってんだよ」

弁慶の強力で腰を制され、立ち上がることができない。

「とにかくもう少しだけ様子を見ようぞ」

僧形の大男が諭す。

「さぁ、曳けっ九郎っ」

頼朝の怒鳴り声が八幡宮に響き渡った。

我慢がならん。

三郎は帯を握る弁慶の手をつかむ。手首をねじり上げ、無理矢理放すつもりだ。

その時。

「申しわけありませぬっ」

義経が叫んで、深々と頭を下げた。扇子に肩を押さえられたまま、震える声で兄に語りかける。

「曳きまする。曳かせていただきまする。どうか、どうかお許しを」

「く、九郎殿……」

三郎の口から主の名が思わずこぼれ落ちた。

兄に頭を下げたままの義経を、時政をはじめとした関東の御家人たちが意地汚い笑みを浮かべて見ている。

こいつらは敵だ……。

平氏だけではない。関東の侍どもも決して味方ではないのだ。頼朝の弟という義経の生まれに対する嫉妬《しっと》。自分たちの頭を飛び越え、上に立たれるのではないかという焦り。そういう歪な想いが、御家人たちを支配している。

「九郎殿は耐えておるのだ。だから御主も」

言った弁慶の手を放し、三郎は腰から力を抜いた。三郎が立ち上がらぬのを悟った弁慶の手が帯から離れる。

「覚えてろ。なにもかも奪ってやる」

目を朱く染め、三郎は誰にともなくささやく。その視線の先で、義経が大工にくれてやる馬の手綱を手に取っていた。

六

「義仲《よしなか》は我等の従兄弟《いとこ》でござりまするぞっ」

兄を前にして荒ぶる義経を見ている郎党は、弁慶ただ一人であった。鎌倉の頼朝の屋敷である。義経が訪ねてきたことを知った頼朝は、なにかを感じたのか、己が私室に呼んだ。下座に控える義経の背後に弁慶が。頼朝の左右には彼の郎党が控えるのみ。御家人連中は一人もいなかった。

「やはりその話か」

目を細めて兄が言った。それを受ける義経の背中が震えているのを、弁慶は淡然と座し眺めている。怒りにまかせて飛び掛かるような真似をしないのはわかっている。

「なにを悠長に構えておられるのです。同族の義仲が、平氏を都から追い払うたのですぞ」

義経が義仲と呼んでいる男は、この兄弟の従兄弟にあたる。つまり源家の流れを汲む武士であった。義経たちの父の弟、義賢《よしかた》の息子である。

関東で独自の地盤を築いた義朝が、都にいる己が父、為義と不仲であったため、これに対抗するために義賢は上野国に下った。父の後ろ盾を得る義賢と、みずからの力で関東の国人衆を配下にした義朝の争いは、義朝の息子である悪源太義平《あくげんたよしひら》によって終焉を迎える。本拠、大蔵館《おおくらやかた》を義平に襲撃された義賢は、その戦いのなかで討ち取られてしまう。幼かった義仲は木曽《きそ》に逃れ、父の家臣の手によって養育された。木曽の地にて育った義仲は、木曽義仲と名乗った。

この義仲が北陸道を西に進み、平氏追討のために都を目指したのである。

義仲と平氏の軍勢は越中《えっちゅう》と加賀《かが》の国境で激突した。敗色濃厚であった義仲であったが、倶利伽羅峠《くりからとうげ》での奇襲が功を奏し大軍を退けると、勢いに乗じ都へと攻め上った。義仲の武威を恐れた平氏は、清盛の孫である安徳帝《あんとくてい》とその母、建礼門院《けんれいもんいん》を連れて福原《ふくはら》へと逃れたのであった。

平氏追討のために生きる義経が、この報を聞いて正気でいられるはずがなかった。兄に注進にゆくといって聞かない。鶴岡八幡宮での口取りの一件で不興を買っている。無礼な態度で押せば、いくら弟だとはいえ今度は許されぬかもしれぬ。そう思った弁慶と忠信が二人がかりで諫めてみたが、義経が聞くはずもない。継信や三郎はすぐに頭に血を昇らせてしまうから供をさせるわけにはゆかない。継信と三郎の見張りとして忠信は屋敷に留まるとなれば、弁慶がついてゆくしかなかった。

「人質を得て安堵しておられる間に、抜け駆けをされてしまわれたのですぞ兄上は」

義仲が都へ攻め上る以前、頼朝との間で悶着が起こった。甲斐《かい》源氏、武田信光《たけだのぶみつ》による讒言《ざんげん》がきっかけであった。

義仲が頼朝に対し、異心を抱いているというのである。頼朝は義仲の追討を表明し、兵を集めた。それを聞きつけた義仲は、服従の証として息子を鎌倉に差し出したのである。あくまで源家の本流は義朝の嫡統《ちゃくとう》である頼朝で、己は傍流なのだと義仲は息子を人質に差し出すことで示した形となった。

「抜け駆けじゃと」

頼朝が細い眉を震わせ、義経をにらむ。左右に控える郎党が、主の剣呑な気配を機敏に悟って殺気を総身に宿らせた。義経は郎党に関心を示すことなく、平然と詰め寄る。

「抜け駆けではござりませぬか。鎌倉に服属の意を示しておきながら、兄上の命もなく平氏を退け都に入ったのですぞ。これを抜け駆けと申さずして、なんと呼べば良いですか」

「御主は」

折り畳んだ扇《おうぎ》で畳を打ち、その先端を義経にむけた。

「儂の顔を見れば平氏を討てとしか言わぬが、御主はいったいなにをしに鎌倉に参ったのだ」

なにをしに鎌倉に来たのか。

問いと答えを同時に口にしていることに、頼朝自身が気付いていない。

「平氏を討つためにござります」

臆面もなく義経が答えると、頼朝の目に嫌悪の色が浮かぶ。

「もう良い。此奴を外に引《ひ》き摺《ず》り出せ」

頼朝が左右の郎党に告げる。それを聞くと同時に、郎党が立ち上がった。弁慶は義経の前に躍り出る。両腕を高々と突き出し、郎党たちを牽制した。背後の義経は微動だにしない。顔を強張らせながら郎党たちが震えている。隙のない腕を前にして、踏み出すことができずにいるのだ。

殺す……。

念じながら上座をにらむ。

「九郎」

弁慶の背後に座した弟を頼朝が呼ぶ。郎党の間をすり抜け、義経がふたたび兄と正対した。

「何故、このような仕打ちを私が受けねばならぬのでしょうや」

義経は両手を床について尋ねた。一段高くなった上座で、兄が扇を揺らしながら口を尖らせる。

「惚《とぼ》けるつもりか」

「義仲のことは……」

「違う」

頼朝が扇の先を弟の鼻先に示した。

「奥州の秀衡じゃ」

兄の口から飛び出した名前には、さすがに義経も驚いたようで一瞬言葉を失った。兄弟がしばしにらみ合う。その背後で弁慶は依然として郎党の動きを制している。

「秀衡殿がどうしたのですか」

「惚けるな」

弟の鼻面《はなづら》に掲げた扇が小刻みに揺れている。

「奥州の秀衡に鎌倉追討の宣下がなされたということは知っておろう」

首を左右に振って義経は兄を見つめた。

「嘘を申すな」

「兄上に嘘など吐くわけがござりますまい」

「秀衡はそれを受けたというではないか。御主は秀衡と繋がっておろう。儂に平氏追討を唆《そそのか》すのは、手勢を率い都に上らせ、その背を秀衡に衝かせるつもりなのであろうが」

義経が嘘を吐いていないことは、弁慶も知っている。秀衡が帝より宣下を受けたなどということは知らない。よしんば知っていたとしても、義経には関係がない話だ。義経がどれだけ平氏追討のための兵を貸してくれと頼んでも、秀衡は〝いまは待て〟の一点張りだったのだ。兄を助けるために奥州を離れた義経に授けたのは佐藤兄弟のみ。そんな秀衡に与する義理は、義経にはない。

平氏追討のための道具としては、兄のほうが数段使いやすい。そのあたりのことは弁慶が言わずとも、義経にはわかっているはずだ。

「兄上っ」

義経が昂ぶる。両手を床についたまま、膝をすべらせ詰め寄った。

「信じてくだされ。私は秀衡とはなんの繋がりもござりませぬ。ただ偏《ひとえ》に、己が宿願を果たさんがため、兄上になんとしても平氏追討を御決断いただきたく……」

「信じられぬわ」

扇で床を叩き、頼朝が続ける。

「訳知り顔で御託を並べおって。その偉そうな態度が気に喰わぬのじゃ。兵を持たぬ御主に、弟であるというだけで屋敷を与えておるのだ。御家人たちと同等の扱いをしてやっておるだけでもありがたいと思え」

「兄上の御情けは身に染みておりまする」

「情で落とそうなどと思うても、その手には乗らぬぞ」

「そんなつもりは毛頭ござりませぬ」

畳の縁まで膝をすべらせ、義経が迫る。警戒した郎党の一人が固く閉じられた襖《ふすま》のむこうに声をかけようとした。

「待て」

頼朝が止めた。弟の圧に押されて体を大きく逸らしながら、郎党の動きにまで気を配っているのは、さすが源家の棟梁である。ここで他の郎党たちを呼び込めば、義経はたちまち謀反人となる。義経に翻意はない。無駄な血が流れるだけだ。そのあたりのことを、頼朝は勘働きで悟ったように弁慶には見えた。

「九郎の郎党よ」

郎党たちの面前に掌を突き出したまま、頼朝を見る。

「下がれ。御主たちも控えろ」

「しかし」

「言う通りにせよ」

郎党たちがうなずいたのを見た弁慶は、ゆっくりと手を下ろした。二人の郎党は、不満を満面に表しながら、元の場所に腰を落ちつける。

「御主も下がれ九郎」

顎を突き出し、弟に言った。義経がゆるゆると膝で床を滑りながら元の位置に戻ろうとする。主が下がるのを妨げぬよう、弁慶は音もたてずに部屋の下手に控えた。すべてが元に戻ったのを確認した頼朝が、拳を口許にあてて咳払いをひとつする。それから弟に視線を送った。無言のまま控える弟に、重い溜息を見せつける。

「本当に秀衡とは繋がっておらぬのだな」

「我が命にかけて」

何度かうなずいてから、頼朝は片方の眉だけを吊り上げて問うた。

「御主はどうしてそうも頑なななのじゃ」

「わかりませぬ」

「わかれ。御主は己が想いを通さんとすると、まわりがまったく見えぬようになる」

兄は良く弟を見ていた。弁慶は頼朝という男に感心する。一見、嫌っているように見えて、しっかりと弟のことを考えている。その点、義経のほうが兄を見ていない。平氏追討で頭が一杯で余裕がないのだ。

「御主は何故、そうまでして戦いたいのじゃ」

「父を殺した平氏を恨むことは、当然のことではございませぬか。平氏を恨めばこそ、兄上も兵を挙げられたのではございませぬか」

「違う」

冷淡な眼差しを下座にむけながら、頼朝は言い切る。義経が背筋を伸ばした。

「以仁王の令旨に従うたまでじゃ」

日ノ本全土の源氏へと送られた以仁王の令旨こそ、頼朝や義仲が決起する原因を作った。

「令旨を受け取ったがために、儂は平氏ににらまれた。むざむざ殺されるわけにはゆかぬ故、舅殿等の力を借りて兵を挙げたまでのこと。転がり続け、こうして鎌倉に居を定めるに至ったが、御主ほどの憎しみがあってのことではない」

「しかし……」

「だからじゃ」

弟の言葉をさえぎって、扇子の先をむける。

「御主のように平氏憎しの一念にのぼせてはおらぬ」

痛い所を突かれた……。

義経は返す言葉を失っている。武人ではない頼朝であるからこその冷徹な見識を、弁慶はこの時はじめて痛感した。

「平氏など義仲あたりに相手をさせておけばよい。肝心なのは都を牛耳る公家どもじゃ」

「しかし平氏どもは帝を擁《よう》しておりまする」

かろうじて義経が言い募る。しかし兄は眉ひとつ動かさない。

「幼帝は平氏の傀儡《かいらい》よ。我等鎌倉が相手にせねばならぬのは、平氏の手から逃れて都に留まり続ける法皇様よ」

後白河法皇である。義仲に敗れた平氏は、幼帝とともに法皇をも福原に連れ去ろうと画策した。しかし法皇は既《すんで》のところで逃れ、比叡山に退避。平氏が去った後に、都に戻った。

「鎌倉追討を秀衡に命じようとしたのも法皇の思惑じゃ。下手な動きをすれば、北から蝦夷どもが、西からは義仲が。我等は挟み撃ちとなる」

頼朝の口許に邪《よこしま》な笑みが浮かぶ。

「兵を動かすだけが戦ではない」

この兄は弟となんら変わらない。頼朝もまた戦を望んでいるのだ。

源家という血に、弁慶は戦慄《せんりつ》する。

争いを拒んでいるようなことを言いながら、この兄の心の奥底にも、戦を求める血が流れているのだ。二人の父である義朝は保元の乱のみぎり、父や鎮西八郎為朝《ちんぜいはちろうためとも》をはじめとした弟たちを敵に回して戦った。戦に勝利した義朝は、父や弟たちの首をみずから刎ねたという。

武門の棟梁……。

戦場で築き上げた敵味方の無数の屍《しかばね》と血によって、源家は源家であり続ける。その宿業は、目の前の兄弟にも受け継がれている。それを、弁慶はまざまざと思い知らされていた。

「じきに機は訪れる」

戦に囚われた弟を細い目で見つめながら、兄が冷酷に笑う。

「義仲が都に入ったとはいえ、平氏どもが滅んだわけではなかろう。帝を御連れし、福原に逃れたのだ。御主の望みが絶たれたわけではあるまい」

頼朝の言う通りだ。義経の望みはあくまでみずからの手で平氏を滅ぼすこと。そしてまだ、平氏は福原にいる。瀬戸内《せとうち》、西国は平氏の地盤。都から逃れたとはいえ、まだまだ平氏には戦う力が残っている。

「御主は知っておるか」

兄が目を細める。義経は返す言葉がない。

「大和は米が穫れておらぬ。民は喰う物に困り、往来には屍が溢れておるそうじゃ。そこに」

指を一本立てて、頼朝がみずからの面前に掲げる。それを義経にむかって下ろしてゆく。

「義仲が大軍を率いて入ったのじゃ。都はどうなるであろうの」

楽しそうに笑う頼朝の青ざめた顔があまりにも禍々《まがまが》しく、弁慶は背筋に薄ら寒いものを感じた。

「木曽から持ってきた食い物などすぐに尽きよう。餓《う》えた兵たちは、どうやって腹を満たすつもりかの」

「まさか兄上は」

頼朝は笑い声をひとつ吐いて、義経にむかってうなずいた。

「戦は勝たねばならぬ。死んだらなにも残らぬ。勝つのじゃ。勝つためには行く末を見極めねばならん。御主のように考えもなしに突き進めば良いというものではない」

弁慶は頼朝という男の奥底に宿る闇を見ていた。この男が武人ではないと思っていた己を恥じる。頼朝もまた武人なのだ。漆黒の毛を総身に生やしたおぞましき獣。それが頼朝という男の正体なのである。

「機を待つのじゃ九郎。時が来れば、御主の望みは叶おう。じゃが」

頼朝が立ち上がり畳を下りた。弟の前まで歩み、しゃがみ込んで肩をつかむ。

「儂に与する関東の御家人たちは、領地を持ち兵を率いておる。だが御主は一人。奥州と繋がりがないということは、御主はその身ひとつで儂への忠義を示さねばならぬのだ」

悪辣な視線でねめつけながら、頼朝が弟の肩を揺する。

「御主は儂の弟じゃ。一度だけ……。一度だけは望みを叶えてやろうではないか。初陣の場はかならず用意してやる」

約束じゃ、と言って兄が弟の肩に爪を立てる。

「御主は儂に、あれだけのことを申したのだ。武功を立てねばどうなるか、わかっておろうの」

「わかっております」

手をつき頭を下げる弟の首に、兄が扇を当てる。

「期待しておるぞ九郎」

「はは」

「儂は少し疲れた。もう下がれ」

義経はただうなずくしかなかった。


帰路、弁慶は主とともに歩む。

頼朝の屋敷を出てから、義経はひと言も発さなかった。無理もないと弁慶は思う。関東の国人の顔色ばかりを気にして、戦ひとつみずからで起こせない兄だと思っていたのだろう。それが今日の面談で覆されたのだ。平氏を討て討てと騒ぐだけの己が愚かに見えたのか、義経は固く口を閉ざしたまま家路を急ぐ。

「九郎殿」

背後から声をかける。主からは答えが返ってこない。それも承知の上での呼びかけである。弁慶は返答を待たずに続けた。

「あの武衛という男は、侮れませせぬな」

「最初から侮ってなどおらぬ」

主は振り返りもせず答えた。

「しくじれば道は無し。それでもあの男についてゆくおつもりか」

義経が立ち止まった。弁慶も足を止める。肩をいからせ主がとつぜん笑い出したのだ。ひそやかな笑い声が小路に響く。

「どうなされた」

「ああでなくてはな」

笑っている。

「九郎殿」

「喜べ」

振り返らずに言った義経の声に喜色が滲む。かすかに揺れる背中から、邪気が立ち上っていた。

「兄上は俺に初陣の場を用意してくれると約束なされた」

「しかし武功を立てねば……」

「おい弁慶」

息を呑んだ。

先刻まで背中を見せていたはずの主の顔が目の前にあった。吊り上がった唇の両端が、耳朶に届かんばかりである。爛々と輝く瞳の奥には邪気が満ち満ちていた。

鬼……。

己がそう呼ばれていたことなど忘れ、弁慶は主の邪な笑顔に鬼を見た。

「戦って勝てば良いのじゃ。どんな手を使ってもな。兄上も申されておったであろう。戦は勝たねばならぬ。その通りじゃ。勝てば良いのじゃ勝てばな」

「言うは容易《たやす》いが……」

「おい」

分厚い胸板を義経の拳が打つ。

「五条大橋で俺の前に立った御主はどこに行ったのじゃ。戦を前にして怖気《おじけ》づくような者を郎党に持った覚えはないぞ」

「九郎殿」

兄にたしなめられたことなど、すでにこの男の頭には残っていないのだ。

「平氏追討こそが、九郎殿の宿願であるはず」

「誰とどこで戦おうと、かならず平氏に辿り着く」

言い切った義経がふたたび背をむけた。

「はじまるぞ弁慶」

これが源氏の血か……。

兄と弟。形は違えど身中に宿る邪な想いは同じ。

鬼。

それは己ではない。

義経だ。

頼朝だ。

源氏の男たちに流れる血の濃さに弁慶は震えた。

弐　成就への道程

一

血肉が乱れ飛ぶ。

戦だ。

弁慶の周囲には、長い不遇の日々で溜まりに溜まった鬱屈《うっくつ》を晴らさんと、敵に刃を振るう仲間たちがいる。その中央、白馬にまたがる大将は、白銀の兜を被り、逃げ惑う敵を毅然とした様子で追っていた。とても初陣とは思えぬ落ち着きはらったその姿に、弁慶は息を呑む。

「押せっ。容赦は無用だっ。一兵たりとも都に帰すなっ」

馬上から義経が吠える。

「あらよっと」

気楽な声をひとつ吐いた忠信が、背をむけていた敵の首を薙いだ。

弁慶も続く。

への字に口を曲げ、腹に気を溜めたまま、薙刀の柄を両腕でぶん回す。弁慶を中心に、刃の嵐が巻き起こる。呑まれた敵はことごとく、命を落としてゆく。

継信は義経の間近に侍って得意の弓で遠くの敵を仕留めている。

遠方から三郎の奇声が聞こえてきた。義経主従から単身突出して、両軍が一番激しくぶつかっているあたりに陣取っている。常人ならば両手で持っているだけで腕が震えてしまうほど長大な大太刀を握りしめ、乱暴に振るっていた。太刀の倍ほどもあろうかという長い柄《つか》を両手で持ち、柄頭《つかがしら》のあたりを腰に当てている。腰に当てた柄頭を支点にして、体の回転を利用して器用に扱っていた。敵も味方も三郎のように大太刀を扱う者を見たことがないのだろう。味方は遠巻きにし、敵はどう相対して良いかわからぬまま餌食《えじき》になっている。

「我は征東大将軍、源義仲が臣っ……」

正々堂々名乗りを上げようとした鎧武者を、三郎は名乗り終えるのを待たずに斬り殺した。過日の鬱屈などどこへやら。三郎は水を得た魚のごとく、戦場を駆けまわっている。

すでに弁慶も名乗ろうとしていた侍を五人ほど仕留めている。義経の郎党たちは皆、侍たちに名乗らせせない。

聞くな。

義経の命であった。

名乗りほど愚かなものはない。それが主の考えだった。名乗り合い、正々堂々戦うなど一対一の腕試しならば良いが、これは戦なのである。勝つことこそがなによりも優先するのだ。名乗っている間に斬り殺されて骸になれば、文句を言うこともできない。功を立てなければ後がないのだ。武士の体面など糞喰《くそく》らえなのである。

義経の郎党たちの戦いぶりが、味方の兵の動きも変えていた。

騎乗のまま相対して名乗り合おうとしている最中に、弁慶や三郎が敵を斬る。武功を横取りしたわけではなく、新たな敵めがけて駆けて行く後ろ姿には文句を言う暇もない。弁慶たちはただ斬り払うのみ。功は残った侍たちのものだ。望む者が得れば良い。

だが関東の御家人たちにも矜持がある。徒歩《かち》の郎党風情に好き勝手にやらせているわけにもゆかない。自然、味方が一丸となって目の色を変えて敵を屠《ほふ》りにゆく。総大将の義経が、後ろから焚き付ける。二万五千もの軍勢が異様な熱を帯び、一個の獣となってぶつかってくるのだから、敵はたまったものではない。

義経たち関東勢の入京を阻まんと、義仲によって宇治川《うじがわ》に配された兵は、数百という小勢である。二万五千もの大軍に宇治川を渡河されてしまえば、守りきれるものではなかった。

京を守る義仲の元には、千ほどの兵しか残されていないという。一時は朝日将軍とまで呼ばれた義仲のあまりにも哀れな落魄ぶりであった。

頼朝が見越した通り、義仲は己自身や家臣たちの悪辣な行いによって、公家から民にいたるまで都に住まう人々の信用を完全に失っていた。平家追討を理由に都を追い出された形となった義仲は、叔父であり、ともに北陸から平氏を退けつつ入京した源行家の裏切りを知り、都に舞い戻った。それより以前、義仲は平氏と備中水島《びっちゅうみずしま》の地にて海戦を行い、完膚なきまでに敗れている。重臣を失い、兵も疲弊したなかでの入京であった。

だがすでに、都に義仲の居場所はなかった。

行家は後白河法皇の許しを得て、平氏追討を名目に都を離れた。義仲の乱行にすっかり嫌気が差していた法皇や公卿たちは、一日も早い頼朝の上洛を願い、東国の支配を許している。それがまた、義仲には気に喰わない。この時にはすでに義経は、年貢進上のために伊勢にむかう途上、近江に入っていた。数百という人数であったが、頼朝から差しむけられた手勢が都の間近まで迫ったことも、義仲を焦らせる。

西では平氏が盛り返し、義仲を支持していた武士たちは次々と都から去ってゆく。東からは、頼朝の圧力が日に日に強くなってくる。

破滅の陰が忍び寄る。

義仲の背を押したのは法皇であった。西の平氏もしくは頼朝を討つために、都を離れよという命を受け、義仲は完全に壊れた。そして突如、後白河法皇が住まう法住寺殿《ほうじゅうじどの》を攻めたのである。義仲の動きを把握していた法皇も、延暦寺《えんりゃくじ》や園城寺の僧兵を掻き集め、町中からも素性確かならぬ荒くれ者たちを御所内に招き入れ、戦いに備えたのだが、己が身可愛さで目の色が変わった義仲の猛攻の前には為す術もなく、法皇はあえなく囚われてしまった。戦後、延暦寺座主《ざす》、園城寺長吏の首が五条河原に晒され、法皇の近臣四十九人の解官が命じられたのである。さらに義仲は平氏が官を失して没収された所領、没官領《もっかんりょう》をみずからの物とした。

そして義仲は、征東大将軍の任に就いたのである。が、そんな職にはなんの価値もない。名ばかりの大将軍についてゆくような侍はもはやいなかった。

喜んだのは鎌倉で静かに情勢を見極めていた頼朝である。

御所に火を放ち法皇を拉致した義仲は、れっきとした謀反人。大逆人を討つという大義名分を得た頼朝は、かねてから用意していた大軍を都に上らせた。総大将は弟の範頼《のりより》である。この男は、義経の母が産んだ三人の子のすぐ上の兄にあたる。義朝が遠江池田宿《とおとうみいけだのしゅく》の遊女に産ませた子であった。後白河法皇の院別当を務めた高倉範季《たかくらのりすえ》に育てられたため、範頼と名乗っている。

範頼が率いてきた軍勢は、伊勢にいた義経との間でふたつに分けられた。範頼が甲斐源氏、武田信義《のぶよし》や土肥実平《どひさねひら》をはじめとした御家人たちとともに三万五千を率い、義経が近江源氏の佐々木《ささき》高綱《たかつな》や梶原景時《かじわらかげとき》、景季《かげすえ》親子ら御家人衆とともに二万五千を率い、範頼は近江の勢多《せた》から、義経は伊勢から、都を目指すことになったのである。

初陣の場を作るといった兄の約束は無事に果たされた。

伊勢を出た義経は、伊賀国柘植《いがのくにつげ》、倉部《くらぶ》と進み、大和街道から伊賀上野《いがうえの》、野田《のだ》を抜けて山城国《やましろのくに》笠置《かさぎ》から、宇治に入った。宇治川を挟んで義仲勢とにらみ合ったのも束の間、梶原景季と佐々木高綱の先陣争いにつられるようにして対岸へと雪崩れ込んだのである。

目の色が変わった二万を超す軍勢が、数百の敵を蹂躙《じゅうりん》するのに長い時は必要なかった。

義仲の傍若無人な振る舞いと、目に見える衰退ぶりに敵の士気は地に落ちていたのである。一方的な殺戮《さつりく》の末に、義経は勝利を手にした。

「しばらくは、この地に留まり兄上を待たれるが上策かと存ずる」

地面を叩きながら言ったのは梶原景時であった。その目に冴え冴えとした智の光を宿らせ、上座に控える義経を見つめている。弁慶は主の脇に息を潜めて控えていた。主はこの軍の総大将である。警護の脇侍を連れていてもおかしくはない。三郎たちは別室に控えていた。弁慶だけが、義経に従っている。

義経は、御家人たちを集めて軍議を開いた。居並ぶ男たちのなかで、義経の手勢が一番すくない。己で用意した兵といえば、郎党の四人のみ。合流の時に率いていた数百の兵も、年貢進上のために兄から借りたものである。

それでも総大将は義経であった。武衛の弟という立場のみで、主は上座にいる。

「範頼様の軍勢がいまいずこにあるか。我が兵を走らせております。こちらの勝利を伝えねばなりますまい。両軍が足並みをそろえて都に入り、義仲を討ちましょうぞ」

「今日の戦での被害など無きに等しい。このまま都に押し寄せ、義仲をひねり潰せばよい」

「義仲を舐めてはなりませぬ」

総大将の言に、景時が毅然と反論する。

「あの男は倶利伽羅峠では、平軍を寡兵で退けておりまする。油断ならぬ男にござる。用心に用心を重ねて足らぬということはありませぬ」

細やかな気性を物語るように、景時の細い眉が細かく震えている。手勢も持たぬ小童《こわっぱ》めが生意気に、という心の声が聞こえてきそうだ。

「御主の言いたいことは良うわかった」

景時の顔が少しだけ明るくなる。一方義経の冷めた顔色には、なんの変化もなかった。

「都にむかう」

「九郎殿っ」

立ち上がろうとした義経を、景時の怒声が止める。

「これは軍議にござるか。それとも九郎殿の命をただ伝えるための場にござるか。後者であるならば、わざわざ我等を集めずとも、使者を遣わせばよろしかろう」

「軍議である」

「ならばっ」

「まぁ、良いではないか梶原殿」

血相を変えて叫ぶ景時を制したのは、佐々木高綱であった。高綱は宇治川の渡河において、景時の息子の景季と先陣を争っている。

「我が軍の総大将は九郎殿。その九郎殿が都にむかうと申されておるのだ。我等は従えばよい」

「しかし義仲は」

「梶原殿」

義経とさほど歳の変わらぬ高綱が、親子ほど歳の離れた景時を止めた。

「痛手を負うたとしても責められるのは九郎殿にござろう。覚悟の上で都へむかうと申されておられるのじゃ。好きにさせればよろしかろう」

上座を見据えた高綱に、義経が力強くうなずく。

「ならば決まりじゃ」

高綱が手を打ち立ち上がる。そして、なおも苦虫を嚙み潰したような顔で上座をにらむ景時を見下ろす。

「行きまするぞ」

わざとらしく鼻で笑ってから、景時も立ち上がった。


味方の屍を辿るようにして義経一行は近江を駆ける。

取り逃がした。

五条河原で待ち構えていた義仲との戦は、圧倒的な兵力差で勝利した。しかし肝心の義仲を敗走させるという失策を犯してしまったのである。義仲を仕留めなければ戦は終わらない。義仲は北陸を目指して逃走しているはずである。みずからの地盤である北陸で再起を図らせるわけにはいかない。義経は全軍を挙げて義仲を追った。

大和を出てすでに近江に入っている。義仲が逃げた後には、殺された味方が転がっていた。

義経主従は粟津《あわづ》に入った。

「どうやら追いついたようだぜっ」

大太刀を肩に担ぎながら主従の先頭を駆ける三郎が、背後を駆ける弁慶たちに言った。その言葉通り、前方から男たちの争う声が聞こえてきている。

「九郎殿っ」

冬の凍った田を馬を駆りつつ来るのは、佐々木高綱であった。高綱は義経の隣に馬を並べると、兜の下の汗を鎧直垂の袖口で拭いながら強張った笑みを浮かべる。

「この先じゃ。この先に義仲がおる。深田に馬の足を取られて転倒したところを我がほうの兵が囲んでおるのだが」

そこで言葉を止めて高綱は溜息とともに首を左右に振った。

「なかなかどうして、景時殿の申されたとおり、義仲は剛の者でござるぞ。我等は手傷ひとつ負わすことができぬまま、すでに数十人が奴の薙刀の餌食となっておる」

「そうか」

高綱の報告を聞き、義経が馬腹を蹴った。

「聞いておられたのか九郎殿っ。其方は総大将でござるぞ」

「ついてこいっ」

高綱の忠告を無視しつつ、義経が郎党たちに言葉を投げた。

「ひゃはぁっ」

三郎を先頭に四人の郎党が義経の背を追う。

「待たれよっ」

聞く者は一人もいない。

弁慶は駆けた。

喚声《かんせい》が近付いてくる。

体の芯が熱い。

血柱が立っていた。

弾け飛ぶ味方の輪の真ん中に鎧武者が屹立《きつりつ》している。両手に持った薙刀は、弁慶の物に負けぬほどに大ぶりで、鎧武者はそれを小枝のように軽々と振るっている。相対する味方はたまったものではない。鎧武者は斬ろうと思ってすらいなかった。刃であろうと柄であろうと、薙刀のどこかが当たれば、打たれた者は弾け飛ぶ。それほどの威力なのだから細心の注意を払って斬ろうとする必要がない。だから男はただ乱暴に薙刀を振るい続けるだけでよいのだ。

義仲である。すでに仲間は一人もいない。たった一人で敵に囲まれながら、それでも笑っている。総身を返り血で真っ赤に染めながら、薙刀を構える姿は、深紅の悪鬼であった。

小癪《こしゃく》な……。

己も鬼と呼ばれた男。

敗けるか。

弁慶の口から雄叫びがほとばしる。目の前の鎧武者の荒々しい戦いぶりに魂が突き動かされる。気付いた時には駆けだしていた。

「あっ、ずりぃぞ化け物っ」

三郎の声が背後に聞こえる。駆ける弁慶の頰を一筋の矢がかすめて飛んだ。

継信である。

義仲の顔面めがけて矢が真っ直ぐに飛んでゆく。

わずかに顔を傾けた義仲の兜に鏃が激突する。すでに弁慶は義仲の薙刀の間合いに入っていた。

それはすなわち、こちらの間合いに敵が入ったということ。

どちらともなく吠えた。

風が唸る。

虚空で火花が散った。

両腕にこれまで感じたことのない衝撃を受けた。弾かれるのを必死に堪えながら、弁慶は敵を見据える。

「やるなぁ」

赤鬼が笑いながら舌なめずりをする。

背筋に寒気を感じながら、二撃目を振るう。弓形に歪んだ義仲の目は、弁慶の動きを的確に捉えていた。体をわずかに後方にかたむけて斬撃をかわすと、振り終えぬ弁慶の体めがけて己が刃を振り上げる。

「馬鹿っ」

二人の間に三郎が滑り込んだ。両手で振るった大太刀の峰に右足を付け、義仲の薙刀を上から押さえつける。

三郎は大太刀ごと宙に舞う。しかしそのおかげで、弁慶は間合いを外すことができた。

悪鬼が狙いを変える。

宙を舞い、尻から地面に落ちようとしている三郎に対し、虚空で刃をくるりと回転させた薙刀を振り下ろす。地に落ちた三郎の首に刃が迫る。甲高い音が三郎の鼻先で鳴った。それと同時に、飛来してきた刃が軌道を変える。矢だ。継信が放った矢が、義仲の薙刀の刃を打ったのである。

「木曽義仲っ」

蹄《ひづめ》の音とともに主の声が聞こえた。己が名を呼ばれた義仲が、駆け寄って来る白馬を捉える。

馬上に義経の姿はない。

鞍を蹴った主が、太刀を抜き放ち義仲めがけて飛んでいる。宙を漂いながら、義仲の首へと太刀を振るう。

「小童めがっ」

斬り払うのは間に合わぬと腹を括った義仲が、両手で薙刀を掲げて柄で受けようとする。銀の兜の下の主の目がなにかを狙っているのを弁慶は見逃さなかった。迎えられているのも構わず、義経は薙刀の柄に太刀を振るう。赤鬼が短い呻《うめ》きを吐いた。その面前で大木のごとき柄が真っ二つに折れている。

「隙ありっ」

どこから飛び出してきたのか、鬼の足下に着地した義経を守るようにして忠信が現れた。するりと鬼と義経の間に滑り込んで太刀を振り上げる。あまりにも柔らかい身のこなしであったため、弁慶には忠信の振り上げた太刀が蛇のようにうねって見えた。

薙刀を斬られた義仲は受けるわけにもゆかない。

捉えた。

誰もがそう思った時である。忠信の顔を二つに割るようにして刃が下から上へとせり上がった。

「嘘でしょ」

死の気配を悟った忠信を弁慶は褒めてやりたかった。振り上げていた太刀を既のところで止め、そのまま思いっきり後ろに飛んだのである。しかしさすがに斬撃を完全に避《よ》けきることはできなかったらしく、浅黒い頬がざっくりと裂け、血が噴き出していた。

弓手《ゆんで》に中程から切れた薙刀、馬手《めて》に太刀を持ち、鬼が五人の男を睥睨《へいげい》している。

義経とその郎党以外の味方は、あまりにも常人離れした戦いを前に手を出せずにいた。無闇に手出しをすれば、義経たちの足を引っ張ってしまう。

「いやぁ、あなた以上の化け物ですよ、あれ」

太刀を構え直す忠信が隣でつぶやく。木曽義仲という男は、たしかに忠信が言う通り化け物であった。

鬼であった。

「俺は敗けぬ。絶対に敗けぬ」

真っ赤に染まった目で弁慶たちを見遣り、義仲が己に言い聞かせるようにつぶやいた。

「あなたは右から。私は左」

弁慶にしか聞こえない声で忠信がつぶやいた。

「お願いします」

言うと同時に忠信は躊躇いもなく無防備なまま義仲の間合いに入った。殺気はない。久方振りに再会した知己に歩み寄るような気軽さである。そのあまりにもこの場にそぐわない気配が、義仲の反応をわずかに遅らせた。遅れを取り戻そうと、鬼は過剰なまでに体を忠信に正対させる。

弁慶は鬼の視界から逸れるように右に回りつつ薙刀を振り上げた。

「おぉ怖っ」

苦笑いを浮かべた忠信が、己へと襲い来る薙刀の刃を避けながら太刀を振るっている。

弁慶は完全に視界の外にいた。

捉えられる。

己でも驚くほどの渾身の打ち込みであった。これならば一対一で相対していたとしても、仕留められるかもしれぬと思える一撃である。はなから忠信は、みずからの太刀で傷を負わそうとは思っていなかったようであった。義仲の薙刀をかわしつつ、太刀を一閃させて身を退く。

弁慶の斬撃が鬼の無防備な背に迫る。

「愚かなりっ」

一瞬、弁慶にはなにが起こったのかわからなかった。顔面を横からなにかに打たれたのだけはかろうじてわかった。激しく揺れる視界の端に、血飛沫をあげながら忠信が飛んでゆくのが見えた。手から薙刀が零れ落ちる。握る力がない。膝立ちになったまま、地に両手を付けていなければ体を支えることもできなかった。

「弁慶っ、忠信っ」

義経の声が聞こえる。だが、そちらをむくこともできない。

義仲が笑っている。

太刀を握った拳を弁慶に掲げている。どうやらあれで殴られたらしい。

「鬼めが……」

素直な想いが口からこぼれた。思えばこの男も源家の血を継ぐ者。震える足を踏ん張る。立たなければ、殺されてしまう。忠信は大の字に転がったまま動かない。逆上した継信が弓を投げ捨て太刀を抜いた。

「慣れぬ……」

真似をするな継信、と続けようとしたが言葉にならない。案の定、乱暴に振るった太刀を撥《は》ね上げられた継信を薙刀が襲う。

「継信っ」

義経が己が太刀とともに飛び込む。薙刀が主の太刀に受け止められる。衝撃とともに舞い上がった主を掻い潜って、継信の太刀が義仲の首筋へと滑り込んだ。切っ先が首を割く。が、肉を斬っただけで、鬼の動きを止めることはできない。しかしこの一太刀で義仲が醒《さ》めた。薙刀を捨てて首を押さえた鬼は、首を振ってなにかを探す。その目が鞍を空にした義経の愛馬に止まった。

脱兎のごとく逃げ出す義仲が、白馬に飛び乗り駆けだした。

義経も継信も追う力はない。忠信は倒れたまま動かない。

「待てぇ」

遠のいてゆく鬼の背に、弁慶は掠《かす》れた声で語りかける。

と……。

視界の端から栗毛にまたがる見慣れた背中が飛び込んで来た。

ただ一人、鬼を追っている。

「行け」

つぶやき、念じる。

「三郎っ」

義経が叫んでいる。

「御主のこれまでの鬱憤《うっぷん》、いまこそ晴らせっ」

「わかってらぁっ」

主に答えた四十がらみの郎党の手に、大太刀はなかった。

「死ねやぁっ」

三郎が叫びながら鞍を蹴った。

白馬にまたがる。

鬼が崩れ落ちた。首がいまにも千切れ落ちそうなほどに傾いている。息をしていないのは明らかだった。白馬をなだめた三郎が馬首をひるがえす。

「やったぞっ九郎殿っ」

そう言って掲げたのは、刃が彎曲《わんきょく》した短い山刀だった。

三郎は馬を飛び降り、倒れて動かない義仲へとよろけながら歩み寄った。しゃがんで、山刀を首に差し込む。慣れた手付きで首を刈る。義仲の首と山刀を持ったまま、ふらつく足で仲間たちの元へと歩む。

「三郎」

継信に支えられながら義経も歩む。弁慶は震える太腿《ふともも》を一度強く打って気合を入れ、立ち上がった。

「ふぅ、やっと終わった……」

いつの間にか地べたに座り込んでいた忠信が、そのままの体勢で言った。

「あんたの手柄だ」

三郎が、主に首を掲げる。

義経の初陣は終わった。

二

鈴木《すずき》三郎重家《さぶろうしげいえ》は、義経を己が主と定めた。

紀伊《きい》の豪族鈴木氏の一族に連なるといえど所領はわずか。平家にすがって猫の額ほどの地を守っているだけでは、いつまで経っても日々の暮らしは楽にならない。

そのうえ頼みの平家は木曽義仲に追われて京を離れ、その義仲も鎌倉から来た義経によって討たれてしまった。

いまこそ好機。鈴木の家運を左右する決断をするならいましかないと重家は腹をくくった。

義仲は死んだが、いまだ源平の争乱は収まってはいない。それどころか、これからいっそう激しくなってゆくはずである。

福原を拠点にした平家は、源氏が仲違いをしている間に西国の武士たちをまとめあげ、勢力を盛り返しつつあった。現に、義仲やその叔父の行家は、平家に敗れている。

東国武士をたばねる源氏と、西国の平氏は不倶戴天《ふぐたいてん》の間柄である。いずれかが滅びるまで戦は続く。

重家は源氏に賭けることにした。頼朝の弟であり、義仲討伐の立役者である義経に鈴木家の命運を預けることにしたのである。重家は妻を国許《くにもと》に残し、弟の亀井六郎重清《かめいろくろうしげきよ》とともに、京の都に上った。

義仲が引き連れてきた兵によって蹂躙された都は、重家が知る都ではなかった。道端には死骸が転がり、餓えて骨と皮だけになった子供たちが住む者もなく荒れ果てた小屋に屯《たむろ》している。まるで自分たちの街であるとでも言わんばかりに野犬どもが骸の欠片を咥《くわ》えながら跋扈《ばっこ》し、人のほうが道の端を歩いていた。

都に入った義経が、略奪の禁止を御家人たちに命じたと知り、重家は義経の郎党になるという覚悟をより強固なものにした。義仲の不法な行いを踏襲すれば、都の民の信望を失うことになる。そのあたりのことを見越したうえでの策であろうし、なにより民が救われる。戦で一番苦しむのは民だ。田舎の小国人である重家にとって、民の苦衷《くちゅう》は他人事《ひとごと》ではない。戦のたびに男たちを集め兵となし、敵勢に田畑や家を焼かれたことも一度や二度ではなかった。なにもかもが灰になったところから、もう一度稲穂を実らせるまでにすることがどれほど骨が折れることか。民とともに生きる重家にはわかる。

だから……。

戦乱など一日も早く終わらせなければならないのだ。と、崇高な想いを抱きはすれど、そこには当然下心がある。いや、下心のほうが本心だ。

義経という主とともに、平氏を滅ぼし、その旧領からおこぼれを頂戴する。

その程度の野心がなければ武士などやってられるか……。

重家は密かな野心を大きな胸に秘め、京の都に立っている。


「おっ、お帰りなさいまし」

法皇への謁見《えっけん》を終え六条堀川《ろくじょうほりかわ》の屋敷に戻った義経を、重家は出迎えた。重家が郎党になることを許されて十日ほど。その間に、すでに四度、義経は後白河法皇に呼ばれている。義仲のような乱暴をしない義経を法皇は気に入り、頼りにしているというのだ。天下の後白河法皇の寵愛《ちょうあい》を受けている義経を主に選んだ己の目に狂いはなかった。重家は主が法皇の御所である六条殿に行く度に、そう思い一人ほくそ笑む。

「どうした」

主が問う。重家の丸い顔に脂汗《あぶらあせ》が浮かんでいるのを、義経の涼やかな目が捉えている。

「なにをしておる」

義経が問いを重ねてくる。重家は苦笑いを浮かべて、首を傾げた。

主はすでに変事に気付いている。だから、こうして表からではなく、裏に回っているのだ。重家と主が見合っているのは、裏手に続く屋敷と塀の間の路地なのである。重家の背後には、庭があるのだ。変事はそこでいまも進行中である。

「それがでんなぁ……」

苦笑いの原因は、弟の重清である。言い出せずにいる重家の肥えた体を、主が押しのけるようにして庭に出た。額の汗を袖で拭いながら、重家は義経の後ろに続く。

馬が二頭、鞍も着けずに暴れ回っている。その一頭の背に乗っているのが弟の重清であった。兄とは違い、死病に冒されているのかと思うほどにやつれている。本人に言わせればやつれているのではなく、痩せているだけなのだという。たしかに弟は、童の頃から肥《ふと》ったことが一度もない。子供の頃からずっと、陰気な顔をしている。

骸骨のような弟が、暴れ馬の背で枯れ枝のごとき体を器用に使って落ちずに耐えている。

「いやぁ、話すのも馬鹿馬鹿しいことなんでっけど」

額に汗を煌めかせながら、重家は主の背に語りかけた。

暴れ馬を遠巻きに眺めていた忠信が、義経に気付き駆け寄って来る。この先輩の郎党の笑顔以外の顔を、重家は見たことがない。いまも主のかたわらで、笑みを浮かべている。

微笑みの郎党は、気安い声を主に投げた。

「申しわけありません。出迎えもしなくて」

「それより」

「わかってます。あれでしょ」

言って忠信が背後の馬を顎で指した。

「重清が喜三太《きさんた》に喧嘩を売ったんですよ」

もう一頭の背に乗っているのが喜三太である。十四の喜三太は、義経の馬の世話をするために奥州から連れてきた者だという。しかし先の義仲との戦で、みずから弓を持って御家人の家臣たちに負けぬ働きをし、それを間近で見ていた三郎などが、面白半分で鬼三太などと言ってもてはやすものだから、喜三太自身すっかり郎党になったつもりでいる。

「わいは餓鬼《がき》の頃から熊野の山んなかで馬ぁ乗り廻しとったさかい、お前なんかより馬ん乗んのは上手いで。なんて言って喜三太を挑発したんですよ」

「忠信はん、重清の真似が上手でんなぁ」

微笑みの郎党に素直な想いを投げかけると、気さくな笑い声が返って来た。義経の郎党になって重家が一番はじめに仲良くなったのが、忠信であった。捉えどころがない危うさはあるが、心地良い間合いで接することができるため、重家はこの男を気に入っている。

二人のやりとりを見ていた義経が、どちらにともなく問いを投げた。

「それで喜三太が喧嘩を買ったのか」

「そういうことです」

にんまりと笑って忠信が答えた。重家は丸い腹を擦《さす》りながら、ぺこりと頭を下げた。

「ほんますんません。お前は人の気持ちを逆撫でするところがあるさかい、用心せなあかんといつも言うとるんでっけど、あの餓鬼ちぃとも聞きゃせんのですわ」

からからと笑う重家を横目に、義経は庭に入って暴れ馬を眺めている。

縁に座って大口を開けて笑いながら、三郎が暴れ馬を眺めている。

「おっ、帰って来てたんですかい。見てくださいよ、あれ。どっちもなかなかの乗り手だ」

へらへらと指をさす三郎が縁を飛び降り、義経に譲った。この男は、忠信とはまた別の気安さがある。人に遠慮がない。重家のほうが無遠慮に間合いを詰めても、嫌がらない。むしろ、度胸があると言って機嫌を良くする。忠信に次いで、重家にとってはとっつきやすい男であった。

この六条堀川の屋敷は八幡太郎義家の父、頼義の頃から、源家の館である。義経は都に入るとすぐにここを居に定めた。頼朝が上洛すれば、喜んで明け渡すと主は言っている。源家の棟梁が代々住んだ屋敷だ。その庭も公卿の物のように築山や池などを配した風雅なものではない。一面砂地である。矢を射るための俵《たわら》が隅に置かれ、その脇に厩《うまや》があった。

「どっかの公卿が献上してきた馬が二頭あったでしょ。それを使おうってことになったんですよ」

忠信が義経に言った。重家とともに、主を追って縁の袂に立っている。

主は答えず庭に目をやった。弁慶はとっくに義経に気付いている。庭に義経が足を踏み入れるとすぐに、二頭の馬の間に割って入って重清たちをたしなめていた。継信は我関せずといった様子で、庭の片隅で弓の手入れをしている。この二人の郎党は、いつも気難しい顔をしていた。そのため重家も少々間合いを計るのに手こずっている。気安い言葉で近寄ると、嫌悪の眼差しをむけられて離れられてしまう。弁慶よりも継信のほうがその傾向が強い。

「九郎殿が戻っておられるのだぞっ。御主たち良い加減にせんかっ」

両腕を大きく広げて弁慶が怒鳴る。重清と喜三太は暴れ馬の動きに集中していて、弁慶の言葉が耳に入っていない。

義経が縁に腰を据えた。腕を組んで庭を眺めている。その足下に三郎がしゃがんで、笑っていた。重家と忠信は縁に上がらず、庭から成り行きをうかがう。

「弁慶っ」

馬を止めようと躍起になっている古参の郎党を義経が呼んだ。額に青筋を走らせ仁王のごとき形相になっている弁慶が、目だけを屋敷にむける。

「そんなところにおっては蹴られてしまうぞ。好きにさせよ」

「しかし」

「こっちに来いっ」

義経が叫ぶと、その足下の三郎が弁慶にむかって手をひらひらと振る。僧形の郎党は、大きな鼻の穴から息の塊を吐き出してから、義経の元へと駆け寄った。

「ほんますんまへん」

重家は、鼻息が荒いままの弁慶に頭を下げた。口をへの字に曲げた僧形の郎党は、顔を紅く染めながら丸っこい新参者を見下ろす。

「御主が謝ることではあるまい」

「弟の不始末は兄の不始末でっしゃろ。多分、あいつは決着がついても謝らしまへん。だから代わりにわてがいまのうちに謝っときまんねん。ほんますんまへん」

ひときわ深く頭を下げる。

「お前も、しつこい奴っちゃなぁっ。俺のほうが二周多く回っとるやろがいっ。そろそろ敗けを認めんかいっ」

馬上で重清が叫んだ。その声につられ、重家は弟のほうに顔をむける。

喜三太は聞く耳を持たない。裸馬の背にまたがったまま、前だけを見据えている。どうやら義経すら見えていないようだった。馬の動きだけに集中している。

「おいっ、聞いてんのかっ、この餓鬼っ」

重清のまたがる馬がいきなり足を止めた。急な減速に耐えきれず、この場の誰よりも細い重清の体が軽々と宙を舞う。

「六郎っ」

重家は庭に飛び出した。しかし、肥った体では間に合わない。身軽な忠信であったとしても無理だろう。重清が頭から地面に吸い込まれてゆく。このまま激突すれば首の骨が折れる。誰もがそう思った時だった。

既のところで重清が器用に体を回転させ、尻で着地した。

「痛っ」

三度尻で地を叩きながら前に進み止まった。目を白黒させて尻をさする弟に重家は駆け寄る。

他の郎党たちの目は、兄弟をとらえていない。重清が乗っていた馬が暴れていた。乗り手を失ったまま、皆がいるほうへと駆けてくる。弟の無事を確かめた重家は、暴れ馬へと目をやった。三郎が立ち上がる。弁慶も両腕を広げて立ちはだかった。狼狽《ろうばい》する郎党たちをよそに、義経は縁の上からなにかを見つめている。重家は主の視線を追った。

喜三太だ。

己が馬を手懐《てなず》け静かにさせた喜三太が、ひょいとその背を蹴って舞い上がり、重清が乗っていた馬に移った。そのまま首に手を差し伸べて、穏やかに撫でる。すると荒々しい鼻息を吐きながら突進していた馬が急にむきを変えた。その時になってはじめて郎党たちは、喜三太の存在に気付いたようである。

庭を二周ほどさせると馬は大人しくなった。その後ろをさっきまで喜三太を乗せていた馬が追っている。二頭の馬とともに、年少の馬飼いが重清の前で止まった。軽い身のこなしで馬の背から飛び降りた喜三太は、座ったままの重清を見下ろす。

頬に痘痕《あばた》が残る喜三太が口を真一文字に結び、紀州生まれの兄弟をにらみつけたまま動かない。

「なんやねん」

「おい、そないな口の利き方はないやろ」

弟の態度をたしなめてから、苦笑いを浮かべ、重家は口を開いた。

「すまんかった。お前さんのほうが馬の扱いが上手や。せやさかい堪忍してやってや、頼むわ」

「けっ、雑人《ぞうにん》風情が」

重清が吐き捨てると、喜三太の目に怒りが閃《ひらめ》いた。

「雑人に敗けた御主はなんじゃっ。侍なんぞと偉そうにしておっても、戦場で満足に馬に乗れなんだら使い物にならぬわっ」

「なんやわれ」

立ち上がった重清が喜三太の前に立つ。ひょろりと背ばかり高い重清が面前に立つと、喜三太は見上げる形となった。年嵩《としかさ》の侍に凄まれても、少年は一歩も引かない。義経の側で見守っていた三郎が、嬉々として声をかける。

「良いぞ鬼三太っ。お前ぇさんの言う通りだ。腰抜け侍のくせに調子に乗ってんじゃねぇって言ってやれ」

「邪魔せんとってや」

少年の頭越しに三郎を見て、重清が言った時だった。喜三太の拳がすうっと重清の鳩尾に吸い込まれてゆく。

「ぬほっ」

不意を突かれて細い体がくの字に折れる。膝立ちになった紀州の侍の左右の耳をがっしとつかんで頭を固定すると、喜三太は右の膝を突き出した。

「待ったぁ」

重家は叫びながら、尖った膝と重清の鼻の間に丸々とした掌を差し込む。

「すまんかった。わてが謝るさかい堪忍したってや。な、喜三太はん。あんたは悪うない。悪いのはみんなこのぼんくらや」

愛想良く笑う兄にほだされたのか、若い馬飼いは溜息をひとつ吐いて弟の顔を放した。

「お前も謝らんかい」

口をへの字に曲げてむくれた態度を改めない弟の頭を思いきり叩く。

「痛っ」

「これ以上、面倒なことばかりやらかすようやったら、紀州に帰すで、良《え》えか」

「わかった。わかったって」

ばつが悪そうに重清が少年に顔をむける。

「俺が悪かった。謝るさかい仲良うしたってや」

「ふんっ」

腕を組んで喜三太が顎を突き出す。

「許してやれ喜三太」

縁に座ったままの義経が張りのある声で言った。その口許はうっすらと笑っている。

「ほら、九郎殿もああ言ってることやし」

重家も少年をなだめる。

「雑人だからって舐めんじゃねぇっ」

「良う言った」

怒鳴った喜三太を三郎が褒める。

「ほんまにすまんかった」

もう一度、重清が謝ると喜三太が手を差し伸べる。それをつかんで立ち上がった弟は、眉を八の字にして縁に座る義経を見た。

「えろう、すんまへん」

そう言ってぺこりと頭を下げた重清の、身のこなしにも目を見張るものがあった。

「気にするな」

「へぇ」

「もっとしっかりと謝らんかい」

隣に立った兄に首根っこをつかまれ、弟が深々と頭を下げた。それを生意気盛りの馬飼いが眺めている。

なんというか……。

弟の首をつかみながら、重家は心につぶやき口許を緩める。

この主従は若い。そして、温《ぬく》い。義経は三郎のような郎党の無礼な物言いや態度を許し、それでも威厳は保っている。歳や生まれ、身の上など関係ない。器だけが、みずからの立ち位置を決める物差しなのだ。

「嫌いやないなぁ」

「なに言うとんねん。さっさと放さんかい」

おもむろにつぶやいた重家に、頭を下げさせられつづけている弟が毒づく。

「うっさい。お前はもっとちゃんと謝れ」

「痛いっちゅうねん」

兄弟のやりとりを見守りながら、三郎が大声で笑った。それにつられて皆も笑う。

重家は縁の上を見た。

義経も笑っている。

己の目に狂いがなかったと、重家はあらためて思った。

三

頼朝が福原攻めを決めた。

弁慶は鞍にまたがり、丹波路《たんば》を進む。常人とはかけ離れた弁慶の体軀を支えて歩む馬は、一群のなかでもひときわ目を引いた。黒毛の駿馬《しゅんめ》は奥羽の産である。義経の出兵を聞きつけた吉次より送られたものであった。

今度の行軍では、義経主従はいずれも騎乗である。ただ一人、喜三太だけが弓を背負い義経の白馬の手綱を取っていた。

清盛の三周忌の法要のため、福原に集っている平氏一門を殲滅《せんめつ》するための戦である。本隊である範頼率いる五万六千騎は西国街道を西に進み、福原の大手を目指す。別働隊を任された義経は二万騎を率いて丹波路を西行し、福原の北方の山々を越えてから東に回り一ノ谷に入り、搦手《からめて》を目指す。七万を超す大軍で東西から挟み撃ちである。

この一戦で長年の宿怨を晴らすと、主は意気込んでいた。今度の戦は義仲との一戦とは違う。どれほど緊迫した状況でも我を通す厄介者揃いの郎党たちも、行軍の間じゅう物々しい風情で粛々と馬を進めている。三郎や忠信ですら、口数が少ない。誰もが、この一戦にかける主の想いをわかっているのだ。

この戦で源氏に味方したのは関東の御家人たちだけではない。摂津《せっつ》の渡辺《わたなべ》党と呼ばれる源氏をはじめ、平氏の基盤であった西国からも源氏に与せんとする国人たちが集まり始めている。

清盛が新たな都にせんと願い、心血を注いで開いた福原は、平氏最大の本拠であった。ここを攻め滅ぼすことができれば、帰趨《きすう》は決する。たとえこの一戦で平氏を殲滅できずとも、福原さえ奪えれば源氏の勝利は揺るがない。

「おい」

巨馬を進める弁慶の視界の端に獣の毛が揺らめいた。横目で見ると、鎧の上に毛皮の羽織を着込んだ三郎がいつの間にか隣に忍び寄っていた。

「大丈夫かねぇ、うちの御大将は」

日頃よりもわずかに沈鬱《ちんうつ》そうな顔付きで、盗賊上がりの郎党が言った。その目は前を行く白馬の背にまたがった主にむけられている。

「相手は平氏だぜ」

「それがどうした」

弁慶はぶっきらぼうに聞き返す。三郎は鼻の穴から緩んだ息を吐く。

「曲がりなりにも帝を擁する一族だぜ。平氏にあらずんば人にあらずなんてこたぁ、おいそれと言えやしねぇ」

この行軍の間じゅう口を閉ざし続けてきたからよほど鬱憤が溜まっているのだろう。三郎は想いの丈を吐き出す。

「そんだけの権勢を誇る奴等を滅ぼすってな、戦に勝つなんて生易しいこっちゃねぇと思うんだよなぁ俺ぁよ。相手はまだ神器を持ってんだろ。帝だってその母親だっているんだ。神器をぶち壊して、帝を手にかけて、知ったこっちゃねぇってわけにはいかねぇだろ」

「なにが言いたい」

いつもの明快な物言いではない三郎の思わせぶりな言葉に、つい苛立ちの声を投げてしまった。盗賊上がりの郎党はまったく動じず、主を眺めたまま続ける。

「九郎殿はちっとばかり気負い過ぎちゃいねぇかと思ってよぉ」

「それがどうした」

平氏追討は義経の長年の宿願である。義仲を討った武功を認められ、別働隊とはいえ搦手攻めの総大将を任されたのだ。気負わないほうがどうかしている。

「九郎殿は、人の話を聞かねぇところがあるからなぁ。もし神器を壊しちまったり、殺すなっていわれてる人を手にかけちまったら、戦に勝っても、責めを負うことになっちまうんじゃねぇかと思ってなぁ。だって神器を欲しがってんのは、兄貴じゃねぇんだろ。九郎殿が慕ってる法皇様なんだろ。兄貴怒らせるよりよっぽど面倒なんじゃねぇか」

三郎の懸念もわかる。

だが……。

いまは主の気持ちを優先させたい。

「喧嘩というものは勢いが大事だ」

唐突に言った弁慶の言葉に三郎が片方の眉を吊り上げる。構わず続けた。

「戦も同じであろう。勢いに勝るほうが勝つ。神器や帝のことを気にして前に進めねば、それを盾に取って戦う敵に遅れを取ろう。まずは勝つ。敗れれば神器も帝もない」

「そりゃそうだろうけどよぉ」

「そんなことは勝ってから心配すればよいではないか。御主らしくもない」

三郎の頰がかすかに赤くなる。長きにわたり待ち望んだ戦に臨む雄々しき背中を見つめながら、弁慶は同胞《はらから》に語りかけた。

「我等は九郎殿に従っておれば良い。あの御方の敵となる者は誰であろうと我等の敵。それで良いのではないのか」

「けっ、化け物のくせに言うじゃねぇか」

「化け物に言いくるめられるとは、いつもの御主ではないではないか。肩に力が入っておっては思うように働けぬぞ」

「わかってらぁ」

吐き捨て三郎が馬を速める。

弁慶は腹に力を込めて深く息を吸った。

運命の戦は間近に迫っている。


「この先に敵がおりまする」

鼻の中程あたりから顔を真っ二つに横切る生々しい傷痕を露わにした男が言った。松明《たいまつ》に照らされてなお暗い陰を総身に纏《まと》うその男は、元は猟師であるという。

駿河《するが》次郎清重《じろうきよしげ》などと名乗ってはいるが、みずからで付けたものであろう。

年貢進上の使者の折、頼朝が遣わせた兵のなかに次郎はいた。その後、勝手に頼朝の元を去って義経に仕えたいと志願してきたのである。義経はまだ明確な返答をしていない。それもあって次郎は今度の戦に並々ならぬ決意を持って臨んでいるようだった。みずから斥候《せっこう》を買って出たのも、郎党になるためである。

その次郎が行軍する義経を止めたのは、播磨《はりま》の東方に位置する三草山《みくさやま》を越えようとする頃のことであった。

敵がいるという。

弁慶は他の郎党とともに軍議の末席に陣取っている。御家人たちが左右を固め、上座に義経が座していた。陣幕に囲われた本陣を松明が照らす。その中央に明かりから逃れるように身を縮めながら次郎がいる。元猟師の次郎は山に潜むことに長《た》けていた。そのため義経一行の先を行き、敵を探ることを命じられたのだ。

「三草山の西に陣を布いておりまする。敵の話を聞いて参りましたところ、率いておるのは資盛《すけもり》、有盛《ありもり》、師盛《もろもり》ら、小松《こまつ》家の者らであるとのこと」

清盛の嫡男であった重盛は、清盛存命の間に早世してしまった。次代の平氏の棟梁として清盛の期待を一身に背負っていたのだが、その死によって彼の子供たちは本流から外れてしまう。小松家とは、この重盛の子供たちである。

「御主、敵陣に忍び込んで参ったのか」

驚きの声を上げたのは侍大将の土肥実平であった。実平は頼朝の信頼厚き御家人で、義経の目付として侍大将を任されている。ちなみに本軍、範頼の侍大将は梶原景時であった。当初は景時が義経に付くことになっていたのだが、過日の宇治川での言い争いによって険悪な間柄になった両者を慮り、実平が配置を変わったという噂が陣中にはまことしやかに流れている。

「はい」

実平の問いに次郎は淡々と答えた。

「なんちゅう不気味なやっちゃ」

弁慶の背後に控えていた重家が独り言をつぶやいた。己への悪口など知りもせず、次郎は御家人たちにむかって語り続ける。

「三草山は丹波路の要衝。敵の陣を見るに、谷間を進み隊列が細く伸びたところを迎え撃つつもりでおるようです」

鼻から息を吐きつつ実平が腕を組んだ。敷かれた板の上に胡坐をかき、御家人たちは口を閉ざしている。無言の男たちを前に、次郎はなおも言葉を吐く。

「このあたりは福田荘《ふくだのしょう》と呼ばれ、平氏の荘園領にございまする。地の利は敵にありまする」

「地の利のあるところに盤石な陣を布き、こちらを待ち構えておるということか」

腕組みしたまま実平がつぶやく。侍大将である実平が具体的な策を義経に提示するのを、御家人たちは待っているようだった。松明に照らされた皆の目が、義経と実平を交互に見遣る。男たちの期待を満身に感じながら、実平が次郎に目だけをむけた。

「敵の数は」

「仔細はわかりませぬが、どう多く見ても我等の半数もおりませぬ」

こちらは二万を超す大軍である。数では負けぬ。だが、戦は数ではない。弁慶がそう心につぶやいたのと、実平の言葉は同時であった。

「我等は列を長《なご》うせねばなりませぬ。先で待ち構えられておるとするならば、数の利を生かすことはできますまい」

「だからと言って、敵とにらみ合って時を過ごすわけにもゆきますまい」

侍大将の後ろむきな言葉に、飄然と言ってのけたのは相模三浦《みうら》の豪族、佐原義連《さはらよしつら》であった。義経と歳の変わらぬ若い御家人は、己よりも十以上も離れた実平に対して気楽な態度で続ける。

「福原攻めは本隊と時を同じゅうして東西より攻めてこそ意味がありまする。すでに約束の刻限まで二日となっておりまする。一刻の猶予もございますまい」

「そのようなこと、御主に言われずともわかっておる」

不満を露わに実平が若き三浦の御家人をにらむ。

「猶予がないからと申して無闇に敵にぶつかれば、我等も無事では済むまい。もし敗れるようなことがあれば、東西から攻めるなどという策自体が水泡に帰すのじゃ。平氏を侮ってはならぬ」

「侮ってなどおりませぬ。だからといって手をこまねいてもおれますまい」

義連は退かない。生意気な若者を言いくるめることを諦めた侍大将は、眉根に深い皺を刻みながら上座を見た。

「如何なさりまするか」

結局は総大将の指示に委ねるつもりか。弁慶が思うのと、隣で三郎が小さな笑い声を吐いたのはこれまた同時であった。

「義連にはああ申しましたが、某も攻めぬとは申しておりませぬ」

実平が義経に語る。

「攻めねばならぬとは思うておりまするが、敵は盤石の構えで待ち受けておりまする。気を引き締めてかからねば、範頼様との約定を違えることになりましょう」

義経は眉ひとつ動かさず、侍大将の言を聞いていた。皆の視線が上座に集中する。三浦の御家人も薄ら笑いを口許に浮かべながら、己と歳の変わらぬ総大将の発言を待っている。

「さて、九郎殿。如何なされましょうや」

「攻める」

実平の問いに間髪を容《い》れずに義経が答えた。

「ですから、攻めるにしても……」

「これより出る。支度をいたせ」

言って立ち上がった。

「ちょ、ちょっと待ってくだされ。い、いまからでござりまするか」

胡坐のまま尻だけを浮かせ、実平が動揺の声を上げる。他の御家人たちも驚きを隠せない。ただ一人、義連だけが目を輝かせながら、上座に熱い視線を注いでいる。この総大将はいったいこの先なにを言うつもりなのだろうか。愉《たの》しみで仕方ないといった様子で肩が小刻みに揺れている。

「こ、この闇夜にござりまするぞ。すでに兵たちも休んでおりまする。いまから出ると申されても、行軍もままなりますまい」

「だからこそいま出るのではないか」

立ったまま義経は侍大将を見下ろす。

「こちらが休んでおるということは、敵もまた同じ。いや、御主が申す通り盤石な態勢でこちらを待ち受けておるのならば、気の緩みは我がほう以上であろう」

「そりゃ良いっ」

膝を叩いて義連が立ち上がった。そして実平たち関東の御家人を見渡す。

「御手前共は腰が重いと申されるのならば、我等が義経殿に従いましょう」

言って上座を見る義連の背が待ち切れぬというように幾度も跳ねている。そんな若き侍を無視しつつ、義経は依然として下座に控えたままの次郎に声をかけた。

「敵の陣所の周囲にはなにがある」

「山とわずかな人家が」

「田畑もあるか」

「はい」

「そうか」

動揺する御家人たちをそのままにして、義経が下座へと歩を進める。その隣を義連がまるで家臣のように付き従う。次郎の前に立った義経が、その後方に並ぶ弁慶たちを見た。

「次郎と御主たちはすぐに敵の陣所へ行き、ありとあらゆる物に火をかけよ。敵陣を火の海の只中に放り込むのじゃ。できるな」

最後の言葉を吐く刹那、義経は次郎を見た。次郎は無言のまま力強くうなずく。

「この戦が無事に済んだら、御主を我が郎党にしてやろう」

「かならずや敵陣を火の海に叩き込んでみせまする」

「行け」

主の命を受け、弁慶は次郎とともに敵陣へと急いだ。

昼と見紛うばかりに空が輝いている。火の粉が吹雪のように体を包む。

「煙に呑まれぬようしっかりとついてこいっ」

威勢の良い三郎の声を追うようにして、弁慶は光のなかを歩む。夜の寒さはどこへやら。夏の盛りよりもなお熱い炎に包まれた体は、汗なのか肉から溶け出す脂なのか判然としない物を吐き出し続けている。

炎のむこうから喚声と悲鳴が聞こえて来る。

「やったぜ、やったぜ、やったぜ……」

先端に火が点《つ》いた枝を振り回し、子供のように大袈裟に足を上げながら歩く三郎が妙な節を付けて口ずさんでいる。四組に分かれて火を点けてまわった。大方の指図は次郎がしたのだが、弁慶とともに回る三郎は盗賊だった頃のことを思い出したのか、燃え広がりそうな場所をひと目で見抜き、感心するほど器用に火を点けてゆく。人の家だろうが刈り終えたままの田だろうが森の木々だろうがお構いなし。次郎から言われた区画を瞬く間に火の海にせしめた。

他の者たちも上手くやったようで、敵陣はすぐに炎に包まれた。

義経は機を逃さない。弁慶の周囲が火に覆われるとすぐに、敵陣のほうから喊声が聞こえてきた。息を潜めて進んでいた兵たちが、炎とともに敵に殺到したのである。

「おぉぉいっ」

炎のなかで三郎が前方を見ながら大きく手を振った。そのまま駆け足で遠ざかってゆく。弁慶は煙を吸わぬよう袖口に唇と鼻を付け、盗賊の背中を追った。

燃える木々の間に立つ三郎が、二人の男と談笑している。次郎と忠信であった。

「お前ぇの言う通りに回ったら、あっという間に火が点いたぜ。すげぇよ」

「えぇ、こっちもですよ三郎さん。この人がここだってところに油を注いで火を点けるでしょ。するともう、あっという間に燃え広がってるんですからね」

三郎と忠信が興奮気味に語っているのを、次郎が冷淡な眼差しで見つめている。

「おっ来たか化け物」

「置いてゆくな」

「大丈夫だったか」

次郎が問うてくるのに、弁慶はうなずきだけで答えた。

「猟師の成せる業っていうやつなんですか」

「匂いは風に乗る。風を見極められねば猟師など務まらん。火は風とともにある。風を読めれば火も見えるようになる」

「そういうもんなんですかねぇ」

「悠長に構えてもおられぬ。戦は終わっておらぬのだぞ」

鼻の上の傷をひくつかせながら次郎が言うと、三郎が大きくうなずいた。

「そうだぜ。早く九郎殿のところに行かねぇと、郎党が一人もいねぇ」

喊声が大きくなり、悲鳴が小さくなっている。すでに大勢は決したのであろう。

「よろしく頼むぜ、次郎」

言って三郎が元猟師の男の背を叩いた。すでに次郎を郎党と認めている。

「こっちだ」

言って次郎が炎のなかを指差す。その先から継信と重家、重清兄弟、喜三太が姿を現した。

「義経郎党勢揃いだなっ。こっちだ、野郎どもついてこいっ」

盗賊の頭目に戻ったように三郎が胸を張って、次郎が示した道を歩みだす。

資盛ら小松家の者たちは火のなかを逃れ、敵は潰走した。

平氏追討の初戦は義経の勝利に終わった。

四

見知らぬ場所だった。

間近に海がある。暖かいところなのだろう。空の蒼《あお》が息を呑むほどに澄んでいる。

島だ。

義経は漠然と思った。見知らぬ島……。

どうして己はそんなところにいるのか。身に覚えがない。

海上を軍船が埋め尽くしている。帆を張ったままの船に、色とりどりの旗がひるがえり、鎧姿の武者たちが我先にと浜へ飛び降りていた。

「そろそろ御覚悟を」

馴染みのない男が隣で言った。甲冑を着込んでいる。

義経はうなずく。いや、己の考えがあったわけではない。流れに従うようにただただ顔を上下させただけである。

そして、気付く。

夢だ。

丘の上にある屋敷の前に義経は立っている。驚くほど長大な弓を手にしていた。背丈が弁慶ほどもある。そこで思う。

父ではない。

ならば誰だ。

夢のなかにありながら、義経は惑う。

「敵が迫ってきておりまする」

「わかっておる」

馴染みのない男の言葉に、義経は答えた。背後では女が泣き叫んでいる。その声が次第に遠くなってゆく。誰なのだろうかと思うが、確認する術はない。

喊声が近付いて来る。

海からだ。

「行く」

義経がつぶやくと、馴染みのない男が力強くうなずいて太刀を引き抜いた。

「ではっ」

威勢の良い声をひとつ吐いて、男は敵の群れにむかって駆ける。

義経は弓を手に歩き出す。

と……。

体から魂だけが抜けた。

大きな背中が眼前にあった。大鎧に身を包んだ堂々とした武者ぶりである。

先刻まで義経であった者が、長大な弓を片手に遠ざかってゆく。追おうとするが、思うようにならない。

すると、男が義経に気付いて、肩越しに背後を見た。

父に似ている。

男の顔を見て思った。

「抽《ぬき》んでる者は恐れられる」

義経を見据え男は語る。

「恐れは境を生み、境の外にある者を人は鬼と呼ぶ」

男は義経から目を逸らさない。

「御主も我と同じ」

不思議と悪い気はしなかった。

「鬼よ」

言い終えた男が前を見据えて足早に去ってゆく。

「我の名は鎮西八郎為朝なりっ。命が惜しくない者は我が矢の贄《にえ》となれぇいっ」

兵の群れのなかから男の怒号が聞こえる。

鎮西八郎為朝……。

その名を心の裡で呼ぶと同時に、義経は白色の光に包まれ、深い眠りに落ちた。

＊

義経は馬の背で揺られながら、今朝の目覚めを思い出していた。

父に良く似た大男が敵に襲われる夢だ。

男は為朝と名乗った。その名は知っている。義経の叔父だ。父の弟に当たる男の名が、鎮西八郎為朝という。

叔父は言った。

義経も鬼だと……。

近頃、父の夢をめっきり見なくなったと思っていた。その矢先の、新たな夢である。

鬼。

何故、己が鬼なのか。

義経には身に覚えがない。

しかし。

久方ぶりに夢を見た。しかも父以外の夢などこれまで見たことがない。

夢を見た日は決まってなにかが起こる。この前、夢を見たのは五条大橋の袂であった。あの日、弁慶と出会った。思えば、弁慶という従者を得て、義経の定めは大きく動きはじめた。

今日……。

なにかが起こるというのか。

いや起こる。

背後から聞こえてきた兵の声に、義経が我にかえった。そして己が駆る馬の足下に、あらためて目をやった。

馬を歩ませるような道ではなかった。

先を行く道案内の男は慣れているから良いが、後を追う義経が駆る白馬は、道の細さに恐れを露わにしている。一歩でも踏み外せば、崖の下に真っ逆さまだ。蹄が跳ねた石ころが、先刻から幾度も硬い岩の上を跳ねて霞《かすみ》の下に吸い込まれている。

「いやぁ、これは凄い」

後ろから気楽な声が聞こえて来る。三浦の御家人、佐原義連であった。関東の侍たちのなかでただ一人、義経に従った奇特な男である。

御家人は連れてくるつもりはなかった。多田行綱《ただゆきつな》に委ねた七千あまりの兵とともに、先行している実平に合流させる気だったのだ。

福原での戦は、すでに始まっている。

足下から聞こえて来る男たちの声が、熾烈《しれつ》な戦いがいまなお続いていることを知らしめていた。

東からは範頼が率いる主力が大手口を攻めているはずだ。西からは実平と行綱に任せた別働隊が搦手を攻めている。本来ならば義経が率いるべき隊だ。

しかし義経は別働隊を放棄した。今みずからの背後に従うのは騎乗の兵七十あまり。そのなかには弁慶をはじめとした郎党が揃っている。残りは義連の手勢から、馬の扱いに長けた者を選ばせ連れてきた。

福原は東西に開けた地である。南は瀬戸内の海、北は岩山が連なり自然の城壁となっていた。海の戦が得意の平氏である。海上で勝負するのは分が悪い。自然、東西から攻めることになる。

しかし、義経はいま、戦場にはいない。

「こちらです」

案内を頼んだ土地の者が肩越しに義経を見て告げる。男が馬を進めようとしている先は、いま義経が歩んでいる断崖の尾根よりもいっそう細くなった岩場であった。そこに踏み込んだ男が操る馬の四つの蹄は、一直線に並んでいる。蹄一個分の幅しかないのだ。

「九郎殿」

この道中に入る前、馬を操ることは得意だと豪語していた義連の声が震えている。

二人の背後で悲鳴が聞こえた。どうやら馬もろとも崖を落ちたらしい。

「気になさらずに」

義連が頬を強張らせ、笑いながら言った。己が兵の犠牲を無視して馬を進める。

「引き返しまするか」

案内の男が馬を止めて言った。丹波国鷲尾《わしお》に住む猟師である。名を久太《きゅうた》といった。行綱に兵を預け岩山に入る時、案内が欲しいと言った義経のために次郎が連れてきた男である。次郎も元は猟師だ。独特の匂いのようなものでこの男に白羽の矢を立てたのだろう。

「戻るにしてもここでは折り返すこともできぬ」

微笑を浮かべ義経は答えた。久太はぶっきらぼうにうなずくと、ふたたび前をむいて馬を進め始める。足下では戦の喚声が聞こえ続けていた。

焦る。

福原の地は、平氏最大の本拠だ。厳しい戦いになるのは間違いない。義経の立場に立てば、鎌倉に攻め入られたも同然だ。そう考えると、どれほど困難な戦かということがわかる。

福原も鎌倉も、進軍できる道は限られていた。守るほうは限られた口に力を注げば良い。無駄なところに兵を置く必要がないから、攻め寄せて来る敵に集中できる。いっぽう攻め手側は堅い守りをなんとしても抜かなければならない。躍起になればなるほど攻め手側の損耗《そんもう》ばかりが激しくなってゆく。消耗に消耗を重ねた末に攻め手は疲れ果て……。

敗れる。

だからこそ……。

義経は搦手を攻める兵を捨てた。大軍の指揮は実平と行綱でも事足りる。敵が愚直に守る搦手を真正面から愚直に攻めるだけなのだ。力と力でぶつかるだけの戦である。実平や行綱で十分だ。

東西で戦は膠着《こうちゃく》しているはず。見ずともわかる。一進一退、優劣など付くはずがない。戦局を変える一手を打つのは己だ。義経はいま、その想いだけで、生死の境を歩んでいる。

「こんなとこを、いつも馬で通ってんのかよ」

三郎の悪態が聞こえる。

「我等はこのような所に馬を連れては参りません。馬が通れる場所をとの命に従っておるだけにござります」

義経の後方にいる郎党に聞こえるように、久太が進みながら答えた。当たり前だと思う。こんな場所を馬で通る必要などない。久太は猟師なのだ。山を駆ける時に、馬を用いるはずがない。

「じきに仰せになられたあたりに着きまする」

振り返らずに猟師が言った。義経は背後の義連を肩越しに見る。顔を強張らせながらも、三浦の御家人はうなずいた。その時、前を行く久太の馬がひょいと足を弾ませて、崖を跳んだ。義経の胸が一度大きく脈打つ。

「こちらでございます」

崖を飛び下りたと思った久太は、切り立った岩場のなかでわずかに広くなっている場所で手を挙げていた。ごつごつとした岩のなか、久太のいるあたりだけ土が露わになっている。そこならば十数頭の馬を入れることができるはずだ。だが、すべての馬は無理だ。大半の者は道の途上で待つしかない。まずは義経が馬とともに降りた。そして久太の馬の隣に並ぶ。飛び下りた場所の奥にある崖の縁に立つ久太が、下を覗き込んでいる。義経も視線を追う。切り立った岩の壁の下に戦場が見えた。平家の本陣の真上である。味方の兵はまだ遠い。

頬が熱くなる。胸の奥で心の臓が激しく脈打つ。

よもやみずからの頭上に敵がいるなどと思ってもみない守兵たちの鎧の小札《こざね》までが、くっきりと見てとれる。崖下から昇ってくる風に、木が燃える匂いを感じた。陣所で焚かれている薪《まき》のものであろう。胸の昂ぶりが、義経のすべての感覚を研ぎ澄ましている。

短い口笛の音が聞こえた。

「こいつぁ凄い」

義経の隣に並んだ義連が、崖の下を見ながら言った。

「ここを下りて行けば、奴等は天から敵が降ってきたと思うでしょうな」

三浦の御家人の言葉を聞く義経の周囲に、郎党たちが集う。弁慶と三郎が左右に侍り、佐藤兄弟が背後を固める。重家、重清が弁慶のむこうに、三郎の奥に次郎と喜三太がいた。岩山に入る際に、喜三太にも馬を与えている。

義連の兵も続々と広場に入って来た。漏れた者は崖で待つ。

「しかし」

義連の喉が鳴った。

わかる。

足下は壁なのだ。己が手足で下ることすら躊躇うほどの絶壁である。それをこれから馬で下ろうというのだ。できるという保証はない。下手をすればここにいるすべての者が転落して死ぬということもあり得る。

「おい」

三郎が久太に声をかける。郎党たちに遠慮して、いつの間にか久太は輪の外に下がっていた。

三郎の声に、うなずきだけで応える。それを確認し、盗賊上がりの郎党は続ける。

「ここを馬で下りたことあるのかよ」

黙したまま久太は首を左右に振った。あるわけがないと義経は思う。こんなところを馬で下りる必要がない。そんな危険な真似をせずとも、時さえかければ麓《ふもと》に下りることができるのだ。

「だよな」

どうやら三郎も己の問いの馬鹿らしさに気付いたらしく、鼻で笑ってから肩をすくめた。それから渋い顔をして主を見る。

「本当にやるんですかい」

「でも」

三郎の問いに久太が割って入る。皆の目がふたたび猟師を捉えた。

「鹿や猪《いのしし》なんかはここを通っております」

「気休めにもなんねぇよ」

盗賊上がりの郎党が吐き捨てると、同調するように義連が笑った。

「下りられたとしても、満足に戦えなければ意味がありませんよ」

義連がいるにもかかわらず、忠信がいつもの気楽な口調で言った。三浦の御家人は郎党の言葉遣いなど気にならぬように、うなずいている。

「こいつなんか本当に大丈夫なのかよ」

弁慶を顎で指しながら、三郎は言葉を連ねる。

「こんな馬鹿でかい図体してこんなとこから駆け下りたら、すぐに馬もろとも転がり始めんじゃねぇか。俺たちまで巻き込まれて、崖下で皆で御陀仏《おだぶつ》なんてなごめんだぜ」

「体の大小はこの際、関係あるまい。馬から落ちて岩場で頭を打てば、儂でなくても死ぬ」

薙刀を小脇に挟んだまま弁慶が言った。

「そんな長物持って下りるつもりかよ」

「近道をしようとしておるわけではないのだぞ。下りたらすぐに戦わねばならぬのだ。得物がなくてどうする。儂だけではない。皆も持っておろうが」

僧形の郎党が語る通り、兵の多くが薙刀や槍《やり》を持って岩山を進んできている。

ひときわ強い突風が崖下から吹いた。

「ぬおおっ、なんやっ、めっちゃ怖いやないかいっ」

馬とともに体を揺さぶられた重家が叫んだ。それまで誰も声にはしなかったが、重家が言う通り、眼下の崖を目の当たりにして恐れぬ者は一人もいなかった。

それでも……。

やるしかない。

「御主たちは我になにを求めた」

鼻の奥が冷たい。研ぎ澄まされている。己は人ではなく、ひと振りの刃だ。平氏という名の怨敵を滅ぼすまで決して欠けぬ刃なのだ。

「開けぬ行く末を憎み、己が境遇を恨み、我の元に辿り着いた」

三郎の奥にいる傷が顔を横切る男を見遣った。

「次郎」

声をかけられ、駿河次郎は顔を引き締め、義経にうなずきで応えた。

「今度の戦。勝たねば我との縁は潰えることになろう。元は猟師であったな。どのようにして兄上の元に転がり込んだのかは知らぬ。が、御主は兄ではなく我を選んだ。なにが望みだ」

「出世」

「そのために我とともに戦場に立つつもりか」

「御意《ぎょい》」

簡潔な答えを吐く陰気な元猟師に、冴えた視線を投げる。

「なれば、道はひとつだな」

次郎が紫色の唇を吊り上げたのを確かめてから、義経は馬上の少年に目を移す。

「喜三太」

呼ばれた少年が肩を小さく震わす。

「御主はどうする。下人である御主は戦場に行かずとも良いのだぞ。ここに留まり下人として生きるか、我等とともに敵陣に斬り込むか。選ぶのは御主だ」

「行きます」

迷いのない答えであった。その目はすでに崖下に定められている。義経が連れている者のなかで、この少年が一番腹を据えているようだった。

「下人を舐めるな」

崖下をにらみながら誰にともなくつぶやいた少年をそのままにして、紀州の兄弟を見遣る。

「重家、重清」

「なんでっか」

兄が答えた。弟は幽鬼のごとき面で、主を見つめている。

「引き返すならいまのうちだ」

「なに言うてまんねん」

答えて笑う兄に、義経は続ける。

「生きておらねば褒美は得られぬぞ」

「そうでんなぁ……」

崖を見遣り、重家が喉を鳴らす。

「なに言うとんねん兄者。褒美なんてもんは、人と同じことやっとっても得られはせんねん。なぁ、九郎はん」

暗く落ち窪んだ眼窩《がんか》の奥で、重清の目が輝きを放っている。

「行くで儂は」

「重清……」

「お前はどうする」

義経が問うと、兄は太い腹を大きく反らしながら、鼻から思いきり息を吸いこんだ。

「やるっ。やりまっせ」

重家が力強くうなずくと、盗賊上がりの郎党が鼻で笑う声が聞こえてきた。

「お前ぇ等、本気か。本当にこの崖下りるつもりか。生きてこその出世、褒美だろうが。下人を舐めるなとか文句言ってられんのも、生きてるからだろが」

三郎に目だけをむけ、義経は微笑む。

「お前らしくないではないか。お前は死ぬことなどなんとも思っていないと思っておったが」

「死ぬのは怖かねぇが、犬死には御免だぜ」

「だったら、ここに残れば良い。それだけの話だ」

三郎の細い眉がぴくりと震えた。

「我は一人でも行く」

「どうなっても知らねぇぞ」

「ここで退いて、平家を討ち損じ、兄にすがって生きるよりはましだ」

盗賊上がりの郎党が言葉を重ねようとする機先を制する。

「ここで留まり、御主はどうする。また盗賊でもするか。源平いずれが勝とうと、盗賊には関係あるまい。上野に戻って、気ままに生きれば良い」

「良いのかいそれで」

背後から忠信が三郎に語りかける。

「俺は行きますよ」

「忠信……。お前ぇ」

「平泉に籠もっているのなんて御免ですから。あんなところで死ぬくらいなら、いまここで死んだほうがましですよ」

「俺も行く」

「佐藤兄」

「蝦夷の武を日ノ本の侍どもに知らしめるため、俺は九郎殿とともに行く。御主も己が想いを果たすためにここにおるのではないのか」

珍しく長々と語った継信に、三郎は戸惑いの目をむけている。

「盗賊で終わって良いのか。伊勢三郎義盛よ」

「あぁ、もうっ。うるせぇなぁっ」

叫んだ三郎が目を閉じ、首を左右に激しく振る。

「俺ぁ、お前ぇたちのことを思って、言ってやってたってのによぉ。なに皆で裏切ってんだ」

「柄にもないことをするではないか」

義経が言うと三郎が鼻に思いきり皺を寄せた。

「どいつもこいつも面倒臭《くせ》ぇっ。やれば良いんだろやればっ。やってやるよっ」

鼻息を荒らげる三郎から目を逸らし、弁慶を見た。

「御主は」

「愚問」

僧形の郎党は、薙刀を宙で一回転させ小脇に挟んだ。

「拙僧はどこまでも、九郎殿に付き従いまする」

揺るぎのない声が返ってくる。

もう一度、郎党たちを一人ずつ見遣った。どの顔にも緊張の色がうかがえる。義経だって平静ではない。手綱を握る手が汗で湿っている。

「何者でもない己を変えるため。心に宿り続ける恨みを晴らすため。越えねばならぬ壁ならば、かならず越えてみせる」

眼下に見える赤い旗を見据える。

平氏の旗だ。

ひとつ残らずこの世から消し去り、源氏の白旗でこの国を染めあげるのだ。

「こんなところでは死なん」

郎党たちは息を呑んで聞いている。

義経は静かに片腕を挙げた。

「己を越えんとする者はついてこいっ」

腹を括った郎党たちがいっせいに吠えた。

馬腹を蹴る。

「行けえっ」

有無を言わさぬ叱咤《しった》の声に怯《ひる》んだ白馬が、虚空へと前足を踏み出した。

一気に奈落へ吸い込まれてゆく。

馬は己が命を守らんとし、足場になりそうな岩場を探して前足と後ろ足を器用に使いながら崖を滑り下りる。

「拙僧は五条の鬼ぞっ。このようなところで死にはせぬっ」

弁慶の咆哮《ほうこう》を頭上に聞く。

「もう、どうなっても知らねぇからなぁっ」

三郎が叫んだ。

「死んだら化けて出ますからね九郎殿ぉっ」

忠信だ。

「あかんっ。こらあかんでぇっ」

重家も続いている。

ある時は斜面を滑り、ある時は岩場を跳びながら、馬が崖を落ちてゆく。下りるのではない。落ちてゆく。頭上を気にしているような余裕はない。短い息が尖った口先から間断なく漏れる。手足が緊張で強張るのを抑えられない。驚くべき速さで地面が近付いて来る。黒い塊が視界の脇を通り抜けた。

久太だ。

狩人が馬を駆り、義経を追い越して崖を滑り落ちてゆく。

「なにをしておるっ」

道案内を頼んだだけだ。久太が落ちる必要はない。

「はじめからこのつもりでございましたっ。私についてきて下されっ」

叫びながら久太は器用に馬を操り、岩壁を右に左にと下りて行く。わずかになだらかになっている砂地や硬い足場を的確に選んでゆく久太の馬は、その度ごとに速度を緩める。落ちてゆきながら加速していく馬を、巧みな手綱さばきでなんとか押し留めている。前を行く久太の馬を、義経の馬が追う。彼の栗毛の馬が選ぶ場所を、義経の馬も使う。久太の先導によって、義経に従う郎党や兵たちがひとつの流れになってゆく。

「よしっ、よしっ、こりゃ良《え》えでっ」

重家の声が降って来る。

落下から降下へと流れが変わった。

「もうすぐですっ」

久太が叫んだ。すでに義経にも平地が目前に迫っているのが見えていた。うなずきだけを返して、手綱さばきに集中する。

気合いをひとつ吐いて、久太が岩場から地面に飛び降りた。手綱を絞って馬首を返す。義経を待つ態勢だ。安堵の溜息を吐く猟師の顔を視界の端に収めながら、義経も木々の群れのなかに着地した。

止まらない。

後続を待つつもりもない。

呆然と久太がつぶやく声を後ろに聞きながら、義経は腰の太刀を抜いて天に掲げる。

「あっ」

「止まるなっ」

これでわかるはずだ。

目指すべきは福原の敵である。

後方から咆哮が波となって湧き上がった。

生きている……。

死を乗り越えたことによって、男たちは異様なまでの昂ぶりに支配されていた。義経も背後を見る余裕はなかった。逸《はや》る気持ちが敵を求めて止まない。わずかな静止すらも許さなかった。体を巡る血の一滴一滴が、骨の一本一本が、熱く燃えている。背後から聞こえてくる声も喊声などと呼べるような生易しいものではなかった。雄叫び、唸り、罵声に怒声。獣の群れが餌を求めて駆けているようだった。

義経たちは一個の獣となって敵にぶつかった。

名乗る者など一人もいない。目の色を変えた男たちが、逃げ惑う者を蹂躙してゆく。煙と血と刃に彩られた天地を、義経は忘我のうちに駆け廻った。源氏も平氏もない。兄も法皇も頭になかった。ここが戦場だということも失念している。目の前でわめきたてる醜い男たちに、馬上から太刀を振り下ろしてゆくだけ。たまに鎧を着けた偉そうな者が立ち塞がるが、そういう奴に限って悠長になにかを叫ぼうとする。構わず馬を走らせ一気に間合いを詰めて、太刀の切っ先で喉仏のあたりを深く抉ってやると、動かなくなる。それで終わり。

勝ち負けすら頭にない。己が死ぬとか、敗けるということが脳裏をかすめることは一瞬たりともなかった。太刀を振るう。目の前の男が死ぬ。それだけだ。

明らかに一線を越えていた。が、義経自身にその自覚はない。

血だ。

赤い。

臭い。

吐き気がする。

なにもかも真っ赤だ。

鬼……。

今朝の夢を思い出す。

夢のなかで男は、お前も鬼だと言った。

そう。

我もまた鬼……。

深紅の血をまとった戦の鬼だ。

「九郎殿っ」

突然、体がなにかに包まれた。

放せ。腹立たしさで四肢をばたつかせるが、体を強い力で縛られていて思うようにゆかない。地面が目の前にあった。それでどうやら己が馬から転げ落ちているらしいと気付いた。

「終わったのだ九郎殿っ」

弁慶の声が聞こえる。

揺れる視界のなかに、三郎や忠信の顔が代わる代わる飛び込んできては消えて行く。

「九郎殿っ」

頰でなにかが弾けた。その途端、張り詰めていた糸が切れた。義経は膝立ちになっている。目の前にしゃがんでいた弁慶の手が、頰に触れていた。

「弁慶」

「お目ざめですかな」

気楽な声を吐いた三郎が弁慶の背後に立っていた。面前にしゃがんでいる僧形の郎党が、穏やかに口を開く。

「我等の奇襲が功を奏し、敵は潰走いたしました」

我に返った義経は、この時になって大事なことを思い出した。

「宗盛《むねもり》は、帝は、神器はどうなった」

弁慶が無言のまま首を左右に振った。その脇で膝を折った忠信が笑みをたたえた顔で答える。

「どうやら宗盛や帝は戦が始まる前から海にいたみたいです。神器もそこに」

「逃げたか」

「恐らくは屋島《やしま》に」

讃岐国《さぬきのくに》屋島も、平氏の拠点のひとつである。

「とにかく今日は勝ったんだ。喜んでも良いんじゃねぇか」

「せやせや、三郎はんの言う通りでっせ」

三郎と重家の気楽な言葉を聞き流しながら、弁慶の前に次郎が躍り出た。

「御家人の方々が平氏一門の首を上げておられまする。まずは範頼様と合流なされるがよろしいかと」

「わかった」

弁慶に支えられながら立ち上がる。

「勝ったのだな」

周囲に集う郎党たちがいっせいにうなずいた。

二度目の戦にも義経は勝利を収めた。福原の東西で膠着していた形勢は、義経の奇襲によって一気に源氏方に傾き、大勝利となった。

この日、越前三位《えちぜんさんみ》通盛《みちもり》、薩摩守《さつまのかみ》忠度《ただのり》、若狭守《わかさのかみ》経俊《つねとし》、武蔵守《むさしのかみ》知章《ともあきら》、無官大夫《むかんのたいふ》敦盛《あつもり》、業盛《なりもり》、越《えっ》中前司《ちゅうぜんじ》盛俊《もりとし》が討死。惣領宗盛の弟である重衡《しげひら》以下、但馬前司《たじまぜんじ》経正《つねまさ》、能登守《のとのかみ》教経《のりつね》、備中守《びっちゅうのかみ》師盛を生け捕るという十分な成果を上げ、義経の名は日ノ本に轟いたのであった。

五

弁慶は呆れている。

人の浅はかさに。

福原での激闘を終えた義経主従は、明くる日には都に戻った。法皇への戦勝の報告とともに、戦で討った平氏一門の首を市中に晒すためである。義経にとっては己が武威を示し、平氏が賊であるということを万民に知らしめるためにも是非とも行わなければならないことであった。

公卿のなかには平氏一門の首を晒すことに難色を示す者も多かったという。多くの一門衆の首を取り、福原から追いやったとはいえ、いまだ三種の神器は平氏の手中にある。法皇や公卿たちは、神器の返還を諦めず讃岐国屋島にある宗盛との折衝を続けていた。一門衆の首を晒し、宗盛の機嫌を損なうのを厭うたのである。

しかし義経は聞く耳を持たず、一門衆の首を晒した。越前三位通盛をはじめとした首を八条《はちじょう》河原に並べたのである。

公卿たちの懸念とは裏腹に、都での義経の名声はいやがうえにも上がった。福原での勝利以前から、統率の取れた関東の兵に対する好感は得ていたし、統率している義経に対する良い評判もあった。それが福原攻め以降、源氏の好評は義経一人に集中したのである。崖を駆け下りての奇襲が都の噂となり、義経の武勇ただごとならずと男も女も老いも若きも目を輝かせて噂し合った。

都に平穏をもたらすのは義経の他にはいない。上から下まで、都に住まう者は口々にそう言い合った。

なにも知らないくせに……。

弁慶は呆れ果てている。

たしかにここぞという時の義経の決断はすさまじいと弁慶も思う。宇治川を渡河した後、範頼が率いる本軍を待つべきだと主張する御家人たちを無視して都に入り義仲を討ったことや、今回の崖を駆け下りて奇襲を行い平氏を潰走せしめたことなど、義経が勝利のために貢献したのはたしかだ。勝利へ一番近い道筋を誰になんと言われても進む。そんな義経の強固な心が、目覚ましい戦勝を源氏にもたらしたのは間違いない。しかし、義経はあくまで頼朝の名代でしかないのだ。知行地があるわけでもない。知行地を持っていないということは、兵を集めることができないということ。つまりはみずからの兵を持てないのだ。

結局、頼朝に従う関東の御家人たちを頼るしかない。前回の義仲の時には梶原景時をはじめとした御家人連中の兵が主力となった。今回の奇襲にて義経とその郎党とともに崖を下りてくれたのは、三浦の御家人、佐原義連とその郎党であった。

薄氷《はくひょう》を踏むような危うき道を運良く渡り得た末の勝利である。そして、その強運に支えられた上での、義経のこの評判なのだ。もし真実、都に平穏を与えることができるとしたら、それは義経ではなく鎌倉にいる頼朝である。関東の御家人衆を従えている頼朝こそが、平氏に対抗しうる力を持った侍なのだ。そんな簡単なこともわからずに騒ぐ者たちに呆れてしまう。詳しい事情を知らぬ民ならばそれもよかろうとは思う。が、法皇や公卿までが、義経の武勇を褒めそやす。それがたまらなく弁慶には腹立たしい。

平氏を討つことが主の悲願である。

惣領の宗盛は屋島で健在であるし、長門国赤間ヶ関《ながとのくにあかまがせき》にある彦島《ひこしま》には、平家一門随一の武勇を誇る知盛《とももり》が率いる水軍がいる。神器も取り戻せず、安徳帝も敵の掌中《しょうちゅう》にある。

なにひとつ終わっていない。

鼻息が荒くなる弁慶の目に、顔を伏せる娘の姿が映る。娘の目当ては背後の漆黒の馬にまたがる主だ。往来を行く主を見つけると、このところ誰もが顔をぱっと明るくさせる。

肩越しに、ちらと主を見る。背筋を端然と伸ばしながら、娘に目をむけることなく進む。娘だけではない。法皇から与えられた大夫黒《たゆうぐろ》という名の名馬が道を行くと、左右に分かれて皆が義経に道を譲る。

気に喰わない。

馬上で顔を緩ませる主に醒めた視線を送ってから、前を見て鼻で笑う。

鞘に納まった薙刀は、もうひと月あまりも陽の光を浴びていない。振り回したくてうずうずする。

法皇に呼ばれた帰り道であった。三日にあげず呼ばれるため、最近では御所から屋敷までの往来に見物の者まで現れる始末。飢饉《ききん》と義仲の狼藉《ろうぜき》によって疲弊の極みにあったはずの民が、顔をほころばせながら主を見ているのは、それはそれで良いことなのかもしれない。だがやはり、弁慶には耐えられない。

仮初めの安穏の日々が。

「おっ、御帰りになられましたぞぉっ」

六条堀川の屋敷の門前で男が大きく右手を振っている。門前で手を振る男は、ぴょんぴょんと飛び跳ねながら二人に近付いて来た。

「お帰りなさいませっ」

丹波鷲尾の猟師、久太である。いや、元猟師だ。福原での戦が終わり、義経は久太を己が郎党に加えた。郎党となったからにはもう猟師ではない。鷲尾三郎義久《よしひさ》という名を、義経が与えた。

久太改め義久が弁慶の手から手綱を奪い、大夫黒とともに門を潜る。

「調子の良いことよ」

軽快な足取りの義久の背中を見据え、弁慶は溜息混じりの声を吐いた。


「なぜじゃ」

掌中の書状を握りつぶしながら主が叫ぶのを、弁慶は黙したまま眺めていた。変事がもたらされたのは明らかである。書は鎌倉からであった。

「なにが記されていたんですか」

にこやかな笑みをたたえたまま、忠信が問う。広間に次郎以外の郎党が揃っている。手のなかで皺くちゃになった書をにらみながら、主が頬を震わせていた。

「兄上が国司任官を法皇様に奏請《そうせい》なされた」

頼朝は義仲追討の功によって法皇より正四位下《しょうしいのげ》に叙されていた。征夷大将軍の任官は見送られてはいるが、武家の惣領としての立場を着実に築きつつある。

「国司任官の奏請。結構じゃねぇか。なぁ」

三郎が言いながら隣に座る弁慶の腕を肘《ひじ》で突《つつ》いた。同調する気もないから、弁慶は口をつぐんだまま無視する。

「俺の名がない」

言って義経がくしゃくしゃになった書を投げ捨てた。郎党の輪の中央に転がったそれを、三郎が拾い上げる。皺を伸ばすように丹念に広げてから、顎を突き出し読み上げはじめた。

「範頼、広綱《ひろつな》、義信《よしのぶ》の三人に国司任官を奏請なされ、範頼殿は三河守《みかわのかみ》、広綱殿は駿河守《するがのかみ》、義信《よしのぶ》殿は武蔵守に補任《ぶにん》され……」

三郎は読み続ける。

広綱は以仁王とともに清盛に反旗を翻した源三位頼政の子だ。義信は平賀《ひらが》姓を名乗る河内《かわち》源氏である。

依然として三郎は鎌倉からの書を読み上げている。主が床を叩く。三郎が口を閉ざした。皆の目が上座に集まる。

「どこまで読んでも俺の名はない」

言った義経の口のなかで歯がぎりと鈍い音をたてた。

「何故だ」

誰にともなく主が吠える。

「義仲を討ったのは誰だ。福原を落としたのは誰だ。俺ではないか。この九郎義経が、義仲を都より追い払い、平氏を福原から締め出したのだ」

その通りである。

いまの主の言葉には誰も異存はない。義仲との一戦、そして福原での戦い。いずれにおいても武功第一は義経である。鎌倉の御家人たちも、どれだけ不満であってもそれだけは認めざるを得ないはずだ。

なのに、頼朝はそんな義経に国を与えなかった。範頼が国司となった三河国は上国だ。上国の国司は本来、従五位《じゅごい》相当の者が務めることになっている。つまり範頼は位階を与えられてはいないが、従五位に該当する役を得たことになるのだ。それだけではない。国を与えられたということは、兵を得ることができるということ。米を得るということである。義経同様、身ひとつで頼朝を頼った範頼が、関東の御家人同等、いやそれ以上の力を得たのだ。

「あの兄がなにをした」

拳を床につけたまま、義経が毒を吐く。主にとって、範頼もまた兄なのである。

「俺が宇治川を渡って都に攻め上り義仲を討った時、奴は勢多で時を無為に過ごしておった。福原では俺の倍以上の兵を率いておりながら大手を攻めあぐね、俺が敵を乱すまでなにもできなかったではないか。あの戦下手が何故三河守で、俺が無位無官でおらねばならぬ。法皇の寵愛を受けしこの俺がっ」

最後の一語が、福原での戦の後の義経の慢心を表していると弁慶は思う。どれだけ法皇の寵愛を受けようとも、義経は鎌倉の支配下にある。要は頼朝の一存で、みずからの立場が左右される。そのあたりのところが、義経には見えていないらしい。

「九郎殿が怒るのもわからねぇこたねぇけどなぁ」

呑気な口振りでつぶやいた三郎を、殺気に満ちた義経の視線が貫いた。主からの嫌悪の眼差しに晒されながらも、盗賊上がりの郎党は臆することなく飄然と言葉を重ねる。

「負うた子より抱いた子っていうだろ。範頼殿は鎌倉にいるんだぜ。ちょいと馬をひとっ走りさせりゃ、頼朝殿の屋敷はすぐそこだ。どんだけでも機嫌をうかがうことができるだろうさ」

「遠くにいる出来た弟より、身近にいる愚かな弟のほうが可愛いってのは、わからんでもないでんな」

「なんやそれ。お前、俺の他に弟がおるんかい」

「おらんけど」

「適当なこと言うなや」

軽い口調で割って入ってきた熊野の兄弟を無視して、義経は三郎をにらみ続ける。

「やめましょうよ」

剣呑な気配を厭うように、忠信が笑みのまま主と三郎の間に割って入る。

「機嫌をうかがい、調子の良いことを申しておれば兄は可愛がってくれると申すのか。え、三郎。

我が兄はそれほど愚かだと、御主は申すのだな」

主の強硬な態度にうんざりするように、三郎がこれみよがしな溜息をひとつ吐いた。

「そう考えねぇと、妙なことになってくるでしょうよ」

「妙なこととはどういう意味だ」

「頼朝殿が、九郎殿だけを目の仇にして嫌ってるってことになるでしょうよ」

誰もが心の裡で思いながら口にしなかったことを、三郎は仕方なくといった様子で言葉にした。

主は己が促したにもかかわらず、怒りで床を打ち鳴らし、より激しい殺気で目をぎらつかせる。

「何故、俺が嫌われなければならぬ。俺は兄上のために勝ったのだぞ」

「知りませんよ、そんなこたぁ。俺に怒ったって仕方ないでしょうよ。とにかく範頼殿たちが任官されて、九郎殿は見送られた。それだけのことでしょう」

「それだけだと……」

怒りに任せて義経が立ち上がった。

「ちょぉとっ待ったぁ」

両手を広げて忠信がにらみ合う二人の間に体ごと滑り込む。そんなことはお構いなしで、三郎は依怙地《いこじ》になって続ける。

「法皇様の九郎殿の寵愛ぶりは、鎌倉にも届いてるんですよ」

「なんだと」

にらまれたまま三郎は床に転がる書状を指さした。

「鎌倉からは任官のことしか書いてきてないでしょうけど、次郎は色々と調べてますよ」

「次郎がどうかしたのか」

「鎌倉にいるんですよ」

主は知らない。秘密を弁慶と継信とともに共有する忠信が、二人の間で舌を出す。

「何故、次郎が鎌倉にいる」

「俺と弁慶と佐藤兄弟で頼んだからですよ」

「出過ぎた真似を」

「毎日のように法皇様や御公家衆に呼ばれて忙しい主を守るためですよ」

言って三郎も立ち上がる。

「まぁまぁ」

仕方なく立ち上がった忠信をはさんで主従がにらみ合う。

「次郎が言うには、鎌倉に戻った御家人連中のなかで、九郎殿を良く言う者はいないって話ですよ。総大将のくせに功を独り占めにする奴だってね」

「もう三郎さん、そのくらいにしましょうよ。ね」

止めようという素振りはするものの忠信は本気ではない。三郎の気持ちが痛いほどわかるのだ。弁慶も同じ想いである。

平家追討……。

いつになったら義経は腰を上げるのか。

「功を独り占めするだと」

「そういうことを思ってる奴等が武衛殿の周りにいるんだ。九郎殿がにらまれたとしてもなにもおかしかないでしょうよ」

義経が忠信を押し退け、三郎の胸を突いた。

「なにしやがるっ」

盗賊上がりの郎党は怒りで我を失っている。突かれた勢いのまま、拳を振り上げた。

ここで弁慶は立ち上がる。

「止せ」

振りかぶった三郎の喉元を手で制する。

「て、手前《てめ》ぇっ」

そこまで言って三郎は部屋を転がり縁を飛び出し庭に落ちた。弁慶が喉元を強烈に押したのだ。

忠信が口をあんぐりと開け、庭に転がったままの三郎を見下ろしている。

義経の怒りは収まらない。

「奴等がなにをしたっ。清盛が生きておった頃は平氏どもの顔色をうかがい、本来主家であるはずの源氏に見むきもせなんだくせに。旗色が変われば何事もなかったかのように、己等で義仲や平氏を討ったかのような物言いか。ふざけるなっ。ふざけるな。ふざけるなっ」

音をたてて座りながら、拳で床を打った。弁慶はしゃがみ込み、口を尖らせる主を見つめる。

「まだなにも終わってはおりませぬ。兄上を見返したいのなら平氏を滅ぼせば良い。鎌倉に跋扈する御家人どもは、九郎殿の武勇で黙らせれば良い」

「そうだっ化け物の言う通りだ。まだなんも終わっちゃいねぇんだよ。こんなとこに留まってる暇なんか九郎殿にはねぇんだよ」

縁のふちから顔を出して三郎が怒鳴った。それを見て、義経は口許を吊り上げる。

忠信が溜息を吐く。

「どうしていつもこうなるかねぇ」

「仲がよろしゅうて結構でおまんな」

忠信のぼやきに軽快な口調で言葉を重ねた重家を、古参の郎党たちがにらむ。丸顔の熊野の男は、愛想の良い笑みを浮かべて肩をすくめてみせた。

「とにかく」

主がつぶやく。

「このままでは終わらん」

誰にも異存はない。義経がこんなところで終わるとは、誰一人思っていない。

弁慶は皆に代わって主に問う。

「で、如何なさるつもりで」

虚空をにらんだまま、義経は赤い唇をゆるりと震わす。

「御家人どもがなにを言おうと、俺以外に平氏を討てる者はいない。兄上が俺をどれだけ嫌っても、結局最後は俺を頼らざるを得ない」

自信にみなぎる主には、息を呑むほどの近寄りがたさがある。弁慶は黙して続きを待つ。他の郎党たちも、口を挟まない。

「御主の申す通りだ、弁慶。俺は武勇で兄を見返し、御家人どもを黙らせてやる」

それでこそ我が主……。

熱い胸に声にならぬ言葉を思い描きながら、弁慶は強くうなずいた。

六

駿河次郎清重などという名には、なんの愛着もなかった。

山での暮らしに飽き飽きしていた頃、不意に武士にでもなってみようかと思った。侍ならば侍らしい名を付けねばなるまい。そうして自分で名乗り始めただけのこと。生まれた山が駿河にあり、兄が一人いた。だから駿河次郎である。清重という名は、はじめて武士らしい身形を整えた時、烏帽子、装束に太刀、履物にいたるまですべてをくれた者の名だ。

男は主を持たぬ浪々の身で、鎌倉に行くと言っていた。鎌倉に集った関東の御家人たちが下人、雑色《ぞうしき》を募っているというので仕官しようとむかう途中だった。

山深い峠道、里に下りるのもままならぬから、山中で朝を待つという。次郎は男と一夜をともにした。

そして、狩った。

男の一切を奪うために。

欲しい物を得るために命を狩ることは、次郎にとって当たり前のことだった。殺して奪うことが山賊同然の行いだという自覚もない。

山の暮らしに飽きたから侍になる。持つ者を殺して奪った。

それだけのことだ。

次郎は山を下り、鎌倉にむかった。

ちょうど、頼朝が都にむかうための雑色を集めていた。次郎は山で聞いた清重なる男の身の上話をそっくりそのまま、差配の者に語って聞かせた。名と仕えていた国人の居所だけを駿河に変え、他は清重の身の上を偽った。駿河の平氏方の国人に仕えていたが、石橋山での戦いの折に暇を出されたのを機に、源家へと鞍替えしようと思い立ち鎌倉に入った。それが駿河次郎清重という侍の来歴である。

下人として仕官を許された次郎は、頼朝の弟、九郎義経に同行して伊勢にむかうよう命を受けた。頼朝が集めていた雑色は、このためのものであったのである。

源九郎義経。

白馬にまたがるこの男を遠くから見た時、次郎は笑みを隠すことができなかった。

獣がいる。

そう思った。

山で殺した清重をはじめ、鎌倉で出会った侍たちも皆、次郎には生温い生き物にしか見えなかった。戦を生業にし、武を業としている者たちであるというのに、一人たりとも次郎を震わせる者はいなかった。理屈ではない。獣としての清重が震えるかどうかなのだ。

山での戦いは命懸けである。

獲物と清重の間には、邪魔なものはひとつもない。猪は言うに及ばず、穏やかな鹿であっても仕損じたらこちらの命にかかわる。現に次郎の父は仕留めそこなった大猪の牙で、太腿を抉られて死んだ。言葉の通じぬ獣に道理はない。こちらも獣になり、命を奪い合うことで糧を得る。そうして次郎は生きてきた。

だから、侍たちの腑《ふ》抜《ぬ》けた顔が我慢ならなかった。鎌倉で武勇を誇るという武士を見てみもしたが、清重の背筋が震えることはなかった。たしかに腕っぷしは強そうだし、眼力も尋常ではないのだが、腹の底に浮ついたものがあるのだ。油断という言葉が一番適当であるような気もするが、それですべてを言い表せているわけではない。日常と戦場が分かれているといったほうが良いか。とにかく、鎌倉の街で見る侍たちは、どれも緩んだ顔をしていた。よもやこの場所で、己が本拠ともいえる鎌倉で殺されるわけがない。そういう心根が、緩んだ頬に存分に表れているのだ。

里の武士というのもこの程度のものか……。

源平の間で戦が起こっているという噂を聞いて、殺し合いに身を投じるのも悪くないと思った。物言わぬ獣との命の遣り取りに物足りなさを感じていもした。

なのに……。

次郎は早々に武士にも飽きようとしていたのである。

そんな時、伊勢への道中で義経を見つけた。

緩んでいなかった。義経がいる場所は常に戦場のごときであった。目の奥にはいつも殺気が宿り、張り詰めた顔付きは常に敵を求めている。

義経だけではない。その郎党たちにもそそられた。

弁慶を筆頭に、どの顔にも鎌倉の緩み切った侍などとは違う獣の気配があった。

義経の郎党に加わる。

伊勢へ着く頃には、次郎は腹を決めていた。そして、その直感は間違いではなかったと思う。

福原攻めにおいての崖からの奇襲は、何度思い出してみても総身が粟立《あわだ》つ。あれほど生きているという実感を抱いた瞬間はなかった。福原に乱入してからの義経も申し分ない働きであった。

義経こそが我が主。

しばらくはそれで良い。

侍に飽きるまでは、次郎は義経に従うつもりである。


上座に座る男の顔は、次郎がこれまで見た侍のなかでも飛び抜けて腑抜けていた。頬の下半分が垂れ下がり、肉が下に引っ張られている所為で、いくら引き締めてみても下唇がわずかに開いている。

源範頼。

義経の兄である。頼朝とも義経とも母が違う。

範頼は平氏討伐のため、関東の御家人を引き連れ西国へと赴く途上、都に立ち寄ったのである。兄が兵を引き連れて西国へと旅立つというのに無視するわけにもゆかない義経は、範頼の宿所を訪ねた。鎌倉から戻っていた次郎は、供を命じられた。普段なら弁慶や忠信あたりが命じられるのだが、何故か今日は次郎に白羽の矢が立った。

平氏追討を任じられたのは範頼のみで、義経には沙汰がない。伊勢にて反旗を翻した平信兼《のぶかね》を討つという別の命を受けているのだが、そちらは別の者でもなんとかなる程度の雑務であった。そのため近頃、主はとかく機嫌が悪い。口調や態度にそれが表れる主を見て、弁慶や三郎などは子供だと言って呆れているが、次郎はそうは思わなかった。獣であるからこその純心ではないか。強者であるからこそ、他者に我儘でいられるのだ。それは鍛えてどうなるというものでもない。生まれつき、義経は強者なのだ。

そうは思うが、郎党たちにみずからの想いを聞かせることはない。想いは己だけのもの。誰かとわかち合えはしないのだ。

「息災でなによりじゃ」

下座に控える弟に、範頼が機嫌良く言った。緩み切った顔をしているくせに、眼光だけがやけに鋭い。猜疑の念によって生まれた鋭さである。背後に控える次郎の前で、義経は辞儀をした。兄のねばついた視線から逃れようとしているように次郎には思えた。主に従い、次郎も頭を下げる。上目で義経をうかがう。主は辞儀をしたまま、ゆるやかに口を開いた。

「兄上もお変わりなく」

底意がありそうな短い笑い声を範頼は吐いた。

「惜しいのぉ」

厭《いや》らしい声を範頼が吐いた。陰険さが口調に滲み出ている。

獣ならばと次郎は思う。

土竜《もぐら》。土に隠れ、夜にこそこそ地上に顔を出す。決して日の光の下を歩けぬ獣だ。範頼に相応しい。次郎は笑いをこらえながら、主をうかがう。

義経は無言のまま頭を下げ続けている。

「本来ならば其方が率いるべきであった将兵なのだがな」

嫌味たらしい兄の言葉を、床板の節をにらみながら主は受け流している。

「武功並ぶ者なき御主こそが平氏討伐の任を受くるべきであろう。のぉ義経。御主もそう思うであろう。儂など、御主に比べれば無能も無能。武士として下の下じゃ。そのような儂に果たして総大将が務まるか」

「なにを仰せにござりますか。義仲との戦においても福原攻めにても、兄上が本軍の総大将であられたではありませぬか」

「いずれの戦でも儂はなにもせぬまま、終わってしもうた」

「そのようなことはござりませぬ」

卑屈なまでに繰り返される範頼の嫌味に、義経は応え続ける。その言葉のすべてが、首から上だけで紡ぐ心の籠もらぬ軽い物であった。人と人の駆け引きは、獣とは違う。言葉という面倒な物が混ざる。だが、魂同士の押し引きであることには違いない。義経の気に集中していれば、腹から出た言葉でないことは自明である。が、それを果たして範頼が気付いているかどうか。十中八九、気付いていないと、次郎は思う。

なおも義経が心の籠もらぬ追従の言葉を連ねる。

「兄上が本軍の総大将として控えておってくだされた故に、私は存分に働けたのでござります」

「儂は囮《おとり》であったということか。阿呆面をした総大将に敵の目を引きつけておく間に、勇猛なる其方が裏を突くということか」

「決してそのようなことを申したかったわけでは……」

「戯言《ざれごと》じゃ、戯言。そうむきになるな」

言って範頼は扇で口許を隠しながら笑った。主同様、源家の血を継いでいるくせに白粉首の真似事をしたがるところが癪に障る。主も福原から帰って来てすぐの頃、法皇や公家にもてはやされてその気になってはいたが、武士の気概を放棄するようなことは決してなかった。調子に乗っている時でも、義経は義経であったと次郎は思う。

しかしそんな自制の気持ちなど、目の前の男にはない。鎌倉の頼朝の威光にすがっていることを恥と思わず、弟とみずからの立場を比べてばかりいる。弟のくせに己よりも派手な武功を得たことを憎々しく思っているのだ。それを隠そうとしているつもりなのだろうが、言葉の端々や態度に透けて見えていた。

浅はか。その一語に尽きる。

「儂は本心から御主に兵を率いてもらいたいと思うておるのだぞ九郎」

畳んだ扇で丸い顎のたるんだ肉を撫でながら、にやけ面で範頼が言う。

「儂は三河守であるからのぉ、領国の差配もせねばならん。鎌倉の御家人衆もみずからの領地を空けて西国にむかわねばならぬことを本心では厭うておる。御主のように身軽な者が兵とともに西国で戦《たたこ》うてくれれば、儂たちは気が楽なのだがのぉ」

当てつけである。領国を持たぬ義経を揶揄《やゆ》しているつもりなのだろうが、言葉の勢いに任せて武士としてあるまじきことを口走っていることに気付いていない。戦場で功を挙げてこその武士ではないのか。少なくとも、次郎はそう思っている。領国が大事であるから戦には出たくないとは。それはもはや武士ではない。

この男が平家追討の総大将とは……。

殺してしまったほうが皆のためではないのか。

伏し目がちに上座をうかがう次郎の瞳に殺気が宿るが、高慢な範頼が弟の郎党の些細な変化などに気付くはずもない。

「しかしなぁ」

勝ち誇ったように範頼は言葉を重ねる。この男は自重という言葉を知らないらしい。

「武衛様の勘気ほど恐ろしいものはないからのぉ」

範頼がわざとらしく体を震わせた。

この男自身、兄の勘気を喰らっている。しかも二度。それでも三河守へ推挙され、こうして総大将を任されているのだから、鎌倉でどれほど兄に取り入ったのかがわかろうというものだ。

主はいま、兄の勘気を受けている。

発端は法皇だった。

鎌倉に帰らず京を守る主が無官であるのも哀れだと、法皇は主を左衛門少尉《さえもんのしょうい》に任じた。そのうえで検非違使《けびいし》の宣旨を下したのであった。法皇によって正式に、都の警護を任されたのである。左衛門少尉は正七位上《しょうしちいのじょう》の者が任じられる職であった。正四位下である兄の上を行こうとは思わないが、三河守の範頼の従五位よりも位階は下だ。検非違使と国司では天と地ほどの開きがある。主だけが別段、贔屓《ひいき》にされたということもない。

しかし事はそれほど単純なことではなかった。鎌倉の御家人たちは、帝からの任官の際にはかならず頼朝を通さなければいけない。範頼たちが国司に任官された時のことを考えればよい。頼朝が法皇に奏請し、それを朝廷が受け入れて範頼は三河守に任じられたのだ。

主は兄の許しを得なかった。一度は固辞したのだが、法皇がどうしてもというので鎌倉に報せるより先に宣旨を受けたのである。

それがいけなかった。

頼朝の弟とはいえ、義経は鎌倉の御家人なのである。関東の御家人たちの兵を頼りにして義仲や平氏と戦った以上、その事実をくつがえすことはできない。兄に従属しているからには、鎌倉の筋を通す必要がある。主はそれをないがしろにし、勝手に宣旨を受けた。頼朝の怒りを買うのは当たり前のことといえる。

山育ちの次郎からしてみれば、はなはだ面倒臭いことだと思う。なにをするにしても、立場の上下や体面がなによりも優先する。

戦ならば良いのにと思う。生きるか死ぬか。勝つか負けるか。わかりやすい。

範頼の言葉が思惟を破る。

「武衛様は殊の外御怒りじゃぞ九郎」

この対面において、範頼はこれを伝えたかったのだろう。喜びが口の端に表れている。顔色はなんとか平静を取り繕ってはいるが、緩んだ口許だけは言うことを聞いてくれないようだった。

「無断任官など、鎌倉など知らぬと言うておるようなものじゃ。御家人としてあるまじき行いである。御主がそれほど増長しておるとは儂も思わなんだぞ」

御家人。

主は、自分を頼朝の臣だとは思っていない。同じ父の元に生まれた兄弟であり、源家の血を受け継ぐ者なのである。対等とまでは言わずとも、頼朝にひれ伏しているつもりはないはずだ。

そういう態度が頼朝や鎌倉の御家人たちには、生意気に映るのだろう。次郎自身が鎌倉に潜み、侍たちからつぶさに聞いてきた悪評の根源は、頼朝にひれ伏さない主の態度にあるようだった。

生意気な弟よりも従順な人形を、頼朝は用いたいのだ。

しかし。

果たしてことはそう上手くゆくだろうかと、次郎は黙しながら一人笑みを浮かべる。

範頼よりも先に西国にむかい兵船を調達している梶原景時や土肥実平が苦戦しているということは、都にも届いている。福原を失ったとはいえ、いまだ西国における平氏の力は絶大である。この腰抜けが、どこまで戦えることか。

十中八九しくじる。かならず行き詰まるはず。主は、その時までじっくりと待てばよいのだ。

主がいままでよりも深く頭を下げた。狭小な心を持つ兄の自尊心をくすぐっている。このあたりの小賢《こざか》しさも、次郎好みだ。獲物を狩る獣は、狡猾《こうかつ》であらねばならない。愚かな獲物がみずから狩場に姿を現すまで、何日も息を潜めて待つこともある。いまの義経がそれだ。範頼がしくじり、己の出番が来るのを半ば確信し、その上でへりくだっている。

「私は幾度も固辞いたしたのです。しかし法皇様よりの申し出でありました故、断わりきれず……。鎌倉の兄上にご報告が遅れたこと、毎夜毎夜悔いては眠れぬ日々を過ごしておりまする」

「そうであろう、そうであろう。わかるぞ九郎。其方の忸怩たる想いは痛いほどわかる」

考えの及ばぬ兄の心をこれ見よがしにくすぐる主は、なおも湿った言葉を吐く。

「此度の戦にて無事に平氏を討ち果たされました後には、なにとぞ兄上から武衛様に御口添えをお願いいたしたく存じまする」

主は範頼が好みそうな言葉を連ねる。下膨れの兄は機嫌をますます良くして、声をはずませた。

「良い良い。儂が武衛様には申し上げようではないか。九郎に悪気はなかったとな。さすれば武衛様もかならず御許しになられよう。待っておれ。儂が西国より戻るのをな」

増長を悔いる哀れな弟とでも思っているのであろう。しょせんこの男の猜疑など、緩んだ顔同様にたるみ切っている。少し持ち上げるだけでこれだ。

戦に勝てる男ではない。主もそう思っているはずだと次郎は確信し、背筋を歓喜に震わせる。

「何卒、何卒、よしなに」

「任せておけ九郎」

「御武運を御祈りしておりまする」

主は心にもない言葉を吐いて、愚かな兄との対面を終えた。


「どう思う」

屋敷への帰路、主が馬上で言った。次郎は手綱を取りながら、行く末を見据えたまま答える。

「どこまでも哀れな御方かと」

「哀れ……。か」

義経が言葉を詰まらせた。次郎は振り返らない。淡々と足を前に進めながら、馬を曳く。

「たしかに哀れだな。あれほどなにも見えぬというのは」

兄を語る主の声は、どこか寂しげに聞こえた。

「俺はあの兄の愚かさに怒りを覚えておった。同じ父を持っておると思うと、斬り捨てとうなる。だが御主は哀れじゃと申した」

次郎は答えない。主の思うままに語らせる。

「そう言われてみると、怒りが消えてしもうた。あの兄はたしかに哀れじゃ。なにひとつ見極められておらぬ故、己の立っておる場所すらわかっておらぬ」

その点では主も危ういと次郎は思う。だが、口にはしない。頼朝や鎌倉御家人たちとの間合いの取り方は、範頼とは別の意味で主にも正確に見えていないところがある。

「狩人と獣は対等にござる」

頭のなかに芽生えた不穏な想いを振り払うように、次郎は馬上の主に言葉を投げた。

「某が弓を持つように、獣には牙と角がござりまする。愚かな狩人が猪の牙や鹿の角で殺されることも珍しくはござりませぬ。それ故、抗う術も知らぬ獲物は哀れにござる。己が狩られることすら気付かずに死にまする」

「兄は狩られるか」

「それは矢を、放ってみねばわかりませぬ」

「そうだな」

主はそれ以上、語らなかった。

範頼が平氏追討のために都を出るとすぐに、頼朝から義経に縁談が持ちかけられた。鎌倉御家人、河越重頼《かわごえしげより》の娘である。

西国にむかった範頼の失敗を都で願う義経は、妻《めと》を娶り夫となった。

七

範頼が西国にむかって四月あまり。

平氏との戦いは泥沼の様相を呈していた。

西国へと兵を進めた範頼は、屋島から出陣した平行盛《ゆきもり》によって細く伸びた補給路を断たれてしまう。行盛は備前国《びぜんのくに》に留まり、児島《こじま》に城郭を構えた。退却することもできなくなった範頼は、鎌倉より派遣された佐々木盛綱《もりつな》とともにそれを攻め、なんとか行盛を退ける。関東より兵糧の補給を受け、九州へと渡った範頼は、彼の地の武士たちを糾合し屋島を攻めろという頼朝からの命を忠実に守ろうとしたが、源平両家に分かれた武士たちをまとめあげることは容易ではなかった。範頼は兵糧の欠乏のために、いったん周防《すおう》へ退く。だらだらと続く行軍の所為で、関東の御家人たちは領国に帰還することを望み、兵の士気も落ち、状況はいっこうに好転しない。閉塞した戦況を打破するためには、義経の起用しかないはずだった。

しかし、頼朝は動かなかった。

義経は動く。法皇に直訴するしかない。そう言って義経は御所へと赴いた。独断である。弁慶は主に従い、御所へとむかった。

「如何でござりましたか」

法皇との謁見を終えた義経に、弁慶は問うた。勇んで歩む主は、郎党のほうを見ずに進む。すでに昇殿を許されている主は、庭に控える必要もなかった。

「都が手薄になる故、都を離れてもらいたくはないと仰せであった」

「それでは出陣は」

「許していただいた」

鼻息が荒い。これほど高揚しているのは珍しかった。西国での戦況に苛立ち、焦っている。いや、苛立っているのは鎌倉の兄に対してであろう。これほど西国での戦況が芳しくないというのに、義経に出陣の命を下さないのはどういうことなのか。無断任官の勘気などと言っていられる状況ではないのだ。平氏に敗れれば鎌倉で悠長に構えていることもできないではないか。

己ならば勝てる……。

大股で歩む背中から自信が伝わって来る。

「一刻の猶予もないぞ弁慶。すぐにでも西に下る」

「出陣の支度は忠信たちが済ませておりましょう」

御所に直訴にむかうと決まった時点で、屋敷に残った郎党たちは戦支度に取り掛かっている。

「頼朝殿はどう思われましょうか」

「勝てば許してくれる」

簡潔な答えである。迷いはいっさいない。福原での戦勝の後の緩みが嘘のようである。もはや弁慶が差し出がましいことを言う必要はなかった。

法皇の許しを得た義経はすぐに西国にむかった。目的は平宗盛たちがいる屋島だ。

屋島は讃岐国にある。海を渡らなければならない。まずは船の調達である。

義経は摂津国渡辺津《わたなべのつ》にむかった。渡辺津は摂津源氏の名流渡辺党の本拠である。渡辺津には頼朝より兵船の調達を命じられた梶原景時が入っていた。

「何故、このような所におられるのです」

渡辺津に現れた義経を見て、景時がはなった第一声である。細かいことにばかり目くじらを立てる老いた御家人の顔色など、主は気にしなかった。

「軍議を開く」

景時の問いに答えることなく、義経は渡辺津に集う武士たちを集めた。

松の若木の根元に幔幕を張り、義経を筆頭に集う。しかし、鎌倉の御家人たちの大半は範頼と行動を共にしているため、景時をはじめとした少数の関東御家人と摂津周辺の武士がいるだけである。この地はあくまで範頼たちが屋島に渡海する際の船を調達する前線なのだ。ここに集う手勢だけで平氏と戦おうとは、誰も思っていない。

悪びれもせずに上座に座る義経を、皆が不審の色を滲ませた目で見つめている。他の郎党たちとともに末席に控えながら、弁慶は剣呑な気配を肌に感じていた。

「さて……」

口火を切ったのは景時であった。細い眉をわずかに吊り上げながら、義経に冷たい視線を送る。

「武衛様より出陣の命は下っておらぬはず。何故、九郎殿は都を離れられたのか。まずはそのあたりのところを御説明いただきましょう」

「法皇様の御許しは得ている」

「なにを申されておられるのか、某にはわかりませぬが」

細い眉をひくつかせながら、顎を突き出し義経をねめつける。

「法皇様の九郎殿贔屓は鎌倉にまで聞こえておりまするが、さては面妖なことを耳にするものよ。九郎殿はいったい誰を主と仰いでおられるのやら」

醒めた目で景時を見据え、義経は淡然と口を開く。

「我は鎌倉におわす頼朝殿の弟である」

「ならば、武衛様よりの下知なきままに都を離れられたのはどういう御積もりか」

尻の下に敷かれた板を叩きながら、景時が問い詰める。その激しい声に渡辺党をはじめとした畿内周辺の武士たちは口を挟めずにいる。たしかに景時の申すことにも一理あると弁慶は思う。頼朝の名代として都にある義経は、鎌倉の下知を聞かねばならない立場だ。頼朝の命が下っていないのに無断で都を離れる行為は、勝手に検非違使に任官された勘気が解けぬいま、致命的な反逆ととられても仕方がない。そのあたりのことを景時は問うているのだ。

しかし義経はいっこうに動じない。

「平氏を討てとの法皇様の御下命に従ったまでのこと」

「だからそれは道理に合わぬと申しておるのじゃ」

溜息をひとつ吐いて景時が肩をすくめる。

「某を愚弄しておる御積もりか」

「いいや」

「ならば何故、某の問いに御答えになられぬのかな」

「答えておる」

「話にならんっ」

景時が怒鳴る。怜悧《れいり》な鎌倉の御家人が尻を浮かせた。

「鎌倉におわす我が兄は」

おもむろに聞こえた義経の言葉に、腰を浮かせたまま景時が固まる。

「何方《いずかた》の臣ぞ」

黙したまま上座をにらみつける景時を正面から見据え、義経が毅然と続ける。

「正四位下。それが兄上の官位。その官位はいったい誰から貰ったものであるか」

「詭弁《きべん》じゃっ」

「詭弁ではない。兄上は誰の宣旨によって平氏討伐をなされておられるのじゃ」

答えは見え透いていた。もちろん景時にもわかっている。しかしそれを口にしてしまえば、義経を譴責《けんせき》できなくなってしまう。

「素直に認めやがれ馬鹿野郎」

「せやせや」

三郎がぼそっと毒づいた言葉に重家が相槌を打つ。

憎々しげに上座をにらみながら歯ぎしりをする御家人にむかって、義経は正々堂々と言い放つ。

「我は法皇様直々に平家追討の御下命を受けて、下って参ったのだ」

「おのれ言わせておけば、法皇法皇と……。其方はいったい誰の家臣じゃ」

「まだ申すか」

「待ったっ」

　これ以上やると場が決裂しそうであるのを機敏に察した男が大声で言った。己が耳に腕がぴたりと付くほどに天高く両手を挙げながら満面の笑みである。あまりにも無防備なその姿に、義経と景時も思わずそちらを見た。

　源昵《むつる》という渡辺党の侍だ。

「九郎殿はもはや摂津に来ておられるのです。いまさら帰れと申してどうなりましょうや。法皇様の命を受けておられるとも申されておるのです。もしここで九郎殿が都に戻れば、法皇様の面目もありますまい。いわば梶原殿は法皇様の御顔に泥を塗ることになるのですぞ。それでもよろしいのでござりまするか」

「い、いや儂は別にそのようなことを申しておるわけでは……」

「ならばここはひとまず、九郎殿のことはよろしいですな」

　喉の痰を切るような咳払いをひとつしてから、景時はあらぬほうをにらんで口を閉ざした。それを承服ととらえた昵はにこやかに一座の侍たちを見渡し口を開く。

「九郎殿のことをどうこう申すより、いまは屋島にある平氏を如何いたすかじゃ。それを語らうために、九郎殿は皆を集められたのでござりましょう」

そう言って眤が上座の義経を見て微笑む。一見、軽薄そうに見える細面の男であるが、一重瞼の下で輝く目の光には、飄然とした智の輝きが秘められている。

「やるじゃねぇか、あいつ」

弁慶のほうに顔を傾けながら三郎がつぶやく。同意も否定もせず、弁慶は軍議を見守る。

「範頼殿は周防におられ、九州の武士を糾合するのに手間取っておられまする。不用意に動けば彦島における知盛に狙われるため、なかなか思うように兵を進められずにおられるご様子」

眤が進行する。

「いっそのこと我等で屋島を突けばよい」

「そうじゃそうじゃ」

侍のなかから声が上がった。景時の交渉によって源氏方となった熊野、伊予《いよ》の水軍を率いる男たちの鼻息は荒い。

熊野水軍の長である熊野の別当湛増は、弁慶の父であった。

弁慶は幼い頃に父に捨てられている。弁慶が義経に従っていることは、恐らく父は知らない。だから己の存在が熊野水軍の去就に影響を与えたとは思えない。だがやはり、熊野の水軍衆を見ていると、自然と父のことを思ってしまう。熊野水軍が味方となったいま、どこかで父と顔を合わせることになるかも知れない。その時、己はどういう顔をするのか。弁慶自身にもわからない。

ひとまずこの場に父がいなかったことに、ほっと胸を撫で下ろした。

「如何思われまするか九郎殿」

眤が上座を見ながら問うた。主は息巻く男たちにむけて迷いない答えを浴びせる。

「我がここにいる理由はそれ以外にない。皆が止めても我は屋島に行く」

弁慶は上座に一番近い場所に目をむけた。そこには先刻から義経に喰ってかかってばかりいる御家人が座っている。またもや主は、己がどうするかだけを述べた。他者を顧みない義経の言動に、この御家人は幾度も怒りを露わにしている。それだけにいまの発言は、一度は収まった景時の怒りを揺り起こすには十分過ぎるものに思えた。

だが景時は目を閉じ腕を組んだまま動かなかった。先刻のやり取りで匙《さじ》を投げたのか、珍しいくらい大人しい。眤も弁慶と同じような心境であったのだろうか、壮年の鎌倉御家人の顔色をうかがうように恐る恐る口を開いた。

「九郎殿はこう申されておられまするが、梶原殿はどう思われまするか」

腕を組み瞑目《めいもく》したまま景時が慎重に言葉を選びながら答える。

「某は屋島を攻め落とさんがために、岩見《いわみ》の益田兼隆《ますだかねたか》殿を押領使《おうりょうし》とし、西国にて平家追討の兵を集めんがために骨を折ってまいった」

景時は頼朝の命を受け、土肥実平とともに国人調略のために西に下っている。渡辺津に集う畿内、中国周辺の侍たちは景時によって源氏に与した者たちであった。景時の苦労がなくては、義経も屋島に渡ろうと思うことすらできなかっただろう。

景時は続ける。

「このまま範頼殿を待っておっては、勝機を逸してしまいかねん。そうなっては我等に与していただいた方々に申しわけがない。ここは攻めるべきかと存ずる」

義経と景時の意見が合ったのを弁慶ははじめて見た。うっすらと右目だけを開いて壮年の鎌倉御家人は上座をうかがったが、当の義経は気付きもしない。咳払いをひとつしてから景時は目をかっと見開いて、鼻息の荒い水軍衆を見た。

「屋島攻めにむけての支度についてなのだが。敵は名うての船戦上手。こちらも十分な備えをもって相対せねばならぬ」

「瀬戸内の船侍など我等が討ち払ってみせようぞっ」

熊野、伊予両水軍の威勢は良い。むくつけき熊野の荒法師《あらほうし》や伊予の海賊どもを横目で見遣りながら景時は冷然と言い放つ。

「鼻息の荒さで勝負がつくなら、苦労はせぬ。のぉ、九郎殿」

苦労と九郎の音を掛けたかったのであろうか、景時が口許を緩めて上座に声をかけた。が、義経は景時の言葉をまったく受けず、みずからの想いだけを言い放つ。

「時をかければかけるほど、敵は守りを固め強固になってゆくであろう。梶原殿が引き入れた者たちのなかにも、ふたたび平氏に走る者が出て来よう」

景時は情だけで反論するような愚か者ではない。義経の言うことも一理あると思い、うなずいてからみずからの策を述べる。

「九郎殿の申される通り、兵は拙速を貴《たっと》ぶものじゃ。支度はすぐに済む。要は船の動きを軽やかにするだけで良いのじゃ」

義経の言葉を受け入れ、寛容さを示しつつ己が策を披歴し、景時は満足げに口許を緩める。

「船の舳先《へさき》にも櫓《ろ》を付けるのだ」

「逆櫓《さかろ》か」

水軍衆から声が飛ぶ。

普通、船は後方に櫓を付けて漕ぐ。景時は先端の舳先にも櫓を付けて前後に漕ぎ手を配して前進だけではなく、後退もしやすくしようと言っているのだ。

理に適っている。と弁慶も思う。敵は瀬戸内の水運で莫大な利を上げてきた平氏である。率いる兵たちも陸より水上での戦いに長けていた。屋島は讃岐の北に位置する小さな島である。こちらも船でむかう。水上が戦場となるのは間違いない。ならば景時が言う通り、船の動きが物を言うはず。敵の虚を衝くためにも、逆櫓は良い策であると思う。

「くだらん」

御家人たちの同意の流れを打ち砕くように、義経の冷淡な声が場を凍り付かせた。

「なんと申された」

小鼻をひくつかせながら景時が問うのを、眉ひとつ動かさずに主が受けた。

「戦う前から退く支度をするとはなんと愚かな。そのように及び腰であるが故に、この四月あまりなんの進展もないのだ」

景時は近隣の国人たちを説き伏せ、源氏方に引き入れた。範頼も、九州の侍たちを糾合しようと懸命に奮闘している。主の発言は彼等の努力のいっさいを無視するようなものだった。景時が聞き逃すはずもない。老獪《ろうかい》な武士の顔が怒りでみるみる真っ赤に染まってゆく。剝いた目に赤い血の筋を無数に走らせ、上座の義経を見据えながら口の端を吊り上げた。

「真の武士という者は、刻々と変容する戦況を見極め、攻める時は攻め、退く時は退くものにござる。ただ闇雲に突き進むだけでは務まりませぬぞ九郎殿」

「押せぬ故に勝てぬ。御主たちは戦況を見極めておるのではない。敵と相対するのを恐れておるのだ」

「愚弄なされるのも大概にいたせよ。範頼殿や土肥殿の奮闘を知らぬわけではございますまい。九郎殿がおらずとも我等はやれておるっ」

「ならば何故、まだ平氏がのさばっておるのだ。神器は何故都に戻らぬのだ」

「こっ、この猪武者めがっ」

怒声が轟く。

立ち上がって怒りに震える景時を、数名の男たちが取り押さえている。義経は上座に腰を落ち着けたまま微動だにしない。醒めた眼差しで、怒りを露わにする景時を見上げている。

「大丈夫でっしゃろか」

重家がささやく。三郎が鼻で笑い答えた。

「あの二人は顔を合わせるといつもこうだ。馬が合わねぇんだよ。放っとけ。あの爺ぃじゃ九郎殿を殺れるわけがねぇんだから。っていうかあの爺さんも本気で殺る気はねぇんだ」

安堵した重家が重い尻を落ちつけた。他の郎党たちも三郎の言葉を聞いて、静観の姿勢を取る。

弁慶ははなから動くつもりはない。

　主が薄い唇を揺らす。

「それほど敵が恐ろしいのなら、逆櫓でもなんでも御付けになればよろしかろう。我はいらぬ」

　言って立ち上がる。

「今宵、我は阿波《あわ》にむけて出航いたす」

「それは止めたほうが良い」

　激する景時の脇に座ったままの源昵が飄々と答えた。

「西より風が吹いてきております。今晩は荒れます。船を出せるような波ではありますまい」

「知らぬ。出る」

「放っておかれよ源殿っ」

　出航を止める昵に義経が返答すると、景時が叫んだ。その両腕はなおも男たちに抱えられている。

「この御大将はみずからの武功しか考えておらぬのよっ。誰よりも先んじて敵と相対し、勝つためならば、なんでもする男なのじゃ」

　主は冷たい眼差しをむけたまま、悠然と景時の前を過ぎ去って行く。

「九郎殿っ」

　昵が呼び止めようとする。

「放っておかれよ。所詮は戦の礼儀も知らぬ猪武者じゃ。波に呑まれて死んだとて鎌倉の御家人は誰一人悲しまぬ。武衛殿とて同じじゃ。面倒な弟が死んだと御悦びになられるであろう」

聞き逃せぬとばかりに主が立ち止まって振り返った。景時をにらむ目に殺気が宿る。

弁慶は腰を上げ、義経の脇に侍った。

「九郎殿」

「いまなんと申した」

郎党の声を無視し、義経は景時に問う。目を真っ赤に染め上げた鎌倉の御家人は、挑発するように吠える。

「いくら法皇様の寵愛を受けていようと、武士の棟梁は武衛様じゃ。もはや其方の居場所など鎌倉にはないっ」

「言わせておけばっ」

景時へと間合いを詰めようとした主の腕をつかむ。不穏な気配を察した郎党たちも腰を上げる。

弁慶はそちらに目をむけて、首を左右に振った。郎党総出で動いて、もし主と景時の間になにかあったら、二人の諍《いさか》いだけでは済まなくなる。

「御控えなされよ九郎殿」

腹に気を込め、弁慶は主の耳元でささやく。

「殺せと御命じ下されば、いますぐ景時の首をへし折って差し上げまするが」

郎党の不断の覚悟を悟った義経が、景時から目を逸らして溜息をひとつ吐いた。なおもいきり立つ御家人に背をむけ、赤ら顔を肩越しに見つめる。

「たとえ一人になろうと我は行く」

「おぉ好きになされよっ。九郎殿なれば荒波ですら避けて通られることであろうよっ」

景時の罵倒を背に受け義経は幔幕を出た。

その夜、義経とその郎党の姿が渡辺津から消えた。

八

主が法皇の命を受け、都を出てからというもの、継信は不吉な胸騒ぎに苛まれていた。

あまりにも危うい。

頼朝から出陣の命が下ったわけでもなく、法皇の許しをなかば無理矢理、得ての今回の出兵はなにもかもが行き当たりばったりであった。都を飛び出したが、屋島に渡るための船もない。渡辺津の源氏勢の元にむかったのも、船を得るためであった。

そもそも兵がいない。

主の頭には平家を討滅することしかなかった。そのためならばどんな犠牲も厭わない。

恐らく……。

己の命すらも。

一人になろうと海を渡ると梶原景時に言い放った主を目の当たりにした継信は、震えを禁じ得なかった。我を張る妄言ではない。あの時、義経は本当に一人でも海を渡る気であったのだ。

たとえ一人になろうと、屋島に攻め込み平家を討ち滅ぼす。

本気なのだ。

己が平家を滅ぼせぬわけがない。そう信じて疑っていないのである。

果たして己にそれほどの自信と覚悟があるだろうか……。

蝦夷の矜持のため、日ノ本の武士全員を相手にして一人で戦えるのか。

無理だ。

いくら蝦夷のためであろうと、日ノ本の武士を相手に一人で戦うなどできはしない。勝てるわけがない。そんなことを考えること自体、無意味なことである。

だが、主は信じて疑っていない。己一人でも平家を討ち滅ぼせると。

危うい。あまりにも危うい。

悪い予感が継信の頭から消えない。今回の戦では、なにか悪いことが起こるのではないか。

不安を抱えたまま、継信は讃岐を目指す船に乗った。

平泉で生まれた継信は、主の郎党になるまで奥州を出たことがない。だから、満足に海を渡ったこともない。時化《しけ》の海がどういうものかをまったく知らなかった。

まさか、これほど激しいものだとは、さすがに思わなかった。

荒れ狂う海原で、継信は幾度も死を覚悟した。さっきまで床であった物が目の前に壁となってはだかったかと思えば、宙に舞っていた体が凄まじい勢いで板に打ち付けられる。右に振られ倒れまいとなんとか踏ん張ったすぐ後に、はげしく左に揺さぶられて耐えきれずに幾度も転がったかと思うと、床から激しく突かれて浮き上がる。もう己がどんな格好をしているのかすらわからない。腸のなかの物はすっかり吐き出してしまい、体じゅう海の水なのか己が汗なのか誰かの吐瀉物《としゃぶつ》なのか判然としない物でびしょ濡れ。たまらず甲板に上がろうものなら、加勢してくれた水軍衆の男たちがまさしくいまこそ戦場の只中であるとばかりに叫び声を上げながら必死に甲板にしがみついている。鈍色《にびいろ》の波が壁のように左右にせり上がり深い谷底にいたかと思うと、天高くそびえた山の頂にいるかのごとく四方を一望の下に見渡せる。それだけの落差を上へ下へと翻弄されながら、船は風波に流されるままに海原を漂った。

有難かったのは源昵が加勢してくれたことである。水軍渡辺党の棟梁である昵は、渡辺津での景時との言い争いを目の当たりにして、なぜか主を気に入ったらしい。こんなわかりやすい男を死なすのは不憫だと言って、他の水軍衆が二の足を踏む嵐のなかに船を漕ぎだしてくれた。

五艘《そう》の船に義経主従、昵の手勢を含めた五十騎を乗せて摂津渡辺津を真夜中に出た。

五十騎が加わったとはいえ、屋島の平氏の手勢には到底敵わない。

それでも主の目に迷いはなかった。荒れ狂う海に揺さぶられる船のなかで、顔を青くする郎党たちを尻目にただ一人義経の総身には覇気が満ち満ちていた。

一昼夜を海上に彷徨《さまよ》い、義経一行はなんとか阿波の地を踏んだ。それもこれも昵の合力あってこそであった。

主は人に恵まれている。

福原の時には鷲尾義久の道案内のおかげで福原を急襲することができたし、今回も昵がいてくれたからこそ、嵐の海を越えて無事に阿波に辿り着くことできた。郎党である継信でさえ恐ろしくなるほどの主のひたむきさは、時として人を惹きつける。昵もそういう者の一人であった。

そして、四国でもまた、主は人に助けられる。

「九郎殿に会いてぇとよ」

三郎が主の元に連れてきたのは、阿波の侍であった。

「近藤親家《こんどうちかいえ》と申しまする」

目の下が落ち窪んだ陰のある顔をした阿波の侍は、そう名乗って義経主従と昵の前で平伏した。全身どろどろであった一行は、阿波にて身を清め、すでに戦支度を整えている。主は緋色の鎧に銀の兜を着け、親家の前に座していた。堂々とした主の姿を、継信は弁慶の隣に座して見守る。

「某はかつて法皇様の側近くに仕えておりました西光《さいこう》なる僧の子にござります」

「その名は知っておる」

主が淡然と言った。

「まだ清盛が存命であった頃、平氏転覆を企て斬首された僧の名がたしか西光であったはず。西光は僧になる前は、たしか中納言《ちゅうなごん》の養子であったはずだが」

「我が父の生まれは阿波にござりまする。某は父の国許で育ちました」

陰気な目を地にむけて、親家は淡々と答えた。

「これまでは平氏に従っておりましたが、九郎殿が阿波に入られたと知り、取る物も取りあえず馳せ参じ申した」

「御加勢いただけるということですか」

義経の脇に侍る昵が問うと、親家は深くうなずいた。

「阿波の平氏勢を率いておるのは、阿波成良《あわしげよし》にござりまするが、その子である教能《のりよし》がいま、三千騎を率いて伊予の河野道信《かわのみちのぶ》を攻めておりまする。その上、平氏どもは海より攻め来たる源氏方に備え、兵を岸に広く分けておりまする。屋島を守る数は少のうなっておる次第」

「屋島を守る兵の数はわかるか」

「どれだけ多くとも一千騎あまりかと」

主の問いに親家がきっぱりと答えた。

「手薄でも千はいるってか」

弁慶とは逆側に座る忠信のむこうから三郎の独白が聞こえる。盗賊上がりの郎党のぼやきもわからなくはない。こちらはわずか五十騎あまり、親家の手勢が加わったとしても差は大きい。

「でも、ここまで来たんですからね」

弟が笑みを浮かべて答える。

継信は皆に聞こえるように咳払いをした。そして主を見据えて静かに問う。

「待つことはできぬのですか」

「おいおい、久しぶりに声を聞いたかと思や、ずいぶん気弱なこと言うじゃねぇか」

右目だけを見開いて身を乗り出した三郎が、弟のむこうから継信のほうを見つめて首を傾げた。

「梶原たちを待つくらいなら渡辺津に留まってらぁ。死にそうになりながら海を渡ったのはなんのためだよ」

「三郎の申す通りだ。拙僧たちは戦うために海を渡ったのだ」

弁慶が三郎の肩を持つ。たしかに、景時と喧嘩をしたのは戦うためである。三郎の言う通り、ここで景時を待つのなら喧嘩などしなくてよかったのだ。

それでも、不吉な予感が継信の頭から消えない。このまま主の熱に皆がほだされて、何倍もの敵へ襲い掛かって良いものなのか。

「なにか思うところがあるのか」

継信を慮るように、主が問う。

「兄者はたまに荒覇吐《あらはばき》の神に魅入られることがあるんですよ。荒波に呑まれて朦朧《もうろう》としてる最中に、なんか見ちゃったんじゃないかと思うんですけどね」

饒舌《じょうぜつ》な弟がにこやかに語る。それを聞いた弁慶と三郎が、同時に眉をひそめた。

「なんだよそりゃ」

「なんか見はったんでっか継信はん」

三郎と重家が前後するようにして継信に問う。皆の視線を避けるように、継信は目を伏せた。

たしかに忠信が言う通り、継信はたまに昼間だというのに夢現《ゆめうつつ》になることがある。目がくらみ、幻を見る。眠っているわけでもないのに、夢のようにいままでとは違う場所に立ち、そこにいなかった人と相対しているのだ。そして、決まってなにかが起こる。喧嘩していたり、目の前で相対している者が倒れたり、とにかく変事が起こるのだ。

少なくともひと月の間に、幻のなかで相対していた者の身に変事によって暗示されていたことが降りかかる。喧嘩していた場合は、継信と争い怪我をした。倒れた者は病を得た。

それを語った時、弟は荒覇吐神の御加護だと言った。蝦夷の守り神である荒覇吐に魅入られているのなら、光栄なことである。嫌なことを予見する幻ではあったが、弟の言う通り荒覇吐神の御加護だと思い継信は己の特異な体質を受け入れた。

だが、奥州を出てから一度も、幻は見ていない。

悪い予感……。

主への問いは、その程度のことで言ったまでのこと。

継信は笑みを浮かべて首を左右に振る。そして弁慶と三郎にむけて言葉を吐いた。

「いや、なんでもない。皆の言う通りだ。ここで助けを待つのなら、あれだけの苦労をして海を渡った意味がなくなってしまう」

継信の言葉に、素直に同意する者はいなかった。どうやら弟の言葉を信じているようである。あれほど勢い込んでいた三郎ですら、言葉を呑んで神妙な面持ちのまま、継信を見つめていた。

剣呑な気配に包まれた場を目覚めさせるように、眤が手を鳴らし上座を見る。

「どうなさいますか九郎殿」

気楽な声で問う眤に、主が涼やかな目をむけた。渡辺党の長の緩んだ顔を見た後、義経が郎党の列に視線を送る。

目が合った。

継信は頰が強張るのを感じながらも、精一杯笑ってうなずいた。

主の決断に従うのみ。平泉を出た時から腹は決まっている。蝦夷のため、主のため、日ノ本の武士どもにひと泡吹かせてやるのだ。

郎党から目を逸らし、主は皆へと告げる。

「行くぞ」

否を訴える者はいなかった。

継信は主とともに屋島へとむかう。道中、阿波成良の弟である桜庭良遠《さくらばよしとお》が守る桜庭城に攻め寄せて勢いのまま退け、大坂峠《おおさか》を越えた。讃岐に入り、引田《ひけた》、大内《おおち》、長尾《ながお》を抜けて屋島の対岸、高松《たかまつ》の浦《うら》の前まで辿り着いた。上陸してからわずか一日あまりで、義経一行は屋島の目前まで迫ったのである。

讃岐の北岸に浮かぶ小島である屋島は、瀬戸内海路の要衝に位置していた。瀬戸内海は屋島の西方で幅を狭め、大小の島々が海上に浮かんでいる。西から京大坂を目指す際、小豆島《しょうどしま》と讃岐の間を通る位置に屋島はある。淡路島《あわじしま》と明石《あかし》の間にある海峡を抜けて東に進んだ位置に福原があるように、瀬戸内の水運によって利を得て、船戦を得意とした平氏の要衝として、屋島もまた重要な地であった。

「高松の浦に火を点けろ」

主が皆に命じた。

こちらは寡兵である。加勢もない。親家の手勢が加わったとはいえ、いまだ百五十騎あまり。

相手は手薄だとはいえ、親家の話では千騎はくだらないという。正面から攻めるわけにはいかない。

対岸の家々が焼かれれば、敵は焦るはずだ。火の手が上がれば、こちらの数も悟られづらくなる。相手は海からの侵攻に備えているのだ。陸から突然襲われたとなれば、必ず足並みが乱れる。

渡辺党や親家の手勢とともに、継信は高松の浦の家々に火を放った。当然、弁慶や弟たちも一団のなかにあった。

主の思惑は功を奏す。

高松の浦が燃え上がるのを目の当たりにした平氏勢は、干戈《かんか》を交えることなく帝と神器とともに船に乗って沖に逃げた。継信たちは犠牲を払うことなく、屋島から平氏を追い払ったのである。

いや。

追い払ったはずであった。

「待てっ。戦いもせずに敵に背を見せるとは、御主たちはそれでも武士かっ」

我先にと船に乗り込み逃げようとしている敵に罵声を浴びせながら、主が馬を駆る。継信は疾駆する黒馬を追うように、己が馬を走らせた。

屋島と高松の浦を隔てる海は浅く、馬のまま渡ることができる。高松の浦を焼き、屋島に渡った主は、逃げそびれている敵にむかって馬を走らせはじめた。

「別に追わなくても良いんじゃねぇのかっ。だってもう帝や大将連中は逃げてしまってんだろ。屋島を奪えただけでも上出来じゃねぇか。残ってんのは雑魚ばかりだって」

継信のわずか前方で馬を駆る三郎が、主の背中に吠えた。

胸の鼓動が先刻から早鐘のように激しく鳴っている。ろくに戦ってもいないというのに、継信の体には異様なまでに熱が籠もっていた。

三郎の声を無視し、主はなにかに取りつかれたように太刀を掲げながら馬を急かす。

敵が逃げるとなれば、周防の彦島にいる知盛のところ以外に考えられない。九州にいる範頼の目と鼻の先である。せっかくの獲物を愚鈍な兄に渡すわけにはいかない。主は焦っている。

「九郎殿っ」

弁慶の呼び止める声にも主は馬を止めない。

「深追いは危のうござりまする」

船に乗り遅れている者たちが、こちらを見付けて海に背をむけはじめている。こちらが小勢であることを知った将が命じたのであろうか。かなりの人数の敵が、固まって迎撃の姿勢を示す。

「あんまり舐めてっと痛い目見ることになるぜっ」

「屋島から敵を追い払えたのです。ひとまず此度は敵を見送りましょうぞ」

「黙れっ」

続けざまに言葉を吐いた弁慶と三郎を、主が怒鳴りつけた。

「逃がしてなるものかっ」

叫んだ義経に、弁慶が執拗《しつよう》に言葉を吐く。

「しかし、すでに主だった者は海に逃れておりまする」

「海に逃れたのなら、我等も海に出れば良い。船ならあそこにあるではないかっ」

弱腰の郎党たちに叫んでから、こちらを迎え撃つ態勢を整えはじめた敵の背後にある船を、主が太刀でさした。

「奪うつもりかよ」

三郎の声に主がうなずく。そうしている間にも、敵との間合いは縮まっていた。

胸から心の臓が飛び出すのではないかと思うほど、鼓動が激しくなる。継信は左手の弓を握りしめた。なぜか矢を構える気になれない。目は迫りくる敵ではなく、主の背だけを捉えていた。

「得物を手にしろっ」

従っているのは郎党ばかりではない。源昵や近藤親家の手勢も馬を走らせ義経を追う。大将みずからが先頭を駆ける。

駄目だ、駄目だ、駄目だ……。

頭の中の叫びが言葉にならない。

「行けぇっ」

主が吠えながら敵めがけて馬を走らせる。それをめがけて矢の雨が降り注ぐ。

恐れもせずに主は駆ける。

当たるものか……。

揺るぎない信念が義経の背中から伝わってくる。そんな主の熱にほだされたように、漆黒の駒《こま》も息をきらしてあらん限りの力で駆けた。

矢の雨を潜り抜け、主が敵にぶつかる。

継信の周囲で悲鳴が聞こえる。

自棄《やけ》になったように乱暴に叫ぶ三郎の大太刀が、主の前を駆け抜けた。主を守らんと馬を急かし、盗賊上がりの郎党が前に出る。

もう一方の脇を駆け抜けて現れたのは、僧形の郎党である。彼が薙刀を振るう度に、三つ四つと首が舞う。

二人の郎党の荒ぶる姿を見遣りつつ、継信はそっと主の馬の後ろに付き、後背を守る。なにがあっても主を死なせはしない。

悪い予感など思い込みに過ぎないと己に言い聞かせる。

荒覇吐は幻を見せはしないではないか。義経が倒れる夢など見たことはない。

大丈夫だ。

心に言い聞かせつつ、継信は静かに箙《えびら》から矢を取り弓に番える。

「依怙地な主を持つと面倒臭ぇなぁ、ったくっ」

背後の義経をちらとにらみながら叫んだ三郎の太刀が煌めき、眼下で槍を突き出そうとしていた徒士の顔を真っ二つに斬り裂いた。

「まったくじゃ」

答えた弁慶の突き出す薙刀が眼前の騎馬武者の腹を鎧ごと貫く。

「こんだけの人数で本当に追いつけると思ってるんですかっ」

馬上で流麗に太刀を振るう忠信が、主の隣に並んで問うた。義経は答えず太刀を振るう。周囲を埋め尽くす敵を一人でも多く屠ることに集中している。

「無茶や……。無茶苦茶でっせぇっ」

悪態を吐く重家は忠信の反対側に馬を付けて両手に持った鉄の棒を振るっている。見慣れない得物であるが、どうやら凄まじい重さがあるようで、敵が突き出す刃のことごとくを、重家の振るう鉄の棒が弾き、叩き折ってゆく。そのままでは終わらない。得物を失った敵の腕や腹や頭を、重家は容赦なく棒で砕いてゆく。

継信の視界の端では駿河次郎が小ぶりな刀を両手に逆手に持ち、器用に敵を始末していた。重清と喜三太は弓を手にし、継信の両脇に控えて迫って来る敵を的確に射ている。鷲尾義久は元猟師だけあり、奇妙な形に湾曲した鉈《なた》のような刃物を使っていた。昔、三郎が義仲の首を斬った時に使った山刀に似ている。

仲間たちが敵を圧倒していた。一番年若な喜三太でさえ、眤や親家の侍たちに劣らぬ働きぶりである。一度こうと決めたら梃子でも動かぬ主を死なせぬために、彼等は我が身を賭して戦い続けているのだ。そして義経も、そんな郎党たちの戦いぶりに背中を押され、いっそう勇躍する。敗けぬのではない。勝つのだ。船を奪わなければならないのではない。奪うのだ。平氏を滅ぼしたいのではない。滅ぼすのだ。

主の想いは願望ではない。いまだ顕現していない現実を形にしてゆくだけのこと。行く末の見えぬ者にはわかるまい。主にはしっかりと行く末が見えている。だからこそ主は迷わず突き進む。

継信は目頭が熱くなるのを抑えられない。荒ぶる主の背中を見ていると、己の気弱さが恥ずかしくなってくる。

義経主従の鬼気迫る戦いぶりにつられるように、昵と親家の軍勢も異様な熱を帯びて敵に相対していた。血に飢えた獣が、平氏という名のか弱い獲物を蹂躙してゆく。すわこれまでと敵が散り散りに散りはじめる。

「船を奪うんだろっ」

三郎の問う声に、主がうなずきだけで応えた。

「逃げる奴は追うんじゃねぇっ。海に走れっ」

郎党だけではなく昵と親家の軍勢にもむけて、三郎が叫んだ。

その時であった。

それまでどこに隠れていたのであろうか、突然現れた敵の一団が、継信の視界をかすめた。弓を構えている。すでに矢を番えていた。敵の鏃が主に集中している。しかし、突然の乱入で郎党たちも対応できていない。主が馬から飛び降りようと腰を浮かせる。そこに、数十本の矢が降り注ぐ。

間に合わない。

船を奪わんと先行した三郎や弁慶たちは気付いていない。喜三太の悲痛な叫びが聞こえて来るが、助けに入るほどの距離にいないのは明らかだった。

主が怨嗟《えんさ》の眼差しで降り注ぐ矢の雨をにらんでいる。

弓を放り鞍から飛んだ。主の背を突きとばす。馬から転がり落ちた主の上に、覆い被さる。

「継信っ」

主が叫んだ。

「九郎どっ……」

そこまで言った継信の口から血が滝となって溢れ出し、義経の顔を濡らす。痛みを感じない。ただ、体じゅうが熱かった。

「あそこじゃっ」

親家がみずからの手勢とともに、伏兵にむかってゆく。義経は継信を撥ねのけ、体を入れ替えるようにして、その半身を太腿の上に載せた。

「どこにいた」

主が問うてくる。

戦いに熱中する背に付き従っていた。主すら見失うほど静かに。

その甲斐があった。

「継信っ」

海岸にむかって走らせていた馬を止め、三郎たちが馬首を返す姿が霞む視界の端に映る。

「九郎殿……」

言葉を吐いた時に動いた喉に、なにかが引っ掛かっている。堅い。鏃か。

「なにも言うな。なにも……」

主が太刀を投げ捨て、両手で継信の首を押さえた。しかし鏃の脇から黒い物が次から次へと流れ出し、止めようもない。

郎党たちが駆け寄って来る。

「兄者っ」

義経の前にひざまずいた忠信が、血と泥に塗《まみ》れた継信の眼前に己の顔を突き出す。

だが、もうなにも見えなかった。それでも必死に継信は喉を動かす。

「九郎殿」

「しゃべるな。なにも言うな」

「敵を……。侮ってはなりませぬ」

「わかっておる。わかっておるから」

「味方も……。兄上も……。決して……。決して侮っては……」

「わかった。侮らぬ。だから頼む、もうしゃべるな」

「かならずや……。平家を……。忠信……。蝦夷の誇りを絶対に忘れるな……」

主がいる。忠信がいる。己の志は二人が継いでくれる。

それで良い。

「逝くな兄者っ」

弟の声に継信は答えなかった。

九

継信を失った主は、海上の敵を追うのを断念し、景時らが到来するのを待った。百四十艘ほどの船とともに景時が屋島に現れたのは、平氏が屋島を去って三日後のことであった。

みずから敵を退けた義経であったが、景時に嫌味ひとつ浴びせることはなかった。あまりにも静かな主の姿に、拍子抜けした景時のほうが加勢しなかったことを謝るほどであった。

継信を失った主の落胆を前に、弁慶はわずかに安堵する。福原での戦以来、義経は平氏追討という怨念に囚われてしまっているようだった。福原で取り逃がした平氏一門を一人残らず根絶やしにしたい。その想いだけが彼を支えていた。

結果、継信が死んだ。

忠義の郎党は死を前にして、敵味方、そして兄を侮るなと言った。それが義経にはこたえたらしい。主は歩みを止め、景時を待った。その間に、敵が彦島に逃れたという報せも入っている。彦島には武勇の誉れ高き平知盛がいた。九州にいる範頼も、知盛を討伐するまでに至っていない。

義経は景時とともに彦島を目指すだろう。

恐らくこれが、最後の戦となる。

平家追討のために屋島に集った軍勢は、景時や親家が先頭に立って、軍船や兵糧の調達や水軍の集結など忙《せわ》しない日々を送っていた。

あのままわずかな手勢だけで平氏を追っていたらどうなっていたのか。結果はもはや誰にもわからない。ただ、こうして屋島で十分な支度を整えられるのも、継信が死んだからに他ならない。継信の死によってもたらされたしばしの休息は、主になにをもたらすのか。弁慶には知る由もない。ただひとつだけ確かなのは、郎党の死で完全に歩みを止めてしまうほど、義経の想いが軽いものではないということだ。

そんな主が立ったのは、屋島から平家を討ち払ってひと月あまりが経ってからのことだった。

「行くぞ」

短い言葉を郎党たちにかけると、義経はそれまでの弛緩がなかったかのように、兵たちの支度を急がせた。心の裡を語ることはない主である。ひと月の間に、継信の死を自分なりに整理したのであろう。口の軽い三郎ですら、行くとだけ告げた主に、黙ってうなずいただけだった。

義経は八百艘の軍船を引き連れ屋島を離れた。周防に入った義経は、範頼に同道していた三浦義澄《よしずみ》を迎え、わずかな軍船とともに長門と九州の境となる海峡、壇ノ浦《だんのうら》に辿り着き、後続の梶原景時らを待つことにしたのである。

「あのあたり」

大きな川を思わせる海峡を真っ直ぐに指さす三浦義澄の隣に、主が立つ。長い睫毛の下にある瞳が、義澄の指先が示す先を見つめている。弁慶は三郎とともに、後方に控えていた。

義澄は、義経とともに戦いたいと強く願い、範頼の軍勢から離れ海を渡ってきた御家人である。すでに幾月も前から防長《ぼうちょう》と九州を行き来している範頼に同道していた義澄は、平氏方が寄る彦島とその周辺の海域に詳しい。それで義経は、みずから義澄を伴って海峡が一望できる高台に来たのである。

「あの一番細くなっているあたりが壇ノ浦にございます」

長門と九州豊前《ぶぜん》の境となった海峡は南西の外海から北東の瀬戸内へむかって陸を分かっている。その外海側の端に、平氏が集う彦島があった。義経たちは彦島と対するように、瀬戸内側の海峡の出口に船を集めている。

「恐らく敵は彦島を守るためにも、壇ノ浦より北に陣を布くはずです」

「御主はどこだと思う」

「恐らく」

義澄が指したのは、対岸の豊前であった。

「あのあたりは田ノ浦《たのうら》と申す海岸で、船を集めるには格好の浜にござります。恐らく知盛はあそこに船を集めて壇ノ浦を守り、そこより南には一艘たりとも通さぬという戦いをいたすかと」

うなずいた主が背後に目をやった。弁慶と三郎の隣に控えているもう一人の男を見ている。

「五郎殿」

呼ばれた男は一礼し立ち上がった。義澄よりも先に合流した五郎正利《ごろうまさとし》なる、周防の船所の舟《しゅう》船奉行《せんぶぎょう》である。在庁の官人である正利は、数十艘の船の献上とともに周防にて義経に従った。

正利は義経の背後に控え言葉を待つ。

「三浦殿が申された通り、敵が田ノ浦に船を集めるなら、我等は流れに従い攻めることになる」

眼下の海は瀬戸内側から壇ノ浦にむけて流れていた。田ノ浦から船を出せば流れに逆らうことになる。一方、瀬戸内側から攻め寄せる義経たちが、流れに乗って攻めるため自然と勢いが付く。

「敵のほうが不利であろう。水軍の扱いには一日の長のある敵だ。船に細工でもしておるのか」

「九郎様の御賢察に某、息を呑んでおったところにござりまする」

あからさまな追従に、三郎が隣で舌を出す。話に夢中な義経たちは、背後の郎党の無礼など知りもしない。盗賊上がりの郎党の所業に気付かずに、周防の舟船奉行は饒舌に語り出す。

「たしかに船を使《つこ》うて戦う時には、流れが肝要にござりまする。流れの利を得ぬがために敗れることもありまする」

「ならば義澄が申した田ノ浦に船を集めることは」

「敵が田ノ浦に船を集めるという三浦殿の見立てはまず間違いないかと」

義経の言葉をさえぎって、正利は鼻息を荒らげて言った。

「敵は田ノ浦より船を出し、壇ノ浦を大手ととらえ、死守せんとするでしょう」

「しかし御主は流れが肝要であると申したではないか。あれは」

「違うのです」

またも正利が義経の言をさえぎった。三郎が欠伸を押し殺している。どうでも良いから早く戦わせろ。そんな心の声が聞こえてきそうだった。

「なにが違う」

鼻息の荒い周防の舟船奉行を見据えた。

「この海は朝と昼で流れを変えるのです」

「流れが変わるのか」

頭が取れるのではないかと思うほど、正利が大きくうなずく。

「いまは瀬戸内から壇ノ浦にむけて流れておりまするが、朝方は流れが逆になりまする。故に敵が攻めてくるとすれば、朝のうちかと」

「敵は船戦が得意にござります。勢いに乗らせれば、我がほうはひとたまりもありますまい」

義澄が言葉を重ねるが、義経は眼下の海を見つめたまま答えない。

「戦をするなら流れが変わった後に」

「いや」

主が舟船奉行の言葉に逆らう。

「敵の望む刻限に戦に臨む」

「しかしそれでは」

「勢いに乗らせ、引き込んで耐えるのじゃ」

鎧をまとった義経から不穏な気が立ち上っている。

「流れに乗って敵は総出で襲ってくるであろう。引き付けるだけ引き付けておいて、一気に攻めるのだ」

小さく息を吸って、主は続けた。

「絶対に一人も逃がさぬ」

己の喉が鳴る音を聞いて弁慶は肩をちいさく揺らした。

「ここで根絶やしにする。これより西に平氏どもを下らせはせぬ」

参　悲願の果て

一

　長門と九州を隔てる海峡の北東端に位置する奥津《おくつ》に、義経をはじめとした八百艘あまりの軍船が集結した日の夕刻、彦島から出航した平氏の軍船五百が、義澄と正利の予想通り田ノ浦に錨《いかり》を下ろした。そして、双方にらみ合う形のまま夜を迎えた。

　戦は早朝より。

　敵味方双方、その覚悟であった。

　篝火《かがりび》の火の粉が舞う幔幕のなかで、義経は御家人たちと最後の軍議に余念がない。潮の流れが変わることは、すでに正利によって皆に伝えられている。

　平氏は潮目が変わるまでに決着を付けようとしてくるだろう。それまでは耐えに耐え、平氏の軍船をできるだけ壇ノ浦より遠ざける。流れが変わった後、敵を押し包んで一網打尽にする。

　法皇からの命と、屋島を落として後も頼朝から叱責がないこともあり、義経は今回の戦の大将ということになっていた。頼朝からの咎めがない以上、弟である義経がその任に就くのは当然といえる。しかも義経は屋島、福原、さかのぼれば義仲討伐においても、抽んでた武功を立てていた。義経が全軍を率いることは、誰が推挙したわけでもなく暗黙のうちに決まった。

軍神……。

味方の雑兵内で己をそのように呼ぶ者が少なくないということも、義経自身承知していた。

軍神の策である。軍議に集結した者たちに非を唱える者などいない。

はずだった。

「平家の猛攻を迎え撃つ先陣の役目。是非とも承りたい」

武勇の士のごとき悠然とした物言いで景時が言い放ったのを、義経は口許に薄ら笑いをたたえながら聞いた。いつも小癪な策を披歴して悦に入る男の口から、先陣などという勇ましい言葉が飛び出したことが可笑しくて仕方がない。

「どうなされた、いきなりそのような猛々《たけだけ》しきことを申されて」

正直な想いが口から零れ出す。しかし景時は、義経の挑発に乗ることなく背筋を伸ばしてなおも言い募った。

「此度は源氏と平氏の長き争いの最後の戦となりましょう。この梶原平三景時。此度の戦の先陣を……」

「慣れぬことはせぬほうが良い」

固い決意を秘めた言葉をぞんざいな言葉で断ち切られた景時が、呆気《あっけ》に取られるような短い声を吐いた。二の句が継げぬ兄の腰巾着に、義経は優しく語りかける。

「心配するな。屋島での戦の時のように、後からゆるりと来ればよい。先陣は我が務める」

「九郎殿は総大将。総大将がみずから先陣を務めるなど聞いたことがありませぬ」

「いまさら先陣だと……。屋島では我に従いもせなんだではないか」

目を丸くして上座を見つめる景時が、ゆっくりと首を左右に振っている。

「先陣の功を独り占めなされるおつもりか」

「功の話などしておらぬ。平氏は船戦に長けておる。我以外に、誰に先陣が務まるというのか」

弁慶や三郎をはじめとした郎党たちは、いずれも一騎当千である。彼等がはじめにぶつかることで、敵の度肝を抜く。それで戦の趨勢がこちらに傾けば良いという想いである。しかし景時にはそんな義経の思慮など伝わらない。みずからの武功のみに執心している。

目を伏せ景時が鼻で笑った。そして義経から顔を逸らす。

「およそこの御仁では武士の長は務まるまいて」

独り言だ。しかしこの場にいる誰もが、景時の嘲笑と蔑みの言葉をはっきりと聞いた。

末席よりもまだ遠い幔幕の隅のほうで、三郎が腰を浮かせるのが見えた。弁慶や忠信が押し留めようとしているが、怒りで顔を引き攣らせる三郎を押さえられずにいる。

「なに偉そうに言うてんねんおっさんっ」

いきり立つ三郎の背後から重清が叫んだ。

「無礼者めがっ」

「いま言ったのは誰じゃっ」

景時の脇に控えていた三人の息子たちが立ち上がって怒鳴る。三郎と重清を筆頭に、郎党たちが御家人の輪を掻き分け梶原一門の前に立つ。

「九郎殿」

景時の息子たちから主を守るように、弁慶が義経の前に立つ。

「ったくしょうがないなぁ血の気の多い奴ばっかりで」

僧形の郎党の隣で忠信が言った。

嫡男の景季の背後に回りながら、景時が義経を罵倒する。

「某の主は鎌倉におわす武衛様だけじゃっ。御主に仕えたつもりはないわっ」

「上等じゃねぇか。ここで白黒はっきりつけるか。あぁっ」

「無礼者めがっ。御主は九郎殿の郎党であろうがっ」

いきり立つ三郎を、景季が怒鳴りつける。

「止めぬか御両人っ」

幔幕内にいた誰もが息を呑み両者を見守っているなか、一人の男が間に割って入って叫んだ。

土肥実平である。

実平は福原での戦の折、侍大将として義経とともに戦った。その時には、義経に付くのを嫌った景時と役目を代わっている。景時は範頼に付き、実平は義経に付いた。温和な気性で、義経も悪しくは思っていない。

幾分肉が付き過ぎて丸くなった顔にちょこんと髭を乗せた実平が、両手を高々と掲げて左右を交互に見遣る。

「明日は源家にとって大事な戦ぞ。そのような時に仲間割れなど。御両人とも弁えられよ」

実平は頼朝の信篤き男だ。御家人として景時と同等、もしくはそれ以上の力を有している。頼朝の弟である義経と景時の諍いを収めるのはこの男しかいない。それを実平自身、わかった上での仲裁なのだ。

「このことが鎌倉の武衛様の耳に入りでもしたら、御両人とも無事では済みますまいぞっ。いまのうちならば某の胸に留めておきまする。この場におる者たちも決して他言いたしますまい」

言下に命じている。鎌倉の重鎮、土肥実平の言葉に逆らう者などいない。

「どうなされる梶原殿。それでもまだやると申されるか」

厳しい目に射すくめられ、景時がもごもご何か言いながら弁慶の背後に立つ義経をうかがう。

「九郎殿はいかがか」

「我が先陣を務める」

退くつもりはない。

義経の言葉を聞いた実平が溜息を吐いて景時を見た。

「九郎殿がこう申されておるのだ。ここは退かれたほうがよろしいかと存じまするが」

「勝手になされよ」

そっぽをむいた景時が吐き捨てて、子供たちを引き連れ幔幕を出て行く。

「九郎殿」

梶原一門を見送った実平が上座に腰を据えなおした義経に語りかける。

「あまり御家人を侮られぬほうが良い」

実平の太い声が義経の胸を射た。

継信の言葉が蘇る。

侮ってはなりませぬ。味方も兄上も……。

違う。

「侮ってなどおらぬ」

あの男が己を目の仇にしているから、という言葉は呑んだ。

「ならば良いのです」

それだけ言って実平は景時の後を追うように幔幕の囲いから去った。

苦い想いを胸に、義経は平氏との決戦に臨む。

＊

血塗れの父が見ている。

裸体に無数の刃を突き立てながら、天に舞う我を見ている。

「我の無念を知るならば憎き平氏を討て。清盛を殺せ」

父の隣に男が立っている。父よりも頭ひとつ大きい。

「我等に流れる源家の血こそ、鬼の血よ。抗うことはできぬ。御主もまた鬼だ。戦の鬼だ」

鎮西八郎の顔が紅に染まっている。父の体も血塗れだ。

わかっている。

我は源家の裔《すえ》なり。

戦人《いくさびと》なり。

戦いのなかでしか生きられぬ。

血の定めには抗えぬ。

源家に生まれた者は血に濡れた最期しか許されぬのか。

望むところだ。

*

春とはいえ朝の海上には肌寒い風が吹いていた。摂津より屋島にむかったのはひと月以上も前のこと。これまで幾度も船に乗ってきたが、いまだに波には慣れなかった。常に揺れる足下に居心地の悪さを感じながら、義経は陽に照らされ白い靄に包まれた水面を眺めている。

夢を見た。

父と鎮西八郎の夢だ。

いつもならば気鬱になるのだが、今朝の目覚めは違っていた。心のどこかで、父たちが来ることがわかっていたように思う。

今日だけは。

父たちの無念を晴らすため。己が宿願を果たすため。義経はいま、ここに立っている。水面を漂う船の舳先から筑前《ちくぜん》の方向に広がる敵の軍船の群れを眺めながら、これから始まる厳しい戦いに想いを馳せていた。

背後では、水手《かこ》が忙しなく櫓を漕いでいる。三浦義澄が語った通り、朝の壇ノ浦の海は彦島側から北東にむかって流れていた。そうしなければ船は内海のほうへと流されてゆくのだ。

義経の後ろには八百を超す軍船が並んでいる。いずれの船も必死に流れに逆らいながら、敵の到来を待っていた。

すでに敵は田ノ浦を出ている。波を撫でる風に乗って、男たちの威勢の良い声に混じる太鼓や銅鑼《どら》の音が、義経の耳へと届く。敵の船は五百あまりという。夜中、次郎が小舟で九州に渡り、田ノ浦に忍んでもたらした報せだから間違いない。

数はこちらが勝っているのだ。潮目が変わるまでの猛攻を耐えきれれば勝てる。

「来やがった」

脇に控える三郎は大太刀を抜き放っている。兜は邪魔だと言って頭に鉢巻きを巻いていた。

郎党たちはすべて義経の船に同乗している。

「さぁ正念場でっせ」

つぶやいた重家の左右の手には、鉄の棒が握られている。

「前から聞きたかったんですけど、その棒はなんなんですか」

太刀を手にする忠信が、あっけらかんと問う。殺し合いが間近に迫っていようとお構いなしといわんばかりの気楽な様は、見ていて実に頼もしい。

「元服してすぐの頃、兄貴はそいつで太刀持ったおっさん二人殴り殺してるんや。そん時からずっと、兄貴の得物はその棒や。せやさかいその棒には何人もの男の血ぃが染み込んでんねん」

兄がぶら下げた棒を顎でさしながら、重清は弓を手にして語った。

「怖《こえ》ぇ」

つぶやいた喜三太の手にも弓が握られている。そのかたわらに立つ駿河次郎は短い刀を逆手に持って瞑目しながら敵を待つ。鷲尾義久は、次郎の持つ短い刀に興味を示しながらも、己は切っ先にむかって柄から垂れさがるように彎曲した山刀のような刃物を手にしている。

「来ますぞ」

弁慶が義経の前に立つ。迫りくる敵から主を守らんとその巨体を誇示しつつ、薙刀で虚空を斬り裂く。払われた朝靄のむこうに、敵影が見えた。

大小の山々が峰を連ねて迫って来るようだ。横一列に並ぶ船にはためく赤い旗が、朝日を受けて鮮血のごとくに輝いている。

海上に三つの塊ができていた。

「どうやら敵さんは三つに分かれて襲ってくるつもりですね」

忠信が飄然とつぶやいた時、重清と喜三太が弓弦に矢を番えた。

義経はゆっくりと手を挙げる。郎党への合図ではない。周囲の船も大将の動きを注視している。

すでに兵たちは弓を構えている。この腕を振り下ろせば、敵に矢が降り注ぐ手筈となっている。

固く目を閉じた。

夢のなかの源家の男たちの顔を瞼の裏に思い描く。

敵の喊声が間近に迫る。味方も咆哮で応えていた。にらみ合いはすぐに終わる。戦だ。はじまれば後は無心になって戦うのみ。

この時をどれほど待ったことか。

勝つ。

なにがあっても。

鼻から朝の冷たい気を吸いこみ、腹中で渦巻く炎と絡める。冷気が熱と混じり合い、清らかな覇気に変わる。それを心で言葉と混ぜながら、目を開き、眼前に迫る軍船の群れをにらんだ。

「放てぇっ」

数え切れぬほどの矢羽が空を斬り裂き飛んでゆく。おびただしい数の鳥の群れが一気に飛び去ったかのようである。

飛び去った群れと時を同じくして、こちらにむかってくる一団があった。こちらの矢の間合いに入ったということは、敵の間合いでもある。平氏の軍勢を率いるは、武勇の誉れ高き平知盛であった。機を逸するはずもない。

朝日を背負いながら降り注ぐ銀色の雨を、義経は微笑とともに迎える。

視界を巨大な影が覆った。弁慶だ。分厚い板で作られた盾を軽々と抱え、義経を守る。

「ったく、危ねぇなぁっ」

盾で矢をやり過ごしながら三郎が叫んだ。

激しい衝撃が船を左右に揺らす。敵とぶつかる。いや、敵だけではない。周囲の味方の船も間近に迫り、敵味方双方の軍船が沖で入り交じる。

この時を待っていたとばかりに、三郎が大太刀を両手に抱えながら船縁《ふなべり》を蹴って敵の船に単身飛び移った。その時にはすでに、駿河次郎が別の船へと軽やかな身のこなしで飛び移っている。元猟師同士であるからか、次郎の後を義久がついてゆく。

「なんや落ち着きのない奴ばっかりやないかい」

重清がぼやきながら、敵船の上で大太刀を振るう三郎の面前をかすめるような軌道で矢を放つ。一度ぎょっとして身を反らした三郎の背後の敵が、喉元に矢を喰らって倒れた。狙われていたのを救われたことに気付いた三郎が、重清にむかって舌を出しながら左手を挙げた。

「こっち見てる暇なんかあらへんでっ」

重清が叫びながらもう一矢射る。三郎の背後の敵がもんどり打って倒れた。

「あかん見てられへん」

敵に囲まれた三郎を助けんと、棒を両手に重家が走り出す。

「落ちんなよ兄貴」

「誰に言うとんねん」

弟の言葉を背に受けた肥った兄は、その重そうな体からは想像もできぬ軽やかさで三郎の乗った船に飛び移る。踏み入れたかと思うと、すぐに二本の棒で敵を殴り飛ばし始めた。

「侍らしい得物持った奴はおらへんのんかい」

みずからの兄をも含めた義経郎党に、重清が毒づく。

「押されてますね」

義経のかたわらで太刀を振るう忠信が言った。赤い旗を掲げた船から続々と敵が侵入してきている。それだけではない。義澄の言葉通り、潮の流れが敵をぐんぐんと押している。敵の軍船は漕がずとも、こちらを内海へと押しやるように圧をかけながら海を進んでくる。一方、味方は水手が必死になって流れに逆らわなければその場に留まることすらできない。流れに身を任せた敵の軍船は、こちらの船の隙間に滑り込んでくる。そうしてこちらを囲むようにして、じわじわと瀬戸内の海へと押し込んでゆく。

目に見えて味方の船が押されていく。敵とぶつかったあたりの景色がみるみる遠ざかってゆくのだ。押されているという事実は一人一人の兵の心を細くさせる。戦が勢いであることを知っている義経は、兵の心が弱気に支配されることをなによりも恐れた。

ここで耐えきれなければ後はない。反転攻勢の前に、味方の船の残骸《ざんがい》と屍で海を埋め尽くすことになろう。

すべての兵を鼓舞できぬとも、ここは反逆の一手を……。

「弁慶っ」

こういう時に一番頼りになる男の名を叫んだ。僧形の郎党は、名を呼んだだけで真意を読み取った。矢の雨が降り注ぐなか薙刀ひとつ抱え、舳先を蹴って敵の只中へと飛び込んだ。

巨体が甲板を震わせる。弁慶が飛び降りた船が大きく沈み、四方に飛沫が舞う。石突で舟板を貫きながら、弁慶が天にむかって吠えた。

「我こそは源九郎判官義経が郎党、武蔵坊弁慶なりっ。目に入りし者から首を刎ねてまいる故、命が惜しき者はいますぐ海に飛び込めぇいっ」

言うが早いか、横薙ぎに閃いた薙刀が眼前で呆気に取られていた敵の首を刎ね飛ばす。柄をくるりと反転させ、弁慶の体が軽やかに一回転する。銀色の竜巻に呑まれた数十人の敵が瞬く間に骸となった。

「まだまだぁっ」

弁慶が薙刀を振るう度に、右に左にと船が揺れる。巻き起こった激しい波の所為で、周囲の船も忙しなく揺さぶられていた。

「日頃から三郎はんが言うてる通り、あの人はほんまに化け物やな」

矢を射ながら重清が言った。顔だけをそちらにむけて義経は笑う。

「弁慶は昔、京の都で鬼と恐れられておった」

「鬼……。ほんまやな」

重清のそばで矢を射る喜三太も、幼い丸みがわずかに残る顎を上下させていた。

弁慶の奮闘によって、義経の船の周囲の敵が気圧《けお》されはじめている。次々と仲間が屍となってゆくのを目の当たりにした兵たちの顔に恐れが滲んでいた。

しかし大きな流れとしては、やはり味方は敵の船に四方を囲まれながらじりじりと内海へ流されている。

ただ耐えるだけの厳しい戦いが続く。

敵と刃を交えはじめて二刻あまり。背後にあるふたつの島がすぐそこまで迫っていた。干珠島《かんじゅしま》と満珠島《まんじゅしま》である。このふたつの島は、海峡の東の果てに位置していた。あの島まで押されることは、壇ノ浦の外に出たと同義である。海峡を越えれば海は一気に広がる。こちらは御家人や紀伊、熊野の水軍などの寄せ集め。味方が四方に散らばってしまえば、船戦に長けた敵にひとつずつ潰されてしまう。なんとしても島あたりで敵の進行を食い止めなければ、源家の勝ちはない。

「耐えろっ。耐えるのだっ」

それしかない。

これほどの乱戦となった以上、義経一人の力で大局を揺さぶることなどできはしない。敵は潮目が変わる前に決着を付けようと躍起になって攻め寄せてくる。味方は連携する余裕もない。押し寄せてくる眼前の敵に殺されぬよう、死にたくないという一心で一人一人が刃を振るっている。

こんなのは己の戦ではない。奥歯を噛み締めながら、義経もまた眼前の敵に刃を振るう。いまや郎党たちは散り散りになり、周囲を守るのは忠信、喜三太、重清の三人のみである。

弁慶の姿はどこにあってもひと目でわかった。長く苦しい戦のなかでも、鬼が振るう薙刀はいっこうに衰えない。彼の周囲にはつねに血煙が舞い、死の渦が生まれていた。紅の渦の中心で、総身を朱に染めた鬼が笑っている。

「性に合わぬ」

義経のつぶやきを忠信が耳聡く聞きつけて、太刀を振るいながら肩越しに主を見た。

「なんか妙な事考えてませんか」

喜三太と重清は懸命に矢を放っている。すでに箙の矢は尽き、そこらに転がる骸から奪いながら、時に乱暴に引き抜いて己が弓に番えては、敵を射殺し続けていた。

義経は己を守る三人の郎党たちをそのままにして、一歩踏み出す。

「九郎殿」

心配そうな忠信の声を聞き流し、眼前の敵を斬り払いながら舳先を目指す。踏み出すたびに足が速くなる。気付けば駆け出していた。

「待ってくださいよ。大将が自分の船離れちゃ駄目でしょうよ」

答えず、舳先を蹴った。眼前の敵船に狙いを付ける。

飛び移ると同時に、驚いた敵の三人ほどに狙いを絞る。目の前の敵の首筋、右の男の膝、そしてそのまま左の男の脇を切っ先で貫く。

「我は九郎判官義経なりっ」

叫びつつ駆ける。将であるという自覚が、船に体を縛りつけていた。そんなものは糞喰らえだ。

誰もがいま、流れゆく刹那の連続を、みずからの力を存分に振るい切り抜けているではないか。

自分の船に腰を落ち着けている場合ではないのだ。己もまた一人の武人。ならば存分に武勇を示すのみ。

体が軽い。船中を一望し、めぼしい敵がいないことを確認すると義経は船縁へと急いだ。

次の船に飛び移る。

敵、敵、敵。

斬る、斬る、斬り捨てる。

鎧武者を見付けた。大将か。

「我は周防の住人っ」

そこまで言ったのを聞いて、敵が構えた槍の隙間を掻い潜り喉を貫く。狙いは平氏の一門衆だ。それ以外に興味はない。斬り捨て、別の船に飛び移る。

遠くにひときわ堅牢そうな唐船が見えた。

あれこそ敵の本陣。自然と足がそちらにむく。

何艘もの船を飛び移る。名乗りもせずに、ただひたすら敵を斬り裂き道を作ってゆく。煌びやかな銀色の兜を目聡く見付けた男たちが敵将の到来を仲間たちに声高に報せるが、疾風と化した義経に刃を触れさせられる者は一人もいなかった。風に逆らった者たちはすべて、その身を斬り裂かれ、ある者はその場で途絶え、またある者は終生、その傷を武勇の一端として語り継いだ。

「変わったぞっ」

方々でそんな声が聞こえてきた。どうやら潮目が変わったようだ。

これから勢いは反転する。

しかし、すでに義経は将であることを放棄していた。潮目が変わったとしても、己がやることに変わりはない。唐船を目指しながら、平氏の一門衆を見付け屠るのみ。

もはや義経が命じることなどなにもない。誰かに命じられなければなにもできない者は立ち尽くしていればよい。義経はみずからができることをやるのみだ。

「おっ、九郎殿じゃねぇか。ってか、こんなところでなにしてんだよっ」

足を踏み入れた敵船で、三郎の声を聞いた。目をやると、総身を血で真紅に染め上げた盗賊上がりの郎党が、刃こぼれが目立つ大太刀を肩に担ぎながらやってきた。

「おいおい、大将がなにやってんだよ」

三郎は大声で笑いながら、肩の大太刀を襲い来る敵にむかって振り回した。恐れを露わにする敵を斬り裂きながら、三郎が叫ぶ。

「まぁ、そういうあんただから、俺ぁ一緒にいるんだけどな」

暴風と化した大太刀を掻い潜り、義経もまた、手にした太刀で敵を斬り裂く。

「流れが変わった。勝つぜ」

柄を手に笑う三郎に、うなずきを返す。

盗賊上がりの郎党の言葉通り、それまでの敵の勢いが去り、流れが明らかに変わっていた。味方の舵取りや水手たちが、待ち続けていた好機の到来を見逃すはずもない。この時とばかりに味方の船がいっせいに壇ノ浦めがけて押し返してゆく。敵の漕ぎ手たちはその場に留まらんとして懸命に櫓を漕ぎ続けるが、流れの前にはどうすることもできず、じりじりとこちらの勢いに押されて壇ノ浦へと流されてゆく。

「かねてからの手筈。皆に伝わっておるようだな」

「皆この時を待ってたんだ。絶対にしくじりゃしねぇよ」

気楽に答えた三郎の大太刀が敵に炸裂する。

流れが変わったら、敵の船の舵取りや水手を狙えと命じていた。せっかく沖合に引き摺り出した敵の船に逃げられては元も子もない。その場に縛りつけておくためにも、漕ぎ手を奪っておく必要があった。

「あそこを目指してんだろ」

大太刀の切っ先が目の前に見える唐船を指した。無言のままうなずき、義経は郎党を残して船縁から新たな船に飛んだ。

「待ってくれよ」

三郎が後を追ってくる。流れが変わり、敵味方双方の船が次第にばらけはじめていた。飛び移れる船を即座に見つけて渡っていかなければ、たちまち敵中に取り残されてしまう。

構わない。

敵船に取り残されたとしても、漕ぎ手を脅して乗っ取ってしまえば良いだけのこと。一度、動くと決めた以上、迷ってなどいられない。

「裏切りじゃぁ」

敵中から悲鳴のような声が聞こえて来る。

義経が戦う船に尻を船縁で打ち付けるようにして転がり込んだ三郎が、甲板に膝を突いたまま主の隣で声を吐く。

「どうやら阿波成良がこちらに付いたみてぇだぜ」

成良は阿波の水軍衆を率いた平氏勢のなかでも群を抜く勢力を誇る男であった。

「手筈通りか」

「応っ。これで一気に流れがこっちに傾くぜっ」

成良はかねてから源氏方に与することを、密かに乞うてきていた。機を見て与せよという義経の命に従い、潮の流れが変わったのを見て成良は平氏を裏切ったのである。

潮目が変わるまで源氏方が恐れていた隊伍の乱れが、平氏方に起こった。潮目が有利な間に攻めきれなかった平氏方は、数での優勢すら奪えなかった。数で勝る源氏方の船が流れに乗って押し寄せると、たちまち敵方の船は散り散りになってゆく。もはや将によって統率された一個の軍勢とは呼べず、一船一船が乗り合わせた者たちの命を守るためだけに勝手気儘に振る舞うばかりであった。

干珠、満珠両島あたりまで押し込まれていた源氏勢は、瞬く間に平氏方が船を集めた田ノ浦沖をも抜けて一番狭い壇ノ浦の海峡付近まで攻め込んだ。狭まった陸と陸の間を、ひしめき合いながら敵が彦島めがけて後退してゆく。

「九郎殿っ」

三郎とともに敵船に留まって戦っていた義経は、己を呼ぶ声に太刀を止め振り返った。源氏方の船を駆る弁慶と次郎が間近まで迫っている。

「これで敵を追いますぞ」

僧形の郎党の声を聞いて、三郎と目を見交わしながらうなずくと、すでに船同士がぶつかるほどに近付いていた味方の船に、軽やかに飛び乗った。

「良い時に現れたじゃねぇか」

言いながら三郎が弁慶の肩を小突く。郎党たちは返り血でべっとりと濡れていた。うんざりするほど敵と刃を交えておきながら、二人に傷らしい傷は見当たらない。

義経は舳先に手をついて身を乗り出しながら、敵の船の群れのむこうに見える唐船を指さす。

「あれだっ。あそこを目指せっ。あそこに帝と神器があるはずだ」

舵取りは無言のまま首を上下させる。漕ぎ手たちの掛け声がひときわ大きくなった。敵の船を搔い潜りながら、流れに乗って波を搔き分けてゆく。

海峡を抜けた。左手には豊前門司《もじ》の港。それより先の周防側には赤間ヶ関が見える。開けた海原をさえぎるように横たわるのが、平氏の拠点、彦島だ。

敵味方入り交じりながら、船の群れが海峡を抜ける。

「急げっ。あの船を逃がすんじゃねぇぞ。ぬおっ」

言葉の途中で三郎が唸った。聞いていた義経も激しい衝撃で思わず膝を突く。

船の横面に舳先が衝突したのだ。故意かどうかと思う前に、敵が雪崩れ込んでくる。義経を目当てにした奇襲なのは間違いなかった。たちまち敵に囲まれる。船の上でひしめき合う敵味方の群れを搔き分け、船縁へと駆ける三郎の後ろ姿を認めた。

「三郎っ」

盗人上がりの郎党は振り返らない。間近に迫る敵の腕を太刀で斬り払いながら、義経は叫ぶ。

「先帝と神器をなんとしても御守りいたせっ」

三郎は舳先から飛びながら、右腕を高々と掲げて主に答え、そのまま船の群れのなかに消えた。

「源九郎義経殿とお見受けいたすっ」

弁慶に負けぬほどの大きな鎧武者が、目の前に立ちはだかって叫んだ。どうやら激突してきた船の主であるらしい。

「我こそは平大納言清盛が一子、権中納言《ごんちゅうなごん》知盛なりっ。いざ尋常に勝負。勝負っ」

巨漢の武者は手にした大薙刀を構えながら叫んだ。

「なんと」

義経は言葉を失う。平知盛といえば、此度の戦の平氏方の大将ともいえる男である。平氏の棟梁はあくまで兄の宗盛なのだが、武勇に勝る知盛が采配を振っているのは間違いなかった。

その大将がいま目の前にいる。

気持ちは痛いほどわかった。

すでに勝敗は決しようとしている。こうなれば敵の大将である九郎を屠って、敵味方の士気を逆転させるしか勝機はない。

が……。

尋常の勝負などに興味はない。義経の望みは平氏の討伐だ。

大薙刀の刃を高々と掲げ、義経の首を薙ごうとする。怯みをみせず義経は太刀を下段に構えた。

知盛の豪壮な四角い顎が笑みに歪む。尋常な勝負と見た知盛が義経めがけて柄を振った。

刹那。

平氏の大将の脇を風が駆け抜けた。

義経は依然として太刀を下段に構えたまま、知盛の面前に立っている。

次郎だ。

小ぶりな刀を逆手に持った次郎が、義経に気を注ぐ知盛の隙を衝き、脇を斬り裂いた。

「ひっ、卑怯なっ……」

目を血走らせながら言った知盛と義経の間に、僧形の郎党が立つ。

咆哮一閃、常人ならば持つことすら敵わぬ巨大な薙刀が虚空でぶつかった。まばゆい火花が船上に舞う。

脇を斬られている知盛が衝撃に耐えかねて数歩後ずさる。

義経は駆けた。

「弁慶っ」

郎党の名を呼びながらその腰帯をつかんで、そのまま肩に手をかけ飛んだ。弁慶はびくともしない。肩でもう一度跳ねて、天高く舞い上がる。

「知盛ぃっ」

太刀を大上段に構えたまま宙を舞う義経は、仰け反ったまま己を見上げる敵に狙いを定めた。

弁慶を越え、知盛の面前に躍り出つつ太刀を振り下ろす。

脇を斬られてもなお、体勢を整えた知盛は薙刀を振るって刃を弾く。

あまりの強力に、着地と同時に義経は手にした太刀ごと斜めによろける。

「九郎殿っ」

背後で弁慶の声が聞こえる。義経の視界に、笑みを浮かべて薙刀を振り上げる知盛が映った。

受け太刀では間に合わない。甲板を転がり飛来する薙刀の彎曲した刃を避ける。

「逃がすかっ」

さすがは平家随一の猛将である。いまだ立つことすらままならない義経を逃がさない。

振り下ろした薙刀の刃を横にむけ、そのまま横薙ぎの一閃を繰り出す。

腰に力を込めて飛びあがって避けようとするが、波に揺られた甲板で思うように踏ん張れない。

刃が迫る。

平知盛。

この男もまた戦の鬼である。

武士でありながら公卿の気風に染まってしまった平家のなかにも鬼はいた。

斬られようとしながら、義経は笑みを浮かべていた。

風を斬り裂く唸りを上げ、刃が寸前まで迫っている。しかしいまだ義経は屈んだまま。受け太刀をすることすらままならない。

義経をまたぐようにして丸太のような二本の足が知盛に迫った。

弁慶だ。

強烈な一撃を、僧形の郎党はその類《たぐ》い稀《まれ》な膂力《りょりょく》で強引に受け止めていた。甲板に触れるほど低空でふたつの巨大な銀色の牙が交錯している。

「そのままっ」

弁慶に告げながら、義経は腰から伸びあがるようにして交錯する薙刀を踏みつけるようにして飛んだ。その目は平家の鬼に定められている。

敵であるとはいえ、殺すには惜しい男……。

心の裡にそんな言葉が過《よぎ》る。梶原景時などより幾倍も好ましい武者ぶりであった。

立場が違えば、生まれが違っていたなら、馬を並べて戦場を駆けてみたかった。

だが、知盛は平家である。父も母も肉親の情愛も、すべて奴等に奪われた。怨敵なのだ。

義経は迷わず、平家の鬼の顔めがけて一直線に太刀を振り下ろした。

「み、見事……」

太刀を防がんと掲げた大薙刀の柄ごと真一文字に切り下げながら、着地した。

兜の庇《ひさし》が縦に裂け、知盛の顔に深紅の亀裂が走る。鮮血を噴き出し、知盛が後ずさってゆく。

船縁のそばに転がっていた錨を繋ぐ綱に足を取られる。

裂けた口から苦悶の声を漏らし、足首に綱を絡まらせそのまま背中から海へと落ちた。綱がずるずると海へと吸い込まれ、ついには錨も知盛を追って海中に没した。

平氏の大将を追うように、義経は船縁へと急ぐ。

「知盛殿っ」

思わず縄をつかんでいた。しかし、甲冑を着けた荒武者とともに沈んでゆく錨を引き上げるような力はない。いや、助けるわけにはいかない。鈍色の水底へむかって没してゆく知盛が、二度と浮き上がって来ることはなかった。

赤間ヶ関まで退いた平氏の軍船たちは、散り散りになって漂っている。敗北を悟った侍たちが、もはやこれまでとばかりに方々で海に身を投げてゆく。

源氏勢の勝利は揺るぎないものとなっていた。義経は船から身を乗り出し、海に飛び込んでゆく侍たちをにらみつける。

「待てっ。俺と戦えっ。戦ってから死ねっ。海中に逃げるなど卑怯ではないかっ」

没してゆく侍たちのなかには、間違いなく平氏の一門衆が紛れているはずだ。まだ足りない。我が身を焼き続けてきた怨嗟の炎を沈めるためには、もっと平氏の血が必要だった。

「もはや、これまでにござりまする」

飛び込む者たちを追わんとするように船縁に足をかけようとした義経の体を、弁慶が後ろから抱き留めた。

「放せっ」

「我等は勝ったのです九郎殿。あの唐船もこちらの船が取り囲んでおりまする。先帝と神器はかならず味方が九郎殿の御前に持ち帰ることでありましょう」

そんなことはどうでも良かった。神器や先帝を気にしているのは法皇や兄だ。

「弁慶っ」

こうしている間にも敵が身を投げているではないか。知盛を斬ったくらいでは収まらぬ。これでは父が許してくれぬ。

「待てっ。待たぬかっ」

海に身を投げ続ける敵に罵声を浴びせながら、義経は弁慶の腕のなかで四肢をばたつかせる。

「放せっ。放してくれっ」

僧形の郎党は腕を緩めはしなかった。

二

勝った。

それ以外の言葉を弁慶は見つけることができない。西の果ての海で、主は長年の宿願をついに果たしたのである。

入水しみずから命を絶とうとしていた平氏の棟梁、平宗盛とその息子、清宗《きよむね》を引き上げ生け捕りにし、清盛の義理の弟である時忠《ときただ》とともに縄目を打った。

一門衆はことごとく海に没した。清盛の弟である経盛《つねもり》、教盛《のりもり》。清盛の孫にあたる資盛、有盛、行盛《ゆきもり》らもまた、敵の手にかかるくらいならとみずから海に身を投げ、命を絶った。

そして知盛である。

彼の最後には弁慶も関わっている。武勇の誉れ高き平氏の武人は、義経郎党に斬り刻まれ、最期は錨を足に絡めて海中に没した。

主の乗る船に奇襲をかけ、みずからの手で討とうとした心意気は武人として見事なものだと思う。一対一で刃を交えてみたかった。だが敗けの許されぬ戦である。卑怯などと言ってはいられぬ。主の勝利のために弁慶は戦った。己が武勇を示すためではない。

あれで良かったのだ。そう心に幾度も念じ、知盛の最期を頭から振り払う。

義経の望み通り、平家一門衆は屋島、壇ノ浦の両戦においてある者は命を失い、ある者は虜《りょ》囚《しゅう》となった。

二位の尼や先の帝の母である建礼門院を見送り、皆にうながされ海に飛び込んだ宗盛と清宗を引き上げたのは、先の帝と神器を取り戻すよう命じられていた三郎であった。誇るべき武功であったのだが、日頃調子の良い盗賊上がりの郎党は、宗盛捕縛を声高に誇ることはなかった。

誇る気になれぬのも無理はないと弁慶は思う。

主の命はあくまで先の帝と神器の確保であったのだ。しかし、先の帝は二位の尼とともに海中に没した。神器も、鏡と玉は取り返すことができたが、剣はいまも壇ノ浦に沈んだままである。

平氏一門には勝利したのだが、手に入れなければならなかったものを完全に手中にすることができなかった。弁慶たちが都に戻ったいまも、長門と豊前の狭間の海では捜索が続いているのだが、先の帝はもはや生きては戻らぬだろう。剣は見つかるかもしれぬが、運任せといったところだ。

義経は奪還に成功した神器とともに都に入った。宗盛と時忠ら、壇ノ浦で捕えた者たちを警護しながらの入京である。義経に二日遅れ、捕虜たちは都に入り、義経の屋敷に留まった。

義仲追討後の入京よりもなおいっそうの歓待が、義経たちを待っていた。屋島、壇ノ浦での義経の働きは、いち早く宮廷に伝えられ、その噂は瞬く間に民にも広まったのである。

「ふぁああぁぁ」

三郎が腑抜けた欠伸をするのを、弁慶は縁に座り見ていた。盗賊上がりの郎党は、縁側に寝そべり片肘をついて、掌に頭を乗せながら庭をぼんやり眺めている。六条堀川の義経の屋敷であった。梅雨を前にした春の朗らかな日差しの下、郎党たちが集っている。弁慶、忠信、重家重清兄弟に喜三太、駿河次郎、鷲尾義久、そして三郎。皆がこうして集うのは、入京以来はじめてのことだった。主の供や使いに検非違使の務めなど、郎党はなにかと忙しい日々を送っている。いまや都の人々は殿上人も下々も、義経こそが源氏の棟梁であるといわんばかりのもてはやしようである。その郎党ともなれば、名も知れわたっていた。往来を歩けば、方々でささやき合う者たちに出くわす。己のことを話しているのだと思うと、さすがの弁慶も、いささか面はゆい気持ちになる。平氏を討ったのだ。日ノ本の武士は、秀衡が支配する陸奥を省けば、鎌倉の頼朝に屈した。

戦いの日々は終わったのだ。少しくらい、だらけても罰《ばち》は当たるまいと弁慶すら思っていた。

「また朝帰りですか」

眠たそうな盗賊上がりの郎党に、忠信が声をかけた。腰から上の鍛えあげられた体を露わにして、太刀を振るっている。

「別に良いだろ」

「上野に奥さんいるんでしょ」

欠伸を押し殺しながら答えた三郎に、忠信がにこやかに言った。すると三郎の足下に胡坐をかいていた重家が驚きの声を上げた。

「えっ、三郎はん。嫁はんがおったんでっか」

「いちゃ悪ぃのかよ」

頭だけを己が足のほうにむけて、三郎が肥った熊野の侍をにらむ。

「そりゃあきまへんで。嫁はんおんのに、毎晩毎晩とっかえひっかえ。ありゃあかんでぇ」

大袈裟に首を横に振りながら、重家は口をへの字に曲げる。

「お前ぇだって熊野に嫁がいるって言ってたじゃねぇか」

「兄貴に勿体《もったい》ないくらいの別嬪《べっぴん》な嫁はんや」

三郎の抗弁に弟が付け加える。

「お前は邪魔くさいこと言わんでええねん。わ、わては一人やさかい。でも三郎はんはほんまにとっかえひっかえ」

「来てくれって頼まれんだから仕方がねぇだろ。っていうか、夜な夜な一人の女んとこに通ってるほうが性質《たち》が悪《わり》ぃだろがよ」

「はぁ、どうなってんだ一体ぇ」

呆れ顔で鷲尾義久が毒づく。

「んだよ。丹波の猟師は都が性に合わねぇみてぇだな。山が恋しくなっちまったか。だったら遠慮せずに丹波に戻ったらどうだ。誰も止めねぇぜ」

庭に立つ義久に三郎が気楽に悪態を吐く。片方の眉を吊り上げ、義久が口を継ぐ。

「浮かれるのも大概にしろよ」

「平氏どもを討って、源氏の天下になったんだ。もう戦の世は終わったんだ。俺たちは平家追討の武功第一である九郎殿の郎党なんだぜ。少しばかり楽しんだところで罰は当たるめぇよ」

「あんまり浮かれておると、鎌倉の御家人どもに足下をすくわれるぞ」

「なんで、味方に足下すくわれなくちゃなんねぇんだよ」

鼻で笑った義久が、三郎を見下す。

「鎌倉に戻ってゆく御家人衆のなかで心底から九郎殿に礼をした者はおったか。この屋敷に挨拶に来もせずに鎌倉に下った者もおるではないか」

「あいつらは九郎殿に妬いてんだよ。九郎殿の武功が羨ましくって、鎌倉の頼朝に泣きつこうって腹なんだよ」

「そこまでわかっておりながら、何故そのように悠長に構えておられるのかわからん」

「なんだお前ぇはさっきからよぉっ」

縁を叩いて三郎が起き上がる。胡坐をかいた膝に両手をつき、義久をにらむ。

「じゃあなにか。お前ぇは九郎殿と御家人どもの間で戦が起こるとでも言うのか」

「なにが起こるかわからぬ故、精進を欠かさず、九郎殿の郎党として恥ずかしくない……」

「偉そうなこと言ってるが、戦場でお前ぇが一体なにしたってんだ」

　義久の言葉を切って、三郎が怒鳴る。

「都での戦の折は、俺ぁ逃げようとしていた義仲に飛びついて殺した。壇ノ浦じゃ、身投げした宗盛と息子の清宗を捕らえるために海に飛び込んで、奴等を引っ張って船に戻った。その間、お前ぇはなにしてた。義仲ん時にはいもしなかったじゃねぇか。お前ぇが野山駆けずりまわって獣追ってる時に、俺ぁ大将の首を取ってたんだ。偉そうなこと言うんじゃねぇや」

「功を誇り、他者を嘲るとは……。見下げた性根じゃの」

「本当のこと言ってるだけじゃねぇか」

「止めろ、口が過ぎる」

　弁慶は三郎を怒鳴りつけた。まるで盗賊に戻ったかのごとき邪悪な目付きで弁慶をにらむ三郎は、明らかな不服を目の奥に閃かせている。

「俺ぁ九郎殿のために働いたんだ。少しくれぇ遊びが過ぎるからって、とやかく言われる筋合いじゃねぇ」

　皆のやり取りを黙って見守っていた駿河次郎が、せせら笑う。

「んだよ」

　口を尖らせ三郎がうながすと、顔を横切る傷を歪めながら次郎は陰気な笑みを浮かべた。

「御主の口振りが、いまの九郎殿を表しておるようで、つい笑うてしもうた。許せ」

次郎の言葉に弁慶は息を呑む。たしかに三郎の口振りは、鎌倉御家人に対する義経の状況と酷似している。己こそが平氏討伐を成し遂げたのだ。法皇に愛でられ都でもてはやされて何が悪い。そう言えるだけの武功を義経が立てていることは、御家人たちにも異論はないだろう。

しかしだからといって、義経の功を素直に認めるかといえば、それは別の話だ。三郎の放埓《ほうらつ》なまでの我儘を、ここに集う誰もが渋い顔をしながら聞いた。三郎は義経のために存分に働いたが、弁慶をはじめとした郎党たちも命を賭して戦ったのだ。三郎に劣るとは誰一人思っていない。

梶原景時を筆頭とした御家人たちもそうなのだ。己が義経に劣っているとは思っていない。御家人たちも頼朝のために、必死になって戦ったのだ。

「鎌倉では九郎殿のことを取り沙汰する者など一人もおらぬぞ」

「お前ぇ、また鎌倉に行ったのか」

「御主たちのように都で腑抜けになりとうはなかったからな」

もともと影が薄い男である上に、密かな仕事にかかっていることも多い。次郎が屋敷から消えていることに誰一人気付いていなかった。

「九郎殿に与することを許さぬという命が、頼朝から御家人に下ったということも、御主たちは知らぬのだろう」

「はぁっ、なんじゃそりゃあ」

三郎が縁を蹴って裸足のまま庭に飛んだ。次郎の前まで駆け寄ると、喧嘩腰で問い詰める。

「九郎殿は弟だろ。頼朝の名代として都を守ってんじゃねぇのかよ」

「景時の讒言があったという話だ」

「あの野郎か」

盗賊上がりの郎党の食いしばった黄色い歯が、ぎりと鳴った。

「大将でありながら功に逸り、御家人衆の言には耳を貸さず、統率を乱すような振る舞いばかり。御家人たちの心は、九郎殿からすっかり離れてしまっておるとな」

「嫌ってんのはお前ぇだけだろが」

まるで眼前に景時がいるかのごとくに、三郎は次郎を悪しざまに罵る。鼻の上の傷をぴくりとも動かさず、次郎は殺気の宿る視線を正面から冷徹に受け止め、続ける。

「無断任官、法皇様からの寵愛、そして勝手に平氏追討の命を法皇様から受けての出陣と、鎌倉をないがしろにする九郎殿を擁護するような者は、御家人衆には一人もおらん」

言い返せぬ三郎になおも次郎は言葉を浴びせ掛ける。

「景時たち御家人衆に突かれたのか、頼朝自身の考えなのか。とにかく頼朝に従う侍は、九郎殿に与してはならぬと厳命されておる。御主等が都で現を抜かしておるうちに、外堀は埋められておるのだ」

「そ、そんな馬鹿なことありまっかいな」

固い笑みのままつぶやいた重家の目が、縁のむこうを見つめて固まった。皆が異変に気付いて視線を追う。

義経が立っていた。

「九郎殿」

三郎の口から声が漏れる。

「そうか兄上はそのようなことを……」

「なにかの間違いでしょう。次郎さん。口から出まかせに言ってるんですよ、この人は」

「次郎はそんな男ではない」

場を取り成そうとした忠信に、義経は冷淡に答えると、皆の前にどかりと腰を下ろした。

「そうか……。兄上はそこまで怒っておられるのだなぁ」

皆の視線を集めながら、義経は誰とも目を合わせず、虚空を眺め、心の籠もらぬ声を吐いた。

郎党の誰もが気付いている。

義経は壇ノ浦で変わった。

「鎌倉に行って、兄上に会って話せば、誤解だってわかってくれますよ」

「せやせや、兄弟なんやし会って話せばどうにかなりまっせ」

忠信と重家の言葉を聞く間も、義経は胡乱《うろん》な眼差しのままだった。

腑抜け。

いまの義経を言い表す言葉を探し、弁慶が辿り着くのはいつもこの一語であった。壇ノ浦以降、主は腑抜けになった。

平氏追討が成った故か。

公家のごとき雅さすら感じる楚々《そそ》とした笑い声をひとつ吐き、主は頰を緩めた。物の怪に取りつかれてでもいるかのように、常になにかに急き立てられ目を血走らせていた主からは想像もつかぬほどに緩み切った姿に、弁慶は薄ら寒いものを覚える。

「兄は許してくれまいよ」

他人事のように言った主の口許に浮かぶ笑みを前に、郎党たちは言葉を失っていた。

三

潮時。

近頃そんな言葉が、重家の頭のなかでぐるぐる回っている。

平家との戦は終わった。これからは鎌倉の頼朝の元で世の中は収まってゆく。戦がなくなれば、手柄を立てる機会も絶える。

軍神の元にいても、己の存在を鎌倉御家人たちに誇示することはできない。

重家の頭のなかでは、欲得がなによりも優先する。己に利することを前提として、進むべき道を定めてゆく。義経の郎党になったのも、この男ならば紀伊の山奥でくすぶっていた己をなんとかしてくれる。そう思ったからだ。

所詮、人の繋がりなど欲得ではないか。互いに利があるから繋がる。利が失われれば別れるのは当然だ。

義経は戦にかけては日ノ本一である。重家はそう信じて疑わない。しかし、世渡りとなると、とたんに駄目だ。遠慮も忖度もない。己の立場を誇示し、言い分を曲げない。童のような主の言動に、多くの鎌倉御家人たちが翻弄された。それでも人々を惹きつけていたのは、圧倒的な戦の強さがあったからだ。戦がなくなれば、義経はただの我儘な子供である。いまのうちに離れておいたほうが良い。欲得だけで生きて来た重家の心が、そう叫んでいる。

だが腰が重い。

今日こそは暇を乞うて都を出る。朝起きた時はそう思っているのだが、気付けば夜になっている。そんな日の繰り返しだった。

居心地が良い。

なんとも締まらない言葉である。情が欲得に勝るなど、これまでの重家にはなかったことだ。しかし、三郎や忠信と接していると、どうしても郎党を辞することを言い出せなくなる。

重家の腰を重くさせているのは、それだけではなかった。

主の様子がおかしいのである。壇ノ浦から都に戻って来てからというもの、まるで憑《つ》き物が落ちたかのように、大人しくなってしまった。なにを言っても、曖昧な相槌しか戻ってこず、暇な時はぼんやりと庭を眺めている。

世の中はめまぐるしく変遷しているというのに……。

捕虜と共に壇ノ浦から戻った主は法皇からの歓待を受け、平氏追討の立役者の帰還に都の人々は沸き上がった。しかし、都の人々が囃《はや》せば囃すほど、鎌倉での義経の立場は悪くなってゆく。

梶原景時の讒言によって、鎌倉に従う武士は義経の命に従ってはならぬという命が頼朝によって発せられた。その後、主とともに無断任官を法皇より受けた二十四人の御家人に対し、鎌倉に戻って来たら首を刎ね所領を没収するという処断が下った。しかしこれには、都に留まり警護に務めよという補足が付いている。つまりは都の警護を続ける限りは、厳しい罰は与えないという恩情も付されていた。

主には頼朝に逆らうようなつもりはない。腑抜け同然である。謀反を画するような気概は、壇ノ浦の海に平家の骸とともに沈めてしまっているのだ。異心などあるはずもない。

その意を伝えるために鎌倉に使いを出してはどうかと、重家は主に勧めた。

どちらでも良い。はっきりとした返答をしない主の態度を、重家はそう取った。強硬に勧める郎党たちに押し切られる形で、主は重家の弟の重清を使いとして東に下らせた。

重家と重清は、元は熊野の名族の出である。頼朝の元でいまでは大きい顔をしている鎌倉の御家人たちではあるが、元はといえば関東の地侍に過ぎない。鈴木家は出自としては、鎌倉の御家人たちと遜色はない。そのあたりのことを主なりに考えての、重清への命であった。

しかし芳しい返答を得ることもなく、重清は都に戻ってきた。

法皇や公家たちは、相変わらず主をもてはやす。都の人々も、主や郎党たちを都の守り神のように思ってくれていた。

だがいまや、鎌倉の御家人が義経を訪《おとな》うことはなくなった。そうこうしているうちに、頼朝が義経を罪人として扱うと言っているというようなことまで耳に入ってくるようになった。

潮時という言葉が脳裏で暴れまわる。一刻も早く離れなければ、なにかよからぬことが起こるのではないか。欲得ずくの重家の心が都に留まることを激しく拒んでいる。

重清は、主には色良い返答はもたらさなかったが、兄弟にとっては大きな報せを持ち帰ってきていた。義経の郎党でいる意味は、完全になくなってしまった。

それでも重家は動けない。平家を追討して抜け殻となった主と、気の置けない輩《やから》たちを都に残し、己だけ逃げることがどうしてもできなかった。

覚悟は定まっている。

それなのに。

「なにしてんねん儂は……」

重家は鎌倉への途次にいた。宗盛親子を護送する道中である。

宗盛親子を連れた義経一行は、相模国の酒匂宿《さかわしゅく》に着いた。宿には北条時政が待ち構えていた。

時政はねぎらいの言葉もなく宗盛親子を受け取ると鎌倉に戻った。

その態度に、弁慶や三郎が激昂。戦功第一の義経を罪人のように扱う鎌倉に対する怒りが、極限に達したのである。とにかく鎌倉へ行こうという三郎たちが強硬に主張した。勢いに押し切られるように主は重い腰を上げ、鎌倉の西、金洗沢《かねあらいざわ》に辿り着いた。とうぜん重家も追従している。

「なんやこれは……」

眼前に居並ぶ兵を見て、重家は呆然とつぶやいた。

主が駆る馬の左右に並ぶ弁慶以下の郎党たちが、怒りに震えている。

無理もない。義経主従のこれ以上の進行を阻むように、金洗沢にはいつの間にか関が設けられていた。その関の前に甲冑姿の兵がずらりと並び、鎌倉への道を塞いでいる。威嚇するでもなく、無言のまま義経たちを見据える兵たちから、張り詰めた気が伝わってきていた。

「千は下りまへんな」

重家は馬上の主につぶやく。

「上等じゃねぇか」

背中の大太刀を回して腰のあたりまで下ろし、柄を手にした三郎が言った。

「よせ」

弁慶の声を聞きながら、盗賊上がりの郎党はぐっと腰を落とす。

「相手は、どうあっても鎌倉に入れる気がねぇんだ。だったら押し通るしかねぇだろ」

「戦うんでっか。こんだけの人数で」

重家は丸い腹をさすりながら言った。義経主従は誰一人鎧を着けていない。得物を携えてはいるが、十分な支度を整えている敵とでは、備えに雲泥の開きがある。猛者揃いの義経主従だが、鎌倉御家人はそんなことは百も承知なのだ。ぬかりはないはず。

「止めといたほうが良ぇと思いますで」

「あんな腰抜けどもに敗けるわけがねぇだろ」

損得からの重家の言葉を、勢いだけの三郎の言葉が押し退ける。

「ここで刃を交えれば、もはや言い逃れはできぬのだぞ。軽々しい物言いは止めておけ三郎」

そう言って三郎を律する弁慶の薙刀を握る手に、太い筋が浮かんでいる。口ではなだめているが、戦いたいという本心を隠しきれていない。郎党たちはこれまでの鎌倉の仕打ちに腹を据えかねている。ひと言でも義経が行けと言えば、喜んで飛び出すだろう。

「まぁまぁ三郎はん、武蔵坊の言う通りでっせ」

にこやかに言いながら、両手を荷を積んだ馬に伸ばした。そのなかに隠されている鉄の棒の柄に指先で触れる。敗けるからと言って、仲間を見捨てるつもりはない。主が行けと命じ、皆が飛び出せば重家も迷わず敵にむかうつもりだ。

完全な情ではないか。欲得だけに生きてきた己はどこにいってしまったのか。みずからに呆れながらも、鉄の棒に触れながら眼前の敵に気をやる己が嫌いではない。

「源九郎義経殿とお見受けいいたぁすっ」

兵のなかから声が飛ぶ。

問うまでもなかろうと、重家は心につぶやく。その想いが口許に薄ら笑いとなって浮かぶ。主も同様に思っているのか、答えずにいる。すると、一人の騎馬武者が兵のなかから飛び出して近付いて来た。

「動くなよ」

主が馬上で言った。その目は駆け寄って来る騎馬武者に、真っ直ぐむけられている。矢の間合いぎりぎりのところを見極めて、騎馬武者は馬を止めた。

「これより先は一歩たりとも踏み入ること相成らぬとの武衛様よりの命にござります。なにとぞ御退きくだされ」

「退かなかったらどうするってんだ」

尖った顎を突き出しながら、三郎が挑発するように言った。

「ちょっと、三郎さん」

焦った声を忠信が吐く。騎馬武者は臆することなく、無礼な郎党に堂々と答える。

「こは武衛様の命にござりまする。それに逆らうは……」

「九郎殿はその武衛様の弟だぞ。弟が兄ちゃんに会いてぇって言ってんだ。鎌倉とか、御家人とか、そんなもん関係ねぇんだよ」

「とにかくここより一歩でも鎌倉に近付くことは相成りませぬ。退かぬと仰せの時は」

「仰せの時はなんだってんだ。言ってみろよ」

「まぁまぁ三郎はん」

頭に血が上った盗賊上がりの郎党を、重家はにこやかにたしなめた。どれほど三郎が剣呑な気とともに挑発を繰り返しても、眼前の侍は眉ひとつ動かそうとしない。こちらが刃向かえば、躊躇なく刃を交える覚悟なのだ。

主は兵を前にしてもなお、都と変わらぬ緩んだ顔でぼんやりと虚空を眺めている。いったいなにを考えているのかと不安になるが、いまはいきり立つ仲間たちのほうが気がかりだ。挑発にしびれを切らし、主の命を待たずに三郎あたりが飛び出しはすまいか。その時はなにがあっても止める。重家が動くのは主の命が下ってからだ。あくまで己は義経の郎党なのである。荒縄を巻いた柄を握る手が汗でびっしょりと濡れていた。

思惟に埋没している重家の目が、兵のなかより駆けて来る新手の一団を捉えた。数騎を従えてむかって来る中央の男に見覚えがある。男の姿を認めた三郎から、舌打ちが聞こえた。

「なにを手間取っておる」

三郎と押し問答を続けていた騎馬武者に、男が声をかけた。

「こ、これはっ……。時政様」

声をかけられ驚いた騎馬武者が、男の名を呼んだ。騎馬武者を押し退けるようにして義経と騎乗のまま相対したのは、酒匂宿で宗盛親子と共に鎌倉にむかったはずの北条時政であった。

「御主か」

主が吐き捨てるように言った。

鎌倉での権勢は頼朝に次ぐものだと聞いている。北条が与したからこそ、頼朝は起てたと言っても過言ではない。いまの鎌倉の隆盛の元を築いたのは己だと言わんばかりの自負が、高慢な顔つきに表れていた。

時政は頰の肉をひくひくと小刻みに震わせながら、つんと顎を突き出し見下すような様子で義経に酷薄な視線を送っている。

三郎をはじめとした郎党たちから殺気が立ち上り、不穏な気配が両者を包む。頼朝の間近に侍る御家人の筆頭である時政は、いわば義経排斥の急先鋒でもある。

仲間が荒ぶるのも無理はない。日頃、温和な忠信でさえ、目を血走らせている。忠信は屋島で兄を失っていた。忠信にしてみれば、兄を犠牲にしてまで成し遂げた平家追討なのだ。その功を台無しにされたのである。怒らぬほうがどうかしている。

しかし……。

重家はそこまでの怒りを抱けずにいる。

ちらと弟に目をやった。怒りで体を震わせる郎党たちのなか、重清もまた兄同様、冴えた顔で静かに成り行きをうかがっている。

「この者から仔細はお聞きになられたはず」

時政が言った。嘲りが口調に滲んでいる。やけに癪に障る声を、主は微笑のまま受け止めた。

「聞いたぞ」

主が平然と答える。それが気に喰わなかったのか、時政は咳払いをして馬上の主をにらんだ。

「ここより一歩も鎌倉に近付くことまかりならぬと伝えたのであろうの」

義経から先刻の騎馬武者に顔をむけ、時政が問う。男は恐縮を全身で表すように肩をちいさくすぼめながら、首を何度もがくがくと上下させ、申しました申しましたと同じ文言を繰り返す。

ふんっという小さな息に蔑みを満たしながら、時政は男に一瞥をくれてからふたたび義経を見た。

「御退きなされよ九郎殿」

「お前ぇなんかにゃ用はねぇんだ、下がってろ」

「黙れ下郎。郎党風情が対等な口を利くでないわ」

割って入った三郎を冷淡に律する時政の姿に、郎党たちの怒りは掻き立てられてゆく。下郎呼ばわりされた三郎が、腰の柄を握りしめた。

暴発だけはなんとしても止めなければ……。

重家は皆に気取られぬよう、馬の荷から鉄棒をゆっくりと引き抜いてゆく。

その時、時政の細い目が重家を捉えた。

「ん、御主は熊野の鈴木重家ではないか」

息が止まる。

「武衛様より甲斐国に所領を与えられておるはずだが」

そう……。

義経の遺いとして鎌倉に行った弟は、平家追討の功によって重家に所領が与えられるという報せをもたらしたのであった。

「なんだとっ」

三郎が声を上げ、鉄棒を握りしめる丸い顔をにらんだ。

「重家、手前ぇ」

もう少し。

ここにいたかった。

が……。

よもや鎌倉第一の御家人の口から皆に知らしめられようとは思ってもみなかった。

強張る頬を必死に笑みに象《かたど》りながら、重家は仲間たちに想いをぶつける。

「い、いや……。わては熊野の地侍やから、ほ、ほら一応、地元じゃ名家っちゅうことで通ってるし。ほらあの、そこんとこを武衛様も色々と」

我ながら口にしていて呆れるほどの、情けない言い訳だ。

「なにが武衛様だ、この野郎」

三郎の怒りの矛先が重家にむかう。

「褒美が与えられたんやから、本当なら領国にむかわなあかんかったんやけど、兄貴はも少し九郎殿のとこにいたい言うてな。皆になんて言うたらええかわからへんって、ずっと悩んでたんや。すまんかった。兄貴が領地を得たんはほんまや。そいで、謝るついでに言うけど、慣れん甲斐国で苦労する兄貴助けなあかんねん。せやさかい、俺も一緒に甲斐に行くことにしたわ」

見るに見かねた弟が助け舟を出すが、兄と同様の情けない言い訳しかできない。

「諍いならここを去ってからすればよかろう。とにかく、このまま九郎殿とともに我等に刃向うというのなら、其方への褒美もなくなると思え」

いきり立つ三郎を無視して、時政が重家に言葉を投げる。

郎党たちが熊野の重家の言葉を待つ。

領地か。それとも仲間か。

皆がいたからここまでなんとかやってこれた。褒美を得たのも、主と仲間のおかげだ。

腹は決まった。欲得など糞喰らえだ。

重家は笑う。

「儂は……」

「行け」

重家の言葉を割って、主が馬上から言った。分厚い瞼の奥にある真ん丸な目玉がこぼれ落ちるほどに、重家は目を見開いて主を見上げる。

「九郎殿」

続きを言わせまいと三郎が吠える。しかし主は荒ぶる元盗賊を見ずに、重家と相対しつつ穏やかに続けた。

「御主はなんのために我に仕えたのだ」

「そ、それは……」

なんのために。

欲得のために。鈴木家のために。己のために。

「望みが叶ったんだ。胸を張って去れば良い」

「九郎はん」

熱い。馬上で微笑む主の姿が霞んでいる。

「兄者」

いつの間にか隣に立っていた重清に肩をつかまれる。そのまま弟が、馬上の主に深々と頭を下げた。肩をつかんだ手に力が籠もる。兄者も頭を下げろと言っている。

「ほんまにおおきに。九郎殿の側で仕えさせてもろうたからこそ、兄貴は武衛様から領地を貰《もろ》うたんや。この御恩は一生忘れまへん」

「ちょっと待てよ重家。この話は俺たちをばらばらにしようっていう……」

「止めろ」

怒りの声を吐く三郎に、主が毅然とした態度で言葉を浴びせた。

「でもよぉ」

「三郎、それに皆も良く聞け」

郎党たちを見渡し、主が語る。

「俺は御主たちを主従の鎖で縛ろうとは思わぬ。俺の元を去りたい者は遠慮せず去れ。重家は己の望みを果たしたのだ。俺の元にいる意味はもうない」

主の元にいる意味はもうない……。

胸の奥がちりちりと痛む。

「これまで世話になった。御主たちの働きがあったからこそ、俺も平家追討という宿願を果たすことができた。礼を言う」

重家は乱暴に首を左右に振った。頬が涙で濡れる。

「そ、そんなこと言わんとってぇや九郎はん。そんなこと言われたら、わて……」

「行け」

情を断ち切るように、主が冷たく言い放った。その手が、重家が鉄棒を取り出そうとしていた馬を指す。

「弁慶、荷を下ろせ」

「おい止めろっ」

三郎の言葉を聞かずに弁慶が淡々と馬から荷を下ろす。

「そっちも」

喜三太が引く馬からも荷を下ろさせる。

「駄馬で済まぬが俺からの褒美だ。受け取ってくれ」

「そんな」

「遠慮するな」

弟が喜三太の馬に飛び乗る。

そう……。

ここが潮時。

頬を濡らしたまま、重家は馬にまたがった。

「すんまへん。ほんま、すんまへん」

涙声のまま重家は何度も頭を下げる。

「行け重家、重清」

穏やかな主の声に背を押される。

「はい」

前を行く弟を追うように重家は主に背をむけ馬を走らせた。

四

重家が去ると、主はなにもかもを諦めたかのように、素直に時政の命に従った。三郎を筆頭にした荒ぶる郎党たちの言葉には耳を貸さずに、主は金洗沢を後にして腰越《こしごえ》の宿に入ったのである。弁慶はそれに素直に従った。

腰越に入ったその夜、主は頼朝の腹心であり、政においての兄への窓口でもある、大江広元《おおえのひろもと》に宛てて書を認《したた》めた。広元宛てではあるが、その内容は頼朝にむけてのものである。

己に二心はない。賞されるべき己が何故罰せられるのか。御家人の讒言に惑わされず、会って話を聞いて欲しい。

兄に対する忠節を記した書であった。

しかし、十日ほども腰越に足止めされ、結局弁慶たちは都へ戻った。主が認めた書状に対する返事がもたらされることはなく、代わりに下された命は、頼朝との対面を終えた宗盛親子を引き連れて京へ戻れという冷淡なものであった。

近江篠原《しのはら》の宿に辿り着いた義経は、頼朝から受けていたもうひとつの命を果たすために、鎌倉から同道していた橘《たちばなのきみなが》公長を呼び寄せた。

「宗盛と清宗の首を刎ねよ」

下座で平伏している公長が重い声で承服の意を示す。

鎌倉から宗盛親子を連れて腰越に来た御家人から兄からの命を聞いた義経は、使者が去り郎党だけが残った部屋で怨嗟の言葉を口にした。

「これで兄上の心の裡が見えた」

そうつぶやいた主の目に宿っていたのは、失望でも哀切でもなかった。怒りである。歯を食いしばって虚空をにらむ姿を見て、弁慶は主の胸に熱い物が宿るのを感じた。

ついに壇ノ浦から義経の魂が帰還した。

平家追討で燃え尽きていた主の心に、兄への憎しみがふたたび小さな火を点けたのだ。

このままでは終わらない。怒りは主を突き動かす唯一の糧である。目覚ましい武功を挙げてこられたのも、平家追討という宿願を果たさんとした結果なのだ。平氏への憎悪から生まれ出る怒りに身を任せ、常人には計り知れぬ力を発揮したことこそが主を戦神たらしめたのではなかったか。兄に責められ、御家人たちに蔑まれ、うなだれるなど主には似合わない。常に抗い、敵にむかって刃を振るう姿が義経には良く似合う。

宗盛親子は公長によって首を刎ねられた。都へと持ち帰った義経は、六条河原に親子の首を晒した。しかし、これですべてが終わったわけではない。

鎌倉の頼朝は、真綿で首を絞めるように義経を追い詰めてゆく。

主の叔父である行家は、頼朝挙兵のきっかけともなった以仁王の令旨を、日ノ本に散らばる源家の武士へともたらした男である。一時は義仲と行動をともにし、袂を分かってからも河内、和泉《いずみ》両国を根城にし、暗躍を続けてきた。

鎌倉になびかぬ叔父を、頼朝は見逃すことはなかった。近江の佐々木定綱《さだつな》に行家追討を命じ、義経もこれに従わせんとしたのである。

「生憎《あいにく》、主は病にござりまして床を出ることもままなりませぬ。今日のところは、何卒……」

上座で口をへの字に曲げる男にむかって、弁慶は深々と頭を下げた。隣で忠信も額を床にこすりつけるようにしている。

「真か。真に病に相違ないのだな」

高いところから高慢な声が降ってくる。父に似た偉そうな口振りであった。上座から弁慶たちを見下ろしているのは、梶原景時の嫡子、景季である。

「相違ありませぬ」

この男も父の讒言に加担しているはず。三郎あたりをこの場に座らせたら、なにをするかわからない。主の許しを得ずに、首を刎ねてしまうやもしれぬ。故に、景季の到来を知った弁慶は忠信と二人で応対している。奥の部屋で、義経は息を潜めて成り行きをうかがっていた。もちろん病など嘘だ。

「鎌倉からの御下知でありますれば、拙僧から主へと伝えておきまするが」

景季が首を振る。この男とは、壇ノ浦の戦の前夜、主と景時を交えての諍い以来の再会である。壇ノ浦の折には、内海へと味方が押しやられるなか、みずからの手勢を流れの緩やかな岸近くに導いて、そこで敵を待ち伏せて戦ったらしい。多くの敵を屠ったということだが、主以外の者の武功など弁慶にはまったく興味がなかった。

「武衛様直々の御言葉である故、九郎殿に御会いして伝えねばならぬ。病とあらば致し方なし。後日また伺おう」

「お心遣い痛み入りまする」

景時の子である景季を憎く思わぬ郎党はいない。いわばこの屋敷は敵の只中である。長居は無用とばかりに、景季はそそくさと帰っていった。

「十中八九、叔父御殿のことでしょうな」

主従の別なく車座になった義経一党の輪のなかで、弁慶が言った。

「病だって全然信じてないって顔してましたね」

忠信の声にうなずき、弁慶は主へ目をむける。

「武衛殿の命とは、行家殿追討への従軍でございましょうな」

「景時の餓鬼を先に追討してやっても良いんだけどな」

三郎が、己が掌に拳を打ちつけながら笑った。

義経は行家と結託している。金洗沢と腰越での頼朝の対応、そして宗盛への所業で、主は腹を括った。河内、和泉両国に兵を養う行家の戦力を当てにしたのである。声をかけてきたのは叔父のほうからであった。頼朝を恐れる行家は、武勇の誉れ高き義経を己が陣営に引き込もうとしたのである。渡りに船。義経は叔父の申し出を受けた。

「またそんな無理なこと言って」

吐き捨てるように喜三太が言った。福原での戦から一年余り。数多くの戦を潜り抜けた若き郎党は、すっかり大人びた風貌になっている。

「んだと、この野郎」

右目を大きく開いてにらみつけてくる四十がらみの同朋に、最年少の郎党は平然と抗う。

「景季を斬れば、もう後には戻れませんよ。行家殿との間に十分な策が練れてもいないのに、我等だけで軽率なことはできないでしょ」

「そりゃあよぉ」

「そんなことわかってるくせに、いちいち口を挟んで話の腰を折らないでくださいよ」

言い返そうとした三郎に流暢な言葉で応酬する喜三太の物腰は堂々としたものだった。成り行きをうかがっていた主が、おもわず吹きだしてしまった。三郎が口を尖らせる。

「九郎殿」

「すまぬ。あまりにも喜三太の申す事がもっとも過ぎて、御主が可哀そうになったのだ」

口を尖らせたまま天井をにらむ三郎を放っておきつつ、主が弁慶を見た。

「叔父上を討つわけにはゆかぬな。ということは兄上の命には従えぬということだ」

黙したまま弁慶はうなずく。そして、傷が横断する駿河次郎の顔に視線を送る。

「御主はどう思う」

陰気な郎党は、いきなりの問いにも動じない。

「範頼殿をはじめとした御家人たちが続々と九州から戻っております。いまや鎌倉で九郎殿を同朋だと思うておる者はおりませぬ」

「罪人か」

義経のつぶやきに、次郎は冷徹な答えを述べる。

「恐らく景季は行家追討に従うよう言うて来ましょうが、真意は別のところにあるかと」

「様子見だろ」

天井をにらんだまま三郎が言った。皆の目が盗賊上がりの郎党に集中する。

「九郎殿が素直に承服すればそれで良し。断わるようなら翻意ありと」

「景時の息子らしい役回りだな」

笑みを浮かべてつぶやいた義経の瞳に、平氏追討に奔走していた頃の仄暗《ほのぐら》い輝きが宿っている。

「三郎の申す通り、あの卑屈な顔を体から切り離してやろうか」

「おっ、そりゃ良い九郎殿っ」

調子を取り戻した三郎がにやけ面で膝を叩く。それを見て喜三太が溜息を吐いた。

「できるわけがないでしょ」

「戯言じゃ」

若い郎党に告げた義経が、皆を見渡す。

「腹を探ってやろうではないか」

主の目には、平氏追討の頃の純心さはなかった。暗く邪な光を宿した瞳が見据えている敵は、実の兄なのである。しかも今回の相手は、日ノ本の武士の大半を支配下に治めている。

「景季の再訪を待とうではないか」

三日もせぬうちに景季はふたたび屋敷を訪れ、今度は義経自身が応対した。

脇息《きょうそく》を横にして置き、その上に両腕を乗せ、体を支えるようにして座る。下瞼や頬にかすかに陰が揺蕩っているのは、炭を使った化粧であった。窶《やつ》れきった芝居をしながら、義経は上座から景季を見下ろす。そんな主を、弁慶は部屋の隅で他の郎党たちとともに見守る。

「過日は申しわけなきことをいたした。急な病のため、座っておるのもやっとという有様でな」

顔を傾けながら義経が言うと、景季は咳払いをひとつして首を左右に振った。

「ならば手短に」

眉根に皺を寄せながら景季は背筋を伸ばす。

「佐々木定綱殿に行家追討の命が下り申した。佐々木殿に従い、九郎殿にも出陣の下知が武衛殿より下されておりまする」

「そうか叔父上を」

そこで義経は咳込んだ。芝居っ気たっぷりな主の様に、三郎の頬が緩む。景季に悟られてはならぬとばかりに、四十がらみの郎党はうつむいて顔を隠す。

「いますぐにでも出陣したいのは山々なのだが、生憎この有様。武衛様の命とあらば叔父を討つことに躊躇いはない。だが、これでは……」

そこまで言って咳をする。景季は眉根を寄せて、上座をにらむ。

「さすれば佐々木殿に」

「いや待たれよ。行家は我が叔父なれば、余人に討たせるわけには参らぬ。病が癒えて後、我みずからがかならず討つ故、そのように武衛様に申し伝えてくれまいか」

「行家追討を待てと」

「頼む」

脇息にもたれかかりながら、義経が頭を下げる。

「九郎判官義経の頼みじゃ。くれぐれもこのこと鎌倉の兄上に伝えてくれ」

「しかし」

「頼む」

義経は景季を無理矢理うなずかせ、景季を鎌倉に戻すと主はすぐさま法皇に謁見し、頼朝追討の宣旨を己と行家に下してくれと頼んだ。

兄への謀反ではない。

朝廷から領国支配の権を奪おうとしている朝敵を追討する大義の戦なのだ。その筋道を整えるため、己を寵愛している法皇を利用しようとする義経の巧妙な策略であった。

「宣旨さえ下されれば、叔父御の兵だけではない。兄のやり方に不満を持つ日ノ本じゅうの侍が俺の元に集う。もう一度この国をふたつに割って戦うぞ」

兄との決別を意識するほど、義経は輝きを増してゆく。総身から立ち上る気配が邪悪な闇に染まってゆく。もはや鬼は弁慶ではなかった。主こそが真の鬼だ。戦いを求めて止まぬ戦の鬼。

戦の神は鬼の神となった。

しかし敵もさるもの。機先を制したのは鎌倉の頼朝だった。

異変を最初に悟ったのは駿河次郎である。

「皆、起きるのじゃっ。敵じゃっ、襲撃ぞっ」

深夜であった。次郎の叫びより数瞬遅れて、義経の六条堀川の屋敷はおびただしい喊声に包まれた。

すでに兄との対立を決意した主従である。いかなる変事にも即座に対応できるだけの備えはしていた。枕元に得物を置き、芯から眠ることを禁じていた。故に次郎の叫びとともに弁慶たちはすぐさま臨戦態勢を整えることができたのである。

敵は六十騎ほどであると知れたのは後のことであった。懸命に戦ううちに、異変を聞きつけた行家が軍勢を引き連れ義経の屋敷に現れると、敵は散り散りに逃げ去った。この騒動が終わった明くる日、ついに法皇は義経と行家に頼朝追討の宣旨を下した。

襲撃の首謀者が鞍馬山で捕えられたのは、その九日後のことである。

「其方が夜討ちの長か」

縄を打たれた坊主頭の男の面前に立ち、義経が問うた。六条の屋敷の庭である。郎党たちとともに、叔父の行家も義経の隣で男を見下ろしていた。

「此奴は土佐房昌俊《とさのぼうしょうしゅん》なる大和の坊主らしい」

顎を突き出し汚らわしいものを見るようにして行家が言った。細い顔に不釣り合いなほどに大きな目が印象に残る異相である。白目が病かと心配になるくらいに黄色く染まっていた。

「坊主のくせに御家人の末席を汚し、九郎殿の首欲しさに夜襲などしおった下賤《げせん》の者よ」

行家の軽口に義経の郎党たちが眉尻を震わせた。主の元に集う者は、行家に言わせれば下賤の者揃いである。叔父の言葉を聞き流しながら、義経はしゃがんだ。両腕を後ろで縛られながらも、主を毅然と見据える昌俊は、味方である叔父よりも、よほど精悍《せいかん》で力強かった。

「御主のおかげだ。礼を言わねばなるまい」

主は優しく語りかける。昌俊は眉ひとつ動かさない。驚いたのは行家だった。

「なにを申されておるのじゃ九郎殿」

「其方が俺を襲ってくれた故、法皇様は頼朝追討の宣旨を御下しになられた。御主の軽挙のおかげで、大義は俺のものとなったのだ」

叔父の言葉など聞こえぬといった調子で、義経は昌俊に語りかける。

「御主が頼朝に命じられたのか、功を焦って兵を挙げたのかは知らぬが、鎌倉は大きなしくじりをしおった」

「下郎めが。謀反人である其方になどっ……」

抜く手を見せず主は腰の懐刀で昌俊の鳩尾を貫いた。そしてそのまま頑強な男の肩を抱くようにして体ごと抱え込んだ。二人の体が触れる。主の掌中にある懐刀は鍔元《つばもと》までしっかりと、昌俊の体に呑みこまれていた。

「いずれが謀反人か、これよりはっきりするが、もう御主がそれを気に病むことはない」

言った主の腕に力が籠もる。それと同時に昌俊の口から重い唸り声が漏れた。

義経の遣り様を郎党たちは黙ったまま見守っている。どうして良いのかわからぬといった風情で、叔父だけが顔を左右に振りながら体を小刻みに揺らしていた。静かに刃を引き抜き、主が素早く立ち上がる。心の臓を破って息の根を止めたから、鳩尾の傷口から血潮がほとばしる。それを軽やかな身のこなしで避けながら、義経は郎党と正対した。

「頼朝を討つ」

揺るぎない言葉が弁慶を震わす。

源家の血は鬼の血か。二人の父が鎮西八郎為朝と骨肉の争いを繰り広げたように、義経と頼朝、二人の源家の血を引く男もまた、ともに天を戴かぬ身の上なのだ。

「行くぞ弁慶っ」

戦神の帰還に、弁慶は震えを抑えきれなかった。

肆　戦の神と戦の鬼

一

喜三太にとって、主といえば義経しかいなかった。他の者を主と仰ぐつもりはない。

奥州に生まれた。父は平泉の侍たちの馬を世話する下人だった。幼い頃から父に馬の扱いを学んだ。己も父と同じように、馬の面倒を見ながら一生を終えるのだと思っていた。

下人。

人の下、である。主の道具でしかない。生きているから飯を喰い、糞をするし、言葉もしゃべる。だが、主や他の侍たちとの間には、越えることのできない大きな壁が立ちはだかっているのだ。それが当たり前なのである。世の仕組みなのだ。喜三太たちを見下す奥州の侍たちも、奥六郡《おくろくぐん》から一歩足を踏み出せば、大和の者たちから蝦夷と呼ばれ人ならざる者のごとき目で見られる。そんな大和の者たちもまた、都の公家から言わせれば人とは呼べぬ。

人は人を見下し生きている。

我慢がならなかった。

己と、己を見下す者のなにが違うというのだ。手も足も二本ずつ。頭はひとつ。

馬の扱いならば、侍たちに負けはしない。それでも下人である喜三太は侍たちにとっては道具でしかないのだ。いくらでも替えが利く。そうやって軽んじているのが、態度や言動に透けて見えるのが腹立たしかった。しかし、想いが言動や態度に透けて見えるのは、喜三太も同様であった。下人という身を不服に思っているから、自然と生意気な態度になってしまう。当然、主から疎まれる。扱いづらい奴だと遠ざけられる。

それでも良かった。

へりくだらなければ喰っていけないようなら、死んだほうが増しだと思っていた。そんな喜三太を穏やかな父や母はずいぶん持て余していたようである。侍たちからは面倒な下人だと遠ざけられ、父母からも諦められた喜三太は、平泉の鼻つまみ者となった。

義経に会ったのはそんな時である。都から来た源家の子息の馬の世話を仰せつかった。年が近かったこともあったのであろうが、都から来た厄介者の相手を、鼻つまみ者にさせようという大人たちの思惑があったのだろう。別に断わる理由もないから、義経に仕え始めた。

不思議な男だった。

「秀衡殿の情けに頼らねば今日の糧にも窮する身。誰かに頭を下げられるような男ではない」

そう言って笑う義経の言葉に嘘はなかった。第一、下人である喜三太に嘘を吐く必要などない。心底からの言葉であることは、ともに暮らす日々のなかで喜三太の心に染みわたった。

みずからが源家の棟梁の子息でありながら、義経は人に垣根を作らない。侍であろうと下人であろうと、男であろうと女であろうと。義経は立場など眼中になく人と接する。

だから彼の元に集まる郎党たちは、侍であることのほうが珍しい。僧に盗賊に猟師。侍は奥州の佐藤兄弟と、義経の元を去った鈴木兄弟だけ。それでも彼等は、真の武士の何倍もの働きを義経の元でして見せる。

主のために。

その想いがあるから、火中の栗を拾うことを厭う者は一人もいない。

義経が奥州を離れると知った時、従って平泉を出ることをなんの躊躇いもなく決めた。初めは馬を扱う下人でしかなかったが、数々の戦場で郎党たちに混じって戦ううちに、主もいっぱしの郎党として見てくれるようになった。いまも姓は与えられていないが、そんなことはどうでも良い。皆と同じように得物を与えられ、戦力として勘定されているだけで十分だった。

だから、日ノ本全土の侍を敵に回しても、喜三太は義経に仕え続ける。

この命が果てるまで。

主の元に兵が集まらない。

法皇の宣旨を得ての正式な出兵要請だというのにである。主は伊予守に任じられ、そのうえ西海道、山陽道における荘園領の官物納入に対する権利まで得ていた。両道における統率権を法皇によって保証されたのだ。主とともに、叔父の行家も四国の権益を与えられていた。主と行家が出兵を要請すれば、西国、四国の荘園領を管理している侍たちは頼朝討伐のための兵を差し出さなければならない。だが、侍たちが従ったのは鎌倉であった。頼朝と関東の御家人によって所領安堵を保証された国人たちは、主たちの再三の出兵要請に応じることはなかった。

源平の争乱のせいで、侍たちは戦に飽いていたのだ。

迷っていた国人たちの心を決めさせたのは、頼朝の迅速な動きであった。みずからを追討せよという宣旨が出たことを知った頼朝は、平氏との騒乱の時にも上げなかった腰を上げ、上洛しようという態度を示したのである。頼朝が御家人たちを引き連れ、都へと上るという報せは、迷っていた国人たちの腹を決めさせた。けっきょく、主に従おうとする者はついに現れなかった。

頼朝が兵を引き連れ京に迫って来ようとしているのに、満足な兵が集まっていない。

主は戦わずして、叔父とともに都を出た。西国に赴き、みずから国人たちを口説き落とし、兵を集めるためである。喜三太や他の郎党も、当然従った。

途中、淀川《よどがわ》の河口で鎌倉御家人、多田行綱の襲撃を受けたがなんとか退け、摂津大物浜《だいもつはま》より、西国を目指して船出した。主に付き従った侍は、平時忠の息子である時実《ときざね》、藤原良成《ふじわらのよししげ》のみ。

壇ノ浦の戦の後、捕虜となった時忠の娘を主は嫁にしていた。時実は主の義理の兄弟ということになる。藤原良成は、主の実母が再嫁した藤原長成《ながしげ》の子で、異父弟であった。けっきょく、最後まで主に従ったのは主従の契りを交わした郎党を省けば、こうした縁者だけだったのである。

西国を目指した船が、大風を受けて転覆した。辛くも和泉国に漂着して助かったものの、行家やその手勢とは離れ離れになり、主の元に残されたのは喜三太たち郎党と、都での暮らしのなかで深い仲となっていた静《しずか》という名の白拍子《しらびょうし》だけであった。

散々である。

屋島での戦に臨んだ際には、この時以上の大風と波に襲われたというのに海を渡ることができた。なのに何故、主みずからが雄飛せんと画した船出で、こうも容易く船は覆ってしまったのか。喜三太には納得が行かない。戦場で雌雄を決するより前に、戦わずして敗れたような心地である。一命を取り留めた主は、郎党と静を連れて吉野山《よしのやま》へと逃れた。

「如何なされまするか」

木陰で休息する義経の前にひざまずき、弁慶が問うた。山伏に身をやつした弁慶の背を、同じく山伏に扮した喜三太は、木の根元に腰を落ち着けながら見守っている。船が転覆した際に、馬はすべて失った。喜三太が面倒を見るべきは、己が身と主だけになってしまった。

笈《おい》を担いだ姿が堂に入っている弁慶が、主に穏やかに告げる。

「吉野の悪僧どもが九郎殿にかけられた褒賞を狙うておるとの由、これより先は九郎殿も山伏の姿になっていただきとうござりまする」

「どこにむかう」

「ひとまず多武峰《とうのみね》へと。あそこの妙楽寺《みょうらくじ》には、伝手がござりまする。つきましては……」

遠くで休んでいる静に、弁慶が密かに視線を送ったのを喜三太は見逃さない。たしかにここから先は女は足手まといだ。

「これよりはいっそう険しき道中となりまする」

「わかった」

すべてを言わさず、主は弁慶にうなずいてみせた。喜三太は黙して二人のやり取りを注視する。

「静」

主が女の名を呼ぶ。

都随一の美貌との呼び声高き白拍子は、長い睫毛を伏せながらいまにも泣きそうな顔である。主の決意を薄々感じているのだろう。このような山道に残して行くのは哀れとも思う。だが、女連れでゆるゆる進むような旅ではないのだ。たとえ天に見放されたとしても、主は決して諦めないだろう。兄を討つと決心したからには、なんとしても生き延びなければならないのだ。そのためには、哀れなどという悠長なことを言ってはいられない。

「御主は都に戻れ」

息を吞む静を毅然と見つめ、主は有無を言わさず続ける。女への情が薄いのか、喜三太は別段なんとも思わない。足手まといは、さっさと見捨てたほうが良いのだ。

「雑人を付ける故、御主は山を下りろ」

主が言った雑人が己のことだと、喜三太は端から思っていない。

「下りろ。わかったな」

我儘を聞いてやるような暇はない。きっぱりと言い切った主に、喜三太は心中で喝采を送る。

主は、静にあるだけの金銀と雑人を与え、別れた。もちろん静に与えられた雑人は、都で雇い入れた者たちであった。

雪の山道を山伏姿で踏み分けてゆく。目指す多武峰はまだまだ遠い。

「ちょっと待ってくれ九郎殿」

先導する弁慶を追う義経を呼び止めたのは、列の中程にいた三郎であった。一行は何事かと立ち止まり、薄ら笑いを浮かべている盗賊上がりの郎党に視線を送る。義経に従っていた喜三太も、皆とともににやけ面の三郎を見た。

「俺ぁこの辺で、別の道を行く」

「なに言ってんだよ、あんたっ」

喜三太は思わず叫んでいた。

「ここまで来て、九郎様を見捨てるつもりかよ。あんた義仲を討ったって威張ってたじゃねぇか。宗盛を捉えたって自慢してたじゃねぇかっ。分が悪くなったからってなんだってんだ」

山伏姿の三郎の襟元《えりもと》に縋《すが》りつき、喜三太は叫びながら激しく揺さぶる。

重家と重清は侍だ。知行を得たから去るのはわかる。だが三郎は元は盗賊だ。喜三太とさほど変わらぬ身の上ではないか。義経がいるからいまの己がいる。その想いは三郎も同じはずだ。こんなところで道を分かつなど許さない。

力強い掌で手首を握りしめられ引き剝がされ、三郎はにやけたままで言葉を投げてきた。

「俺ぁ、九郎殿のためにここで道を分かつって言ってんだよ」

喜三太の心を読んだように優しく言った三郎の目が、義経にむいた。

「上野に行って、昔の仲間を集めてくらぁ」

三郎は上野で盗賊の首領をしていた。その頃の仲間のことだ。

「仲間だけじゃねぇ。昔馴染みの侍たちにも声をかけてみらぁ」

諦めていないのだ。

自然と目の奥が熱くなる。

兜巾《ときん》を着けた喜三太の頭を、三郎が力強くつかんだ。そのまま、ぐるぐると回しはじめる。

「止めろよ」

「うるせぇ泣き虫が」

喜三太の頭を弄びながら、三郎は主を見たまま問う。

「まだ諦めてねぇんだよな」

固く口を結んだ主が力強くうなずいた。三郎の口許が嬉しそうに吊り上がる。

「そうこなくっちゃ。やっぱあんたは俺が見込んだ男だぜ。いつだったかなぁ。梶原の野郎が、あんたのこと大将にゃなれねぇなんて言ってたが。あんたは俺にとっちゃ最高の大将だ」

ぐりぐりと喜三太の頭を回し、三郎はにこやかに続ける。弄ばれながら、涙が止まらない。

「かならず上野で兵を集める。合流する場所はひとつしかねぇ。そこで待っててくれ」

「何処だよ」

たまらず喜三太はたずねる。

「奥州に決まってんだろ。頼朝と雌雄を決するにはあそこの爺ぃを頼るしかねぇ。そうだよな」

平泉……。

主が頼るべき地は、やはり平泉しかないのか。一度は捨てた故郷に、帰ることになろうとは。

「そういうことならっ」

忠信が気楽な声とともに手を挙げた。

「俺もここで別れます」

「どこに行くってんだよ」

頭を回されながら喜三太は、蝦夷の男に問う。継信が死んだいま、蝦夷は己と忠信しかいない。平泉に戻るというのに、何故別れなければならないのか。

「都に戻って吉次と会おうと思います」

義経を平泉へと導いた奥州の金商人だ。

「いるのか都に」

「さてねぇ」

弁慶の問いに首を傾げて答えた忠信は、肩の力を抜きながら言葉を継ぐ。

「いなくても、あの人の店に行きゃ繋ぎは取れますからね」

「吉次と会ってどうする」

今度は主が問うた。喜三太は頭を回されながら、成り行きをうかがうしかない。良い加減、気持ち悪くなってきた。いつの間にか涙は乾いている。

「奥州の金を使って法皇の取り巻き連中を動かすんですよ。もう一度、九郎殿に肩入れしてもらって」

忠信が指を突き立てる。

「平泉に頼朝追討の綸旨《りんじ》を貰うんですよ」

「奥州の老いぼれの尻を叩くってんだな」

三郎の飄然とした問いに、忠信はうなずきで応える。

「綸旨が下れば、いかに腰の重い秀衡様でも戦うしかなくなるでしょ。だって、頼朝が黙ってないでしょうしね。戦わなけりゃ奥州はなにもしないで滅ぼされますよ」

まだ……。

誰も戦うことを諦めていない。主の呼びかけに、日ノ本の侍たちは誰も従わなかったが、ここにいる者たちだけは、主を信じて疑わない。

これまでも。

そしてこれからも。

「まぁ少しの間の別れですが、俺がいなくても大丈夫でしょ」

忠信が問うたのは義経ではなく、弁慶だった。

「三郎が去るのだ。重家は甲斐だ。面倒を起こす者はおらぬ。大丈夫だ」

「どういうこったよ、そりゃ」

片方の目を思い切り開いて三郎が弁慶に詰め寄った。まだ喜三太の頭は回り続けている。

いきなり首のあたりで、骨が鈍い音を立てた。

「痛っ、ちょっと止めろっ。首が……。首が、ごきって言ったぞっ」

喜三太は叫ぶが、三郎は止めない。

「ちょっと、本当に痛い、痛くなってきたって。止めろ三郎っ。止めて本当に」

「すまねぇすまねぇ」

大声で笑いながら、三郎が一度激しく回してから頭を放った。そして喜三太の背中を思いっきり叩いた。

「お前ぇが一番若けぇんだから、九郎殿をしっかり支えんだぞ。わかったか喜三太っ」

「痛ぇぇぇっ」

飛び跳ね叫ぶ喜三太を見て、郎党たちが笑う。主も声を上げて笑っていた。都を出てからひと月あまり。これほど皆が笑ったことはなかった。

三郎の言葉が身に染みる。背中のむず痒さに、年の離れた郎党の温もりを感じる。

一番若い己がしっかりと主を守らなければ……。

喜三太は胸にしっかりと刻み込む。

ひとしきり皆で笑った後、誰からともなく口を閉ざし、主従が輪になる。

「またな」

元気よく右手を挙げて三郎が背をむけた。

「頼みましたよ弁慶さん」

言って忠信が主に一礼する。

「しばしの間、御暇を頂戴します。綸旨を携え、かならず戻りますから」

「達者でな」

「はい」

顔をあげた忠信は笑みを浮かべたまま三郎の後を追うように、義経の元を去った。

「またなぁっ」

小さくなってゆく二人の背中に、喜三太はいつまでも手を振っていた。

二人が去っても喜三太の旅は終わらない。

多武峰に辿り着いた主であったが、そこが安住の地となるわけではなかった。主贔屓の多武峰の僧の勧めで、十津川《とつかわ》へと送られそこで主は、静が捕らえられたことを知った。

主が付けた雑人たちに金銀を奪い取られた静は、鎌倉に送られ北条時政によって調べられたという。どのような調べがあったのかわからないが、静は吉野山以降の主の道程を知らない。どれだけ静を責めてみても、手がかりを得られることはないのである。さすがに喜三太も、静のことを不憫に思う。不憫ではあるが、助けに行けるわけでもない。非情とは思うが見捨てるより他はないし、主も鎌倉に行くなど言いはしなかった。

頼朝は主の探索を名目に、諸国に守護と地頭を設置することを朝廷に迫った。主と行家に出した頼朝追討の綸旨という負い目と、鎌倉に臣従する諸国の御家人たちに対する恐れから、朝廷は素直に従った。守護地頭を設置することを認めた朝廷は、完全に鎌倉に屈服したのである。

朝廷をも屈服せしめた鎌倉は、和泉に潜伏していた行家を捕らえて首を刎ねた。頼朝追討を画した一翼がいとも容易く潰えたのである。

行家の死と守護地頭の設置により、鎌倉は主の捜索に力を注いでゆく。畿内全域の捜索が厳しくなってきたことを悟った主は、十津川を離れ比叡山延暦寺を頼った。一年ほどの間、主はこの地を動かなかった。郎党たちには語らなかったが、忠信を待っているのは誰の目にも明らかであった。奥州へと至る道々には鎌倉の手の者による関所が築かれ、抜けることは難しくなっている。吉報をたずさえた忠信とともに北に下るつもりなのだ。そのために主は、次郎を都に潜伏させ、動向をうかがっている。


「嘘じゃ」

目を伏せ、己の顔を見ようとしない駿河次郎の鼻を横切る傷をにらみながら、主がうわごとのようにつぶやいた。

「嘘に決まっておる」

「真にござりまする」

次郎が主の言を否定し、伏し目がちのまま言葉を続ける。喜三太は二人のやり取りを弁慶たちとともに見守るしかない。

「鎌倉から各地の御家人に伝えられておること故、まず間違いありませぬ」

「三郎が……」

喜三太は目を固く閉じて、嗚咽《おえつ》を必死に堪える。

三郎が捕らえられて首を刎ねられた。

己の頭を乱暴に振り回す四十がらみの暑苦しい笑顔が瞼の裏に浮かぶ。

「ふた月も前のことにござりまする」

都に密かに潜っていた次郎が叡山に戻ってきて主に報せてきたのは、あまりにも非情な現実だった。次郎の言葉の意味は理解できるのだが、信じられなかった。あの三郎が死ぬはずがない。次郎が言う三郎というのは、別の三郎で盗賊上がりのあの三郎ではない。しかし次郎は、そんな喜三太の感慨などいっさい忖度せず、容赦ない現実を立て続けに浴びせ掛けてきた。

固く閉じていた瞼を開き、涙でかすむ視界に主と次郎を収める。

「中御門《なかみかど》東洞院《ひがしのとういん》にて忠信が鎌倉方の侍どもに囲まれ、自害いたしました」

「た、忠信も」

「そんな……」

郎党の名を呼び言葉を失う主を前に、喜三太はおもわずつぶやいていた。

こんなことがあって良いのか。主の勝利のために道を分かった二人の男が散った。しかもどちらも一人きりで。

さぞや無念であったろう。

「嘘じゃ。嘘に決まっておる」

「九郎殿」

うわごとのようにつぶやく主の目を覚まさせんと、かたわらの弁慶が重い声で名を呼んだ。

「次郎が都で聞いてきたことでありますれば、まず間違いないと思いまする」

「黙れ。御主が見たわけではないのであろう次郎」

弁慶を律し、主が次郎をにらむ。真一文字に傷の走る顔が黙ったまま上下する。

「三郎と忠信が死んで辛くない者など、このなかにはおりませぬ。拙僧も、嘘であると思いたいのは山々にござる。しかし」

「黙れと申したのが聞こえなかったのか弁慶」

主がみずからの手を見つめながら、震えていた。

「俺が……。俺が殺したのか。継信も三郎も忠信も、俺の所為で」

「いまさらそのようなことを申されますするな」

床を叩き、弁慶が吠えた。義経は顔を上げず掌を見つめ続ける。

「九郎殿が戦場にあった所為で死した者は数多おりまする。継信、三郎、忠信だけが九郎殿のために死したわけではありませぬぞ。数多の屍を踏み越え、九郎殿はここにおられる。そしてまた、新たな屍を生み出さんとしておられる。死の因縁を断ち切りたくば、お逃げになればよろしかろう。が、もはや九郎殿が安穏と生きてゆける地はこの国にはござらん。それでも良いのであれば、拙僧は止めませせぬ。ここから先は、それぞれの道を行きましょうぞ。いずれ、三郎や忠信と同じ道を辿ることになりましょうが」

弁慶の言う通りだ。主に逃げ場はない。

「進むしかないのだな……」

掌から目を逸らし、主が郎党たちを見る。その瞳からは、悲しみは消えていた。

どうしてそんなにすぐに振りきれるのだろうか。喜三太は三郎と忠信の死を受け止めきれずにいるというのに、目の前で男たちは新たな一歩を踏み出すために動きだそうとしている。

「忠信が死したいま、叡山に留まっておる意味もない」

「それでは」

僧形の郎党が問うのに主は首を上下させてから、毅然とした声で告げる。

「奥州に行く。俺は屍を踏み越えて進まねばならぬ」

「どこまでも御供仕ります る」

床に額を付けながら弁慶が言った。喜三太以外の郎党たちも続く。

そう……。

我等の道はひとつ。

反逆こそが義経主従の唯一の旗なのだ。

脳裏で笑う三郎と忠信に別れを告げ、喜三太は主に頭を垂れた。

二

この男は長くはない……。

主に穏やかな眼差しをむける老人を見ながら、弁慶はしみじみと思った。

「ようやく愚かな息子が戻ってきたわ」

一段高い場所に背筋を伸ばして座る老人は、奥州の覇者、藤原秀衡その人である。義経に従い都から奥州へと旅をし、弁慶はこの地ではじめて彼の郎党となった。仕えるべき者を得た。

あれから七年。弁慶の脳裏にある秀衡の姿と、目の前の老人とがうまく結びつかない。たしかに面影はある。同一人であると思って見ているから、歳月の経過とともに老いたのだという感慨を得るのだが、なにも知らされず唐突に両者を垣間見た者がいるとすれば、間違いなく別人だと答えるだろう。衰えて皮がたるんだだとか、皺が増えたとかいう単純な変化ではない。

総身に死がこびりついている。

下座に控える義経を見つめる穏やかな瞳は、骨の形がはっきりとわかるほどに落ち窪んだ陰の中に埋もれているし、頬の肉は削げ落ち、口中の歯の形までうかがい知れそうなほどだ。血の気が失せて土気色をした肌はかさかさに乾いて、生者のそれとはとても思えない。誰が見ても、この老人は長くないと思うはずだ。現に弁慶の前に座る義経も、動揺の色を隠せずにいる。

やっとのことで平泉に辿り着き、柳御所に導かれ、いざ秀衡との対面となった時、広間に通された主の背中が、老人の到来とともに一度大きく跳ねたのを弁慶は見逃さなかった。肩の揺れは一瞬のことであったが、秀衡を目の当たりにした驚きが存分に表れていた。

「良う戻ってきた九郎殿」

声に圧がない。そのうえ掠れているから聞き取りづらい。そのあたりのことは、奥州の者たちもわかっている。左右に並ぶ泰衡を筆頭とした蝦夷たちの眉間に、沈鬱な陰がはびこっていた。主の背が自然と傾いてゆく。深く深く老人に頭を垂れながら、義経が震えた声を吐いた。

「七年前、私は秀衡殿が止めるのも聞かず、無礼な言葉を浴びせ、奥州を飛び出し申した。そのような私をふたたび温かく迎え入れて下さいましたこと。なんと礼を申せばよいのか」

そこまで言って義経は声を詰まらせた。本心から感極まっている。肩を震わす主を見ながら、秀衡も涙ぐんでいた。

「もう良い。もう良い。終わったことだ」

鼻をすすり、掠れた声で秀衡が言うと、いまにも朽ちて落ちそうな細い腕を宙に掲げ、ひらひらと骨ばかりの掌を振ってみせた。

「傍へ……。さぁ九郎殿」

「父上」

思わずといった様子で息子の泰衡が声を上げる。顔を息子にむけて、一度うなずいてから、老いた奥州の覇者はふたたび義経を見た。

「こちらへ」

うなずき、主が上座に寄る。それを泰衡が苦々しい顔付きで見守っていた。小刻みに震える老人の手が、そっと義経の肩に触れる。

「よくぞ、平氏を討ち滅ぼしたのぉ」

返す言葉が見つからぬのか、義経は何度もうなずくだけで、声を発することができない。

「其方が長門の海にて平氏を討ち滅ぼしたと聞いた時、儂は思わず叫んだ。やりおった、あの若武者がやりおったぞ。となぁ」

老人が乾いた笑い声を上げた。義経は顔を伏せ、声を震わせる。

「継信と忠信を死なせてしまいました」

「奴等は望んで九郎殿の郎党となったのじゃ。其方のために死ねたことを喜んでおろう」

またも主は声を詰まらせた。そんな主の肩をやさしく撫でながら、秀衡が語りかける。

「まずは疲れた体をゆっくりと休ませるが良い。衣川《ころもがわ》の対岸に屋敷を用意しておる。吉次からの土産も届いておるぞ」

「土産……」

「御主の奥方じゃ」

河越重頼の娘である。武蔵国の御家人であった重頼は、娘を義経に嫁がせていたため、所領を奪われ、殺された。元々、頼朝自身が義経に娘を嫁がせるよう縁組したのだ。理不尽極まりない沙汰である。

「吉次が匿《かくも》うておったのを、其方が平泉にむこうておることを知って、呼び寄せたのよ」

「そのようなことまで……。なんと礼を申せばよいのか。この九郎……」

「平泉は御主の故郷、儂は其方の父ぞ。なにも考えず、まずは休め。鎌倉のことは儂も考えておる。悪いようにはせん」

老人は肩を擦り続ける。

「先のように御主を見放すようなことはせん。安心してまずは休め。戦はその後じゃ」

戦という言葉が秀衡の口から漏れた途端、義経は顔を上げ、泰衡の眉間の皺はいっそう深く濃くなった。広間の末席に侍る弁慶には両者の動きがはっきりと見渡せた。

秀衡は長くない。果たして息子は……。

泰衡の冷めた視線が、肩を擦られ続ける主に注がれている。

なにがあっても主だけは守り抜く。

不穏な気配に満ちた広間の隅で、弁慶は腹の底の覚悟を再び強く揺り起こした。


平泉の北を東西に流れる衣川を渡ると、そこは蝦夷の地である。秀衡は約束通り、衣川の北岸に義経のための屋敷を用意していた。それだけでなく、名馬百匹、鎧五十領、征矢《そや》五十腰、弓五十張という品々と、義経の私領として桃生、牡鹿《おじか》、志太《しだ》、玉造《たまつくり》、遠田《とおだ》の五郡、また郎党たちで分配する分として胆沢《いさわ》、江差《えさし》など三庄をくれた。

義経のことを己が息子というだけのことを、秀衡は行動で示してみせたのである。

衣川館《ころもがわのたち》と呼ばれる義経の屋敷は、元は平泉を訪れた客人を接待するための館であったそうだ。館の南はすぐに衣川であり、その流れを天然の堀とすれば、南から侵攻してくる敵をはばむ砦として格好の館であった。秀衡がどこまで深く考えているのか弁慶には知る由もなかったが、鎌倉から敵が攻め寄せるとすれば南から来るのは間違いない。そういう意味では、衣川館が主の屋敷であるのは幸いであった。

息子同然で平泉に迎え入れられたとはいえ、義経にこれといってやることがあるわけではない。領地を与えられても、やはり平泉では客人である。日々の務めを課せられることがない。そうなると郎党である弁慶たちも、屋敷の雑事以外に仕事という仕事はなかった。そういう意味では、まずはゆっくりと休めという秀衡の言葉に嘘はなかったともいえる。

弁慶は手の空いた時は、庭に出て薙刀の鍛錬をした。それしかやることがないといったら身も蓋もないのだが、常に戦える体を保つことは郎党として当然の務めである。やれることはやっておくに越したことはない。

「おぉいっ弁慶はぁぁんっ」

懐かしい声に薙刀を振るう手を止めた。諸肌脱いだ体が、汗で輝いている。柄を小脇に抱えたまま、声のしたほうに目をやった。庭に面した縁廊下に男たちが立っている。三人だ。一人は義経である。左右に懐かしい顔を並べて笑っていた。

「久しぶりでんなぁっ」

嬉しそうに声を弾ませながら、肥った男が裸足のまま庭に飛び降りた。短い手足でばたばたと駆けながら、弁慶の面前でぴたりと止まる。

「こんなところでなにをしておる」

抜き身の薙刀を手にしたまま、真ん丸な顔に問う。

「なにをしとるっちゅうて、相変わらずぶっきらぼうな物言いでんなぁ弁慶はん」

男は汗で濡れた弁慶の二の腕をばんばん叩く。

「止めろ重家」

名を呼んで、弁慶は男の手を振り払う。

鈴木重家であった。縁廊下に立って主と共にこちらを眺めているのは、弟の亀井重清である。

二人とは金洗沢で別れた。

「二年振りでんなぁ。いやぁ、すっかり大きゅうなって弁慶はん」

笑いながら戯言を口にする重家を無視して主のいる縁廊下にむかって歩き出す。その隣を裸足の重家がついてくる。

金洗沢で時政とにらみあってからもう二年もの歳月が流れているのだ。弁慶は時の速さに愕然とする。あの時、鎌倉へと入れず引き返してから、あまりにも多くのことが起こった。平家追討の英雄であった義経は、いまや鎌倉から科人《とがにん》として追われる身である。かたや重家は、甲斐に領地を持つ鎌倉御家人なのだ。

「なにをしに参った」

義経の足下まで来た弁慶は、殺気を宿らせた瞳を調子の良い元郎党にむける。

「なんや、おぉ怖っ。そないな目ぇして、どないしたんでっか弁慶はん。絞め殺してやろかぁ、って目付きやでそりゃ」

「そりゃそうやろ」

縁の上に立ち、弟の重清が裸足の兄に言った。唇を尖らせながら、重家が弟を見上げる。

「なんでやねん。なんで、儂が弁慶はんに殺されなあかんねん」

「よいしょっと」

重清も裸足のまま兄の隣に飛び降りた。それから照れ臭そうに頭をぺこりと弁慶にむかって下げ、鼻の頭を掻く。

「久しぶりでんな弁慶はん」

微笑を湛える弟の目に、剣呑な気配は微塵もなかった。兄から放たれている気は緩み切っている。兄弟に邪気はない。だが、いまや弁慶と重家たちの立場は違う。気を抜くわけにはいかない。

「息災そうでなによりだ重清」

短く言って、兄とは似ていない細い顔をにらむ。重清は口許に薄ら笑いを湛えたまま、紫色の唇を動かした。

「兄貴、領地捨ててきましてん」

「そうやねん弁慶はん」

重家が弟の言葉を継いで言った。

「甲斐の領地捨てて、平泉に来ましてん」

「それを先に言わへんから、弁慶はんに妙な勘繰りさせてしもうたやないかい」

弟が兄の背中を叩く。すると重家は丸い顔を何度も弟に上下してみせながら舌を出した。

「そうやな。お前の言う通りや。儂がちゃんと話さんから、敵やと思われたんやな」

「そや。兄貴は鎌倉御家人になったんやから、頼朝からの使いや思われても仕方ないやろがい。そこんとこはっきりさせんで飛びついたら、身構えられるわ。ほんま斬られんでよかったな」

「阿呆、弁慶はんがそないなことするわけないやろ。ねぇ弁慶はん」

「さぁな」

「怖っ」

己が肩を抱きながら、重家が芝居っ気たっぷりに震えてみせると、縁に立つ義経が朗らかに笑った。それを見上げ、熊野の兄弟が顔をほころばせる。

奥州に来てから、主は良く笑うようになった。

子ができた。秀衡のおかげで、夫婦、郎党ともども何不自由なく暮らせている。土佐房昌俊を殺した時の覇気はどこかに消えてしまっていた。

「二人とも良く来てくれた」

柔和な笑みを浮かべながら言った義経が、縁廊下に胡坐をかいた。

「皆も座れ」

うながされ、弁慶と熊野の兄弟が揃って縁廊下に控えた。談笑する義経と兄弟の言葉を聞き流しつつ、弁慶は先刻から胸に宿っていた疑問を遠慮なく口にする。

「何故、甲斐の領地を捨てたのじゃ。御主には妻がおったであろう」

「雪深い北の果てに行くんは嫌や言いよったさかいに、捨ててきましたわ」

「我のためにすまぬ」

「いやいや、甲斐に行ってから、ずぅっと顔合わせとって良い加減うんざりしとったところやさかい、気にせんとってください」

重家がおおらかに笑う。そういう気の抜けたことを聞きたかったわけではない。弁慶は相槌すら打たずに、しつこく問いを重ねる。

「御主の妻や子のことなど知らぬ。何故、領地を捨てて、このようなところに参ったのかと聞いておるのだ」

「知らんとは乱暴でんなぁ」

「良い加減に茶化すんはやめぇや兄貴。弁慶はんが聞いてることに答えなあかんやろ」

「そないに真剣に」

「真剣に聞いてはるんやないかい。ねぇ弁慶はん」

この二人に挟まれていると調子が狂ってしまう。弁慶は咳払いをひとつしてから、うなずいた。

「そないに気難しゅうなられると、わてのほうが恐縮してしまいますやん。領地捨てた言うたかて、しょせん頼朝からもろうたものや。しかもほんまにあの男はしみったれでっせ。猫の額みたいに、こんっっっっっっっ……」

親指と人差し指の間を狭めてみせながら、重家が眉根に皺を寄せる。

「っっなに小さな土地でっせ。あってないようなものや」

「しかしそれでも御主が求めておった物には違いあるまい」

「わてを頼朝と同じような、しみったれにせんとってや弁慶はん」

「ちゃんと答えろ」

調子の良い問答には飽きた。重家に合わせず、弁慶は間合いを詰める。

「いやぁ、真面目やなぁ弁慶はんは」

苦笑いの重家が首の裏をぼりぼりと掻いた。

「九郎殿はそないに厳しゅう問い詰めはせぇへんかったで」

「儂は九郎殿を御守りせねばならぬ。もし、御主たちが鎌倉からの密命を受け……」

「なに言うてんねんっ」

それまでの緩んだ顔から一転、重家が眉を吊り上げ弁慶をにらんだ。

「落ち着け重家」

鼻息を荒くする重家を義経がたしなめる。しかし肉厚な瞼の下にある目に宿った怒りは緩むことはなかった。弁慶をにらみつけたまま体を乗り出し、重家が詰め寄る。

「落ち着いてられまっかいな。ほな、なんでっか弁慶はん。わてと重清は頼朝から命を受けて、九郎殿を殺そうとしてるとでも言わはるんでっか。冗談やないで。わては欲得ずくの男やと自分を思うとった。やのに、やのに……」

「御主は鎌倉御家人だ。頼朝の命に従っておることもあり得ると、拙僧は思うておる」

臆せず答えた。重清は一度、頼朝から褒美を得ている。鎌倉の餌を喰らった御家人だ。飼いならされ、義経の元を去ったという事実は、どれだけ言葉を重ねても変わりはしない。

重家の丸い拳が縁を打つ。

「頼朝は、三郎はんと忠信はんの仇やっ。そんな奴の命なんか聞けるかいっ」

重家の目から涙がほとばしって縁を濡らす。

「あいつは三郎はんと忠信はんを殺したんや。絶対、許さへん。わては、わては……」

怒りに震える兄の背をやさしく叩き、弟が頬を強張らせ弁慶を見る。

「わて等のことを疑うんはわかる。わてが弁慶はんの立場やったとしても、同じことを言うたと思うわ。でもなぁ弁慶はん。兄貴はほんまに九郎殿のことを想って、平泉に来たんや。別に領地を捨てたことを恩に着せようなんて、兄貴もわても思うてないんや。三郎はんと忠信はんのことを聞いてなぁ……」

そこで重清は鼻を啜った。

「わて等、いったいなにしてんねやろって。甲斐で兄貴と……。なぁ」

声を震わせ重清が兄に語りかける。泣き続ける重家は、弟の問いかけに何度もうなずいていた。

「このままやったら九郎殿も殺されるかもしれへん。そう思うたらいてもたってもいられへんかったんや。兄貴やわてが妙なことをしようとしてる思うたら、斬ってくれて構わへん。やから頼むわ弁慶はん。わて等を九郎殿の側に置いてやってくれへんか」

「許さへん……。絶対に許さへん……」

重家は廊下をにらみながらうわ言のようにつぶやいている。

「もうわかっておろう弁慶」

義経が穏やかに言った。弁慶は矛先を主にむける。

「二人の気持ちに九郎殿は応えてやれまするか」

「いきなりどうした」

想いの丈をぶちまける。

「近頃の九郎殿は、平穏な暮らしを望んでおるように見えまする。御子と奥方とともに、奥州で藤原の庇護の下、安穏と暮らしてゆきたいと思われておられるのではござりませぬか」

「だとしたらどうする」

口許を緩ませたまま主が言った。

「いや」

「もし我がまた腑抜けになったとしたら、御主はどうする弁慶」

弁慶はふっと気を抜きうつむく。

「迷うておるのは拙僧のほうでござった。いまの言葉、お忘れくだされ」

主は決して死んではいない。問いかける義経の瞳の奥に宿っていた光を見た弁慶は、己が不明を恥じた。にこやかに笑う義経の瞳に、いまなお怒りの炎は宿り続けている。

「すまなかった」

重家と重清に頭を下げる。

それから間もなく、奥州の巨人、藤原秀衡が逝った。

義経を大将軍とする……。

それが秀衡の遺言だった。

三

「そうか鬼か……」

そう言って男は笑った。

隣に座っている。篝火を囲むようにして談笑する人々のなかで、男は頭一つ飛び抜けていた。

息を呑むほどの頑強な肉に覆われた体を粗末な衣で包んだ男は、白濁したもので満たされた土の器を口許に運んで傾ける。器のなかのものをひと息に呑み干してから、男は炎を眺める目を細め、堅そうな顎を動かし始めた。

「酒を呑む童《わらべ》か。都の者どももおかしな名前を付けるものよ。このような大きな童がいようか」

豪快に男が笑う。己で満たした器のものを、またひと息で呑み干す。闇を照らす明かりに顔を焼かれながら、眩しそうに目を細める姿に、神々しさすら感じる。

手の中にある器を口に運ぶことすらできず、横に座る男から目を逸らせない。

「都の者どもは恐れておるのだ。埒外にある儂のことを。故に酒を呑む童などという名を付けて貶める。鬼と言うて蔑む。すべては恐れ故よ」

男が鼻から深く息を吸った。熱で乾いた頰が朱に染まっている。

「人は抽んでた者を恐れる。衆の埒外にある者を恐れる。たとえそれが、みずからに利する者であってもだ」

そこまで言った男が、首をまわしこちらを見た。

「御主も鬼ぞ頼光《よりみつ》」

頼光……。

己が名ではない。だが、聞き覚えはあるし、そう呼ばれて悪い気もしない。だから熱い視線を投げて来る男の言葉を、黙したまま待った。

「儂と御主、いずれが勝とうとも都の者どもにしてみれば同じこと。侍もまた、儂と同じ鬼ぞ」

侍も鬼……。

なんとなくわかる。

「抽んでた者は恐れられる。いつの日か、武士も鬼と恐れられる日が来よう。その時、御主たちはいかにする。都の者どもの命に従うか。それとも儂のように刃をむけるか……」

そこで男は言葉を止めて、大声で笑った。

「明日、儂が勝てば御主には関わりのないことよな」

会話が途切れたので器のなかの酒を口から喉へと運ぶ。

目の前が真っ暗になり、義経は眠りの底に沈んだ。

＊

衣川の水面を撫でて吹く風が頬に触れた。

川縁は真っ白な雪で覆われ、岸のあたりは凍っている。奥州の冬の研ぎ澄まされた冷気が、黒き流れを伝ってゆく。風とともに舞う雪が、霞となって視界を覆う。舞い上がる粉雪のむこうにそびえる山の木々の間に、中尊寺の甍《いらか》が垣間見えた。

脛まで雪に埋まりながら、義経は川面を眺めている。流れのむこうは平泉だ。藤原氏の根拠である。義経が立っているのは、蝦夷の地だ。奥六郡と呼ばれ、日ノ本の手が届かぬ、蝦夷によって治められし別天地である。この地に住まう者は古来、俘囚《ふしゅう》と呼ばれ、いまも蝦夷と蔑まれている。日ノ本の民ではない蛮族。都の者たちはそう思っている。

なにも変わらない。義経はそう思う。

幾分、毛が濃く、日ノ本の者より骨太であるが、そんな物は差異でしかない。大和の人々のなかにも毛の濃い者や、骨太な者は大勢いるではないか。蝦夷と呼ばれる者たちも、人の言葉を使い、義経と同じように怒りもすれば悲しみもする。

継信を思い出す。

蝦夷という言葉を聞くと継信は見境をなくすほどに怒った。己を蔑む者を決して許さなかった。当たり前だ。継信は人なのである。都に住まう者と同じ、人なのだ。間近で接した法皇を、義経は己と違うと思ったことはない。たとえ神に連なる皇族の者であろうと、人であることに変わりはないのだ。

一方は法皇として生き、一方は蝦夷として生きる。他者に仰ぎ見られ尊崇の対象となる者がいれば、蔑まれ怖れられる者がいる。その差などない。幻だ。平家追討の立役者として都で羨望の眼差しを一身に浴びていた己と、罪人として命を狙われる身になり蝦夷の地で暮らす己。いずれも義経であることに変わりはない。なのに、世間の者たちはそうは思わない。騎乗した姿を目を輝かせながら見上げていた者に、いまの義経のことを語ってみたらどういう言葉が返ってくるだろうか。決して良いことは言わないだろう。哀れだとか昔は良かったなどという、同情の声は聞こえてくるかもしれないが、昔のように目を輝かして熱く語る者は皆無であろう。

明日の己がどうなっているかもわからないくせに、人は余人の零落に愉しみを感じる。見上げていた者を見下げる快感に酔う。人は人を踏みしだかなければ、生きていけぬのだろうか。昇殿を許される者以外は人ではない。都に住まぬ者は田舎者だ。武士など野蛮な生き物ではないか。蝦夷など日ノ本の民ではない。平氏にあらずんば人にあらず……。

見えない壁が人と人に境を作り、憎しみを生んでゆく。

久方ぶりに夢を見た。

みずからを鬼だという男と酒を呑んでいる夢だ。男は酒を呑む童という名を付けられたと言っていた。

酒呑童子《しゅてんどうじ》という名を義経は知っている。八幡太郎義家の大伯父、源頼光に討たれたという大江《おおえ》山《やま》に住まう鬼の名だ。男は隣に座っていた義経のことを頼光と呼んだ。恐らく義経は頼光の目を通して、酒呑童子と酒を酌み交わしていたのであろう。

武士もまた鬼だと酒呑童子は言った。いつかは、都の者どもに鬼として恐れられるとも。

衆から抽んでた者は恐れられるとも酒呑童子は言った。

義経は衆に抽んでたが故に、平家を滅ぼし関東御家人に疎まれたのである。酒呑童子に言わせれば、義経もまた鬼なのだ。

吹きつける風に雪が舞い、体は真っ白に染まっていた。衣は雪で濡れ、冷たさは骨まで届いている。凍え死なぬよう、体が必死に震えていた。

蝦夷の地に住んで一年が過ぎた。長の遺言で大将軍となり、政の一切を任されたのだが、遺言はいっこうに遂行される気配がなく、義経が柳御所に呼ばれることもない。政は秀衡の嫡男である泰衡が行っている。それに異論を述べる者は、平泉にはいなかった。

義経は蝦夷にはなれない。蝦夷の地の政は、蝦夷が行うが道理であろう。泰衡たちの気持ちもわかる。

では己は日ノ本の民なのか。鎌倉から罪人として追われている義経は、もはや武士とは呼べぬ。法皇からも見放されたいま、日ノ本の民でもないのかもしれない。

日ノ本の民でもない、蝦夷でもない。ならば義経はいったい何者なのか。己が心にどれだけ問うてみても、答えは返ってこなかった。

「このようなところにおられましたか」

弁慶の声が背後に聞こえ、急に肩のあたりが重くなった。鹿の皮が乗せられている。

「死にまするぞ」

「死なぬ」

毛皮の端を両手で握りしめ、体を包む。

「泰衡殿が兄上とともに参っておられまする」

「二人揃ってか」

「珍しく」

鼻の頭に皺を寄せ、弁慶がうなずく。

秀衡の嫡男である泰衡には兄がいた。国衡《くにひら》というこの兄は、側室の子であったがために嫡男として認められなかった。秀衡は死の間際、この兄にみずからの正室を娶らせた。国衡にとっては継母にあたる。体面上、国衡は泰衡の義理の父になるというわけだ。己の死後、兄弟が争わぬようにという秀衡の策であった。

「戻ろう」

皮で体を包み、黒き流れに背をむけた。

「いかがなされた」

上座に現れた義経を見た泰衡が、目を剝きながら言った。顔の下半分を覆う強毛が雄々しいが、よくよく見てみると肌は白く頰にはゆるやかな丸みがあって、どこか都の公家を思わせる顔立ちである。母の所為であった。泰衡の母である女は、都の公家の娘であるという。その面影が、泰衡の顔には存分に宿っている。そんな雅な風情を隠したくて、髭を伸ばしているのかもしれない。

「なんのことだ」

「いや、鼻と頰が真っ赤ですぞ。風邪でも召されたか」

大袈裟なほどに声を張る。

「大方、このような日に外に出ておられたのでござりましょう」

かたわらに座る国衡が言った。こちらはどこからどう見ても、蝦夷の顔である。泰衡ほど濃くはない髭に覆われた顎は四角く、硬く締まっていた。泰衡とは違い、目は細いほうなのだが、眼光の鋭さが獣のそれを思わせる。

「国衡殿の申される通りだ。裏に出て川を眺めておった」

「なにもこんな日に川など眺めずともよろしかろうに」

鼻の穴を膨らまし、泰衡が呆れたように首を左右に振る。

「二人して我が屋敷を訪れるとは珍しいな」

「別段なにかあったというわけではござらんのだが。九郎殿が如何なされておるかと思うてな」

三十一になる義経より泰衡はふたつみっつ下だったはず。なのに挙措や言動が、ひとまわりもふたまわりも年嵩に思わせる。

「また俺を追討せよという命が下ったか」

「い、いや……」

義経がかまをかけると、泰衡は笑ってごまかした。

奥州に逃れてから一年あまり。鎌倉は再三にわたって義経追討の宣旨を法皇に求め、奥州に揺さぶりをかけてきていた。罪人を匿うつもりなら、出兵も辞さずという姿勢を鎌倉は貫いている。

「泰衡殿」

義経は上座から藤原氏の棟梁を見据える。

「其方は何時になったら、鎌倉に攻め込むつもりか」

「わかって……。わかっておりまする」

義経は目を細めて問う。

「秀衡殿は死に際し、我を大将軍に任ずると申された。奥州のことは我に任せる。そう申されたのだ。其方は父上の遺言を反故になされるおつもりか」

「そ、そういうつもりでは。お、落ち着きなされよ九郎殿」

眉尻を下げて泰衡が口籠もる。弟の苦悶を機敏に悟った兄が、助け船を出す。

「父はたしかに九郎殿を大将軍に任じると申されたが、ここにおる三人で力を合わせてやってゆけとも申されました」

「そのようなことはわかっておる」

「九郎殿の独断のみで鎌倉攻めを断行するわけにはまいりませぬ」

「国衡が申す通りじゃ。父上は九郎殿のみに平泉を任せると……」

「泰衡殿」

「な、なんでござるか」

言葉を止められ面食らった泰衡の首が短くなったように義経には見えた。肩をいからせたのだと気付いたのはそのすぐ後だった。

「父上は鎌倉を攻めよとは申されなんだ。鎌倉に備えよと申された、と続ける御積もりであろう」

「どうして」

この男は愚鈍なのではないかと時々疑いたくなる。溜息を吐き、義経は泰衡に言葉を投げる。

「秀衡殿が死してから、もう幾度となくこの問答をいたしておるのを、其方は忘れたのか」

答えが返ってこない。期待してもいない。だから義経は一方的に続ける。

「たしかに三人で力を合わせ平泉を守り立ててゆくようにと秀衡殿は申された。だが、我を大将軍に任じられたのもまた事実。故に我は、奥州の兵を統率する権を得ておる。その我が鎌倉を攻めると申しておるのだ。そこまで語るとかならず其方は、鎌倉攻めに承服してくれるではないか。幾度も幾度も承服してもろうておる故に、いつになったら鎌倉を攻めるのかと問うておるのだ」

「そ、そうでござったかな」

苦笑いを浮かべながら兄に視線を送る。国衡が不肖の弟に笑みとうなずきで応えてから、上座に細い目をむけた。

「戦支度には時がいりまする。奥州は雪に覆われておりまする。兵を集めても身動きすらままならぬとあっては、拙速を常となされる九郎殿の戦はできませぬぞ」

「そのような繰り言を我に聞かせるために、国衡殿とともに参られたのか」

弟をにらむ。

「そういうわけではござらぬ。第一、このような話になるということすら儂は思うてもおらなんだ故」

「ならば何故、参られたのじゃ」

「だから御様子をうかがいに」

「我を柳御所に呼んで政を担わせさえすれば、様子うかがいになどこずとも済むではないか」

床を叩いて怒鳴る。この男と相対していると、どうしても怒りを抑えられない。

「我がここにおるのは何故か。泰衡殿、其方は考えたことがあるのか」

「そ、それは九郎殿が武衛殿に追われて……」

「罪人である我を匿ってやっていると仰せか」

「そこまではっきりとは」

「御待ち下され九郎殿」

「国衡殿は下がっておられよ」

賢しい兄に出しゃばられては面倒だ。国衡に一瞥をくれて、うろたえる弟をにらむ。

「下がりませぬ」

割って入るように国衡が前に出た。

「九郎殿が鎌倉より罪に問われておられるのは事実でござりましょう。他所では生きていけぬ故に、こうして平泉におられるのではありませぬか。父は九郎殿を匿われたのです。我が子と想うたが故に、科人となられた九郎殿を平泉に迎えたのでござる。そんな父の情けを、九郎殿は都合良く使うておられるのではござりませぬか」

「申すではないか」

苛立ちが募る。

「科人と申したな」

「まずは九郎殿がみずからの立場というものを理解していただかなければ、話は進みませぬ。ただ闇雲に鎌倉を攻めると仰せになられても、奥州に住まう者たちが納得いたしませぬ」

「納得せぬのは其方たちではないのか」

「我等も蝦夷にござる。民の気持ちは良うわかっておるつもりじゃ」

「性根が見えたぞ」

「いや、それは」

「我が蝦夷ではない故、味方はできぬ。御主たちはそう申したいのだな。蝦夷ではない我には、奥州の者は誰も従わぬということか」

「そのようなことを申しておるわけでは」

「控えろ国衡っ」

割って入った泰衡が、兄を怒鳴りつけた。額を脂汗でびっしょりと濡らしながら、奥州藤原氏の惣領は上座に語りかける。

「我等は決して九郎殿を悪いようにはいたしませぬ。言葉の行き違いでこれまでの縁を水の泡になされまするな」

「我は」

「父の遺言は絶対にござりまする」

それまでの気弱な態度を一変させて、泰衡が毅然とした態度で義経の言葉をさえぎった。

「九郎殿は平泉の総大将。蝦夷の兵を率いるは九郎殿をおいて他にありませぬ」

いきなり持ち上げられても良い気はしない。事を荒立てたくない一心で、兄と義経の仲を必死に取り繕おうとしているようにしか見えなかった。しきりに額の汗を袖でぬぐう泰衡を、猜疑の色を滲ませた目でにらむ。

「ここで鎌倉への出兵を促せば、話が堂々巡りになってしまう。御主たちはいったい我をどうしたいのだ」

鎌倉には出兵しない。しかし義経は平泉の大将軍である。それでは話にならない。

「泰衡殿よ。我を匿うておる時点で、鎌倉を敵に回しておるのも同然ぞ」

語りながら腹立たしくなってくる。何故、己が鎌倉の敵にならなければいけないのか。根本のところで、未だに納得していない。己が宿願のために平氏を滅ぼした。しかしそれは、兄のため鎌倉のためでもあったのだ。現に平氏が滅んだ後、源氏の惣領である兄が、日ノ本の侍の惣領になったではないか。義経が兄を侍の頂点に押し上げたといっても過言ではない。

己は……。

源九郎判官義経とはいったい何者なのだ。

「秀衡殿の遺志を継ぎ、我を平泉に留め置いてくれておること、有難いと思うておる」

「九郎殿」

泰衡が声を震わせる。

有難いとは思っているのだ。鎌倉ににらまれながら、それでも義経を放逐しようとはしない泰衡に感謝もしている。いま頼れるのは目の前の兄弟のみ。決裂してしまえば、残されるのはわずかな郎党だけだ。穏便にと思う。だが、やはり足りない。

「我がこのまま平泉に留まり続けている限り、鎌倉からの追及は絶えることはない。平泉は、奥州は、兄からにらまれ続けることになる」

「父もそれを覚悟の上で、九郎殿を御迎えいたしたはず」

言ったのは国衡だった。義経はうなずいて続ける。

「我を匿うてくれるのであれば、我を大将軍だと申してくれるのであれば、鎌倉と一戦交えようではないか。我は敗けぬ。平氏追討を成し遂げたように、かならず勝者として鎌倉に導いてやる。だから我に力を貸してくれ」

「わかり申した」

泰衡が朗らかに笑う。

「根負けいたし申した。九郎殿は平泉の総大将にござりまする。その懇請を受けぬとあらば蝦夷の長の名が廃りまする」

「やってくれるか」

国衡を見る。弟の決断に、兄はうなずきで承服の意を示す。

「そうと決まれば奥州じゅうより兵を集めねばなりませぬ。しばらく時をいただきたい」

「わかった。待とう」

始まる。鎌倉との戦が。倦み果てていた心にふたたび炎が灯る。

「礼を言う」

義経は兄弟に深々と頭を下げた。

四

皆が笑うところで笑えない。なにがおもしろいのかさえわからない。おもしろくもないのに笑うこともできない。喜怒哀楽、いっさいの心の動きが余人とずれていた。だから、いつもなにかから省かれた。常に一人だった。皆のように心がはげしく揺れない。たとえ目の前で人が首を刎ねられて死んだとしても、あぁ死んだと思うだけ。人であるからどうだということはない。虫けらが踏み潰されたのと変わりはしなかった。

故に弁慶は魅かれたのだ。

義経に。

平氏を憎み、身命を賭して滅ぼさんとする義経に、自分が決して抱き得ない激しい情念を感じた。いったいこの男の小さな体のなかに、どれほどの炎が宿っているのだろうか。なにがこれほどこの男を激しく突き動かすのか。

知りたかった。ただそれだけなのだ。九年。ずいぶん長いこと従ってきた。その間に、義経の元には多くの者が集まってきた。いずれの者にも、義経に敗けぬほどの激しい情念があった。継信と忠信には蝦夷という生まれからくる日ノ本の民に対する怒りが。盗賊という生業しか選べなかった三郎は、武士を激しく憎んでいた。喜三太は雑人である己を見下す者たちを。重家と重清は不遇の身の上と、そうさせている元凶の平氏を。次郎や義久は山で暮らす猟師という素性から生じる、平地の民の偏見を憎んでいた。己が身の上より湧き出る情念によって、義経という激しい炎に吸い寄せられた羽虫ども。それが義経の郎党たちである。

仲間たちが羨ましかった。

己には激しい怒りも憎しみもない。幼い頃に親に捨てられ、叔母にも見放され、寺に預けられたがそこでも務まらず、飛び出して荒れ寺でみずから頭を丸め武蔵坊などと名乗り、誰からも相手にされず、橋の上で刀を奪い鬼と恐れられようが、誰のことも憎らしいと思いはしなかった。己の身の上を哀れんだこともない。だから心底、皆が羨ましかった。身中に宿る激しい炎に突き動かされるように、己も遮二無二生きてみたかった。憧れていたのだ。義経だけではない。継信に、忠信に、三郎に、喜三太に、重家に、重清に、次郎に、義久に。

いまはそれが良くわかる。

義経が籠る部屋の前に、薙刀を片手に立つ。

男たちの喚声が四方から聞こえてくる。いったいどれだけの兵が攻め寄せてきたのか。主の間近にいる弁慶にはそれすらわからない。

塀の上で必死に弓を射る喜三太の足首に、手がからみついた。塀のむこうに引き摺り下ろされた。助かるまい。

「弁慶はんっ、このままではあかんっ。逃げるんなら早う支度せなっ」

鉄の棒を両手に握りしめ、重家が必死の形相である。柳御所周辺に兵が集っているという次郎からの報せを受け、戦う支度だけはなんとか整えることができた。肥った体に甲冑を着けた重家は、どうやら兜が小さいらしく、顎を押さえる紐から肉が溢れている。いまにも兜が弾けそうなほどびっしりと肉が詰まった様があまりにも滑稽だった。

「なんやねん。なにがおかしいんや」

笑ったつもりはないのに、重家が仏頂面で問うてくる。

「どんだけ一緒におる思うてんねん。あんたが笑うたのくらいわかるわ」

「笑っておったか拙僧は」

「笑うとったわ。っていうかそないなことはええねん。どうすんねんっ」

兜のなかでうろたえている重家の鼻面に、拳を持って行く。機敏に察した熊野の兄弟の兄は、さっと避けて弁慶をにらむ。

「なにすんねんっ。なに遊んでんねんっ。なに余裕かましてんねんっ」

「御主のそういうところが、厳しい時には有難かった」

この男と三郎の軽口が、どれだけ皆の気持ちを和らげてくれたことか。

「いまから死ぬようなこと言いないなっ。逃げるんやっ」

「囲まれておる。どうにもならん」

完全に油断した。

いまにして思えば、鎌倉への出兵を承服したのも、義経の気を緩めるためだったのだ。出兵のために兵を集めると言えば、こちらも疑わない。極寒の最中、兄弟そろって屋敷を訪れたのは、この日のためだったのだ。あの時の泰衡は、義経を討つことを心に決めていたのだろう。

兄弟が屋敷を訪れて十日もせぬうちに、平泉から兵が押し寄せてきた。衣川の南に密かに兵を集めていたのだ。義経主従は敵が川を渡ってくるまで、その到来を知らずにいた。

不覚。しかし、兵の集結を事前に知っていたとして、弁慶たちになにができたというのか。

もはや助からない。

「やってみなわからんやろっ」

鉄の棒で尻を叩かれる。

「あんたっ、義経郎党の筆頭やろっ」

そんなものになった覚えはない。義経に仕えるのが一番早かったのは三郎だし、細かいことなら忠信のほうが良く気がついた。

抗弁しようとしたが、間髪容れずに重家が言葉を継いだ。

「儂等は九郎はんと一緒にここで死ぬために、領地捨てて来たんやないで。頼朝を討つんやろ。だったら蝦夷なんぞに裏切られたくらいで諦めてどないするんやっ」

塀を乗り越えた敵が、屋敷の中に雪崩れ込んできた。

諦めるという語が胸を抉る。主よりも先に己が諦めてどうするのか。弁慶は口の端を吊り上げ、紀州生まれの侍に目をやる。

「三郎に言われたようだ」

「あの人ならおんなじこと言うやろうなっ」

薙刀を両手で握りしめ、迫りくる敵を見据える。

「どこに行く」

「蝦夷《えぞ》が島《しま》なんか、ええんとちゃいまっか」

奥州の北の果ての海を越えると、大きな島があると吉次たちが言っていた。

「おもしろい」

駆けて来る敵をにらみつけながら、庭に飛び降りた。思い切り薙刀を振るう。突出していた首が六つほど同時に飛んだ。次の敵に狙いを定めつつ、背後にむかって叫ぶ。

「皆を九郎殿の部屋の前に集めろっ。一丸となって屋敷を出るぞっ」

「合点っ」

重家が駆けてゆく。

己を中心にして輪を作る敵めがけ、弁慶は大音声で叫んだ。

「拙僧のことは知っておろうっ。都の五条大橋にて鬼と恐れられし武蔵坊弁慶の刃を受けて死にたき者は、かかって参れっ。さぁ遠慮はいらんぞっ。どこからでも来いっ」

群れ集う敵に、暴風と化した刃をむける。風に吹かれた者はことごとく、冥府へと旅立ってゆく。止まらない。ただひたすらに薙刀を振るう。遠巻きにする敵はしきりに矢の雨を降らせてくる。どれほど射かけられようと当たる気がしなかった。

守るのだ。

義経を。

いや、皆を。

義経が籠る部屋のほうへと退きながら、薙刀を振るう。

「九郎殿っ。聞こえておられるかっ。重家に皆を集めさせております る。重家が戻ったら、屋敷を出る故、その腹積もりでおられよっ」

ゆるゆると扉が開いてゆく。

笛の音。五条大橋で初めて会った時と同じ音色であった。炎を思わせる赤色の糸で威された鎧と、仄暗き空に輝く明星の如き銀の兜を着けた義経が姿を現す。

我等はこの狂おしいほどに燃えさかる炎に集った羽虫なのだ。破戒僧、蝦夷、盗賊、下人に狩人。立場は違えど、人の枠より外れた者ばかり。余人より鬼と蔑まれ、遠ざけられた者たちが、闇を彷徨い一条の光に導かれこの男の元に集った。

誰よりも鬼と蔑まれた男であり、戦の神とも称えられた男が、北の地で猛き炎に総身を燃やしている。敵を見つめ、主が縁を駆けた。そしてそのままひらりと宙を舞う。銀色の閃光が、弁慶の薙刀の間合いの外で閃いた。

「屋敷を出ますぞっ」

昂ぶりをあらわにした声で主に告げる。

「相わかった」

答えた主は、太刀を抜き放ち、敵の只中に立つ。

「奥方は」

眼前の首を刎ねつつ問うた。

「敵が攻めてきたと報せに行った時には、赤子とともに果てておった」

妻子の骸とともに、主は籠っていたのだ。

「もはや我に守るものはない。この地に未練もない」

目の前の敵の首を貫き、ひらりと宙に舞う。また一人、太刀の餌食となる。

「行くぞ弁慶」

「応っ」

太刀と薙刀が同時に同じ敵を斬り裂いた。散り散りになった骸を目の当たりにして、取り囲む敵がおののく。敵がいっせいに息を呑んで虚に包まれた。その一瞬の隙を衝き、二匹の蛇が人垣の間をすり抜けるようにして義経の元に辿り着く。次郎と義久だ。次郎は両手に短刀を逆手に握り、義久は中程からくの字に曲がった山刀のような得物を構えている。いずれの刃も血に染まっていた。二人がすり抜けて来た場所から次々と血柱が上がる。仲間が崩れ落ちて行くのを目の当たりにして、我に返った敵が後ずさった。

二匹の羽虫が炎に侍る。

「いまやでぇっ」

人の壁が割れる。隙間から重家、重清兄弟が飛び出して来た。

また二匹……。

「九郎殿っ」

弁慶は主を呼び、人垣の隙間に飛び込んだ。重家と重清が義経の左右を、次郎と義久が殿《しんがり》を務める。庭から表へと回り込む路地は敵で溢れかえっていた。

「退けぇぇぇいっ」

弁慶は薙刀を振るい道を開いてゆく。屍を踏み越えるようにして主が続く。

「ぬはははっ、なんや久しぶりやなぁ、こういうのっ」

嬉しそうに叫ぶ重家が振るう鉄棒が、敵の鼻っ面を砕く。

「しゃべっとる暇があったらさっさと殺《や》らんかいっ」

重清が太刀で敵を断つ。後ろの二人は、庭のほうから追いすがってくる者を、一風変わった得物で黙々と始末してゆく。

皆といれば、殺気の大海など無人の荒野同然。どこまでも行ける。ここここそ己の居場所だ。

弁慶は笑いながら敵の群れへと、薙刀を振るい続ける。

表に回り込んだ。門までびっしり敵で埋まっている。

「後は頼みましたぞ」

背後から声が聞こえたと思った時には、義久が敵の壁にむかって駆け出していた。巨大な鉈を振り被り、地を蹴った。長柄の得物を構えた敵が列を作り待ち受ける。

「阿呆がっ」

鉈を振り上げたまま、左手を腰の後ろにやった義久が虚空でなにかを放った。ぎゅっ、という短い悲鳴を上げて、列を成していた敵の数人が顔を押さえながらのたうち回る。なにが起こったのかと動揺する敵の前に着地した義久は、己を貫かんとする刃の群れをしゃがんで躱《かわ》し、低い姿勢のまま敵の群れのなかを駆け抜けた。脛を中程から斬られた敵がばたばたと地に転がってゆく。

「早くっ」

次郎にうながされ、弁慶は主を連れて駆けた。義久が作った混乱を、鬼の薙刀が斬り裂く。

「九郎殿を頼んだ」

耳元に次郎の声が聞こえた。背に次郎の掌が触れる。

義久が生み出す混乱の只中に、短刀を逆手に持った次郎が躍り込む。腰を回して右の刃を突き出したかと思えば、引いていた左の刃を突き出す。刃を閃かせる度に確実に一人仕留めて行く様は冷徹な黒蛇を思わせる。

「二人が掻きまわしてるうちに行きまっせぇっ」

重家に急かされる。

獲物を狩る冷徹な目を持つ狩人二人が、主を守るために選んだ道だ。

その命、疎かにしてはならぬ。

「行くぞっ」

重家に答え、弁慶は門を目指す。

「こんだけの兵がおるんやったら、九郎殿と一緒に鎌倉攻めりゃ良かったんやっ」

ぼやく重家が繰り出す鉄棒は唸りを上げて敵に吸い込まれてゆく。

「いまは敵のことなど考えておる暇はない」

「そや、弁慶はんの言う通りやで兄貴っ」

「儂ゃ、なんかしゃべっとらんと死ぬねんから放っといてんか。ぬあっ」

「どうした」

「口ん中になんか入った。ぺっ」

「阿呆か。しゃべってるからや」

「うっさい」

気の抜けた会話を続けながら、四人は一匹の獣となって道を切り開いてゆく。背後の敵は次郎と義久が引きつけている。弁慶たちは前方の男たちを砕くことだけに気を注ぐ。

「ふふふ」

義経が笑った。

「どないしました九郎はん」

「御主たちとならば何処までも行けるような気がする」

主も同じことを考えていた。刃を振るい続ける弁慶の頬がわずかに緩む。

「当たり前や。わてらはこんなところで終わるようなへぼ侍やあらしっ……」

重家が言葉を止めた。

「兄貴っ」

鎧を突き破って槍の穂先が鳩尾のあたりから飛び出している。

「下郎めがっ」

弁慶が、重家を貫いた敵の首を刎ねる。

「いっ……たぁ」

血の泡を吹きながら重家が言った。腹には槍が刺さったままだ。門は目の前だった。丸い顔が門を塞ぐ敵のほうにむく。

重家が笑う。

「ついてきなはれ九郎はんっ」

槍をそのままにして重家は門へむかって駆けた。

右に左に鉄棒を振るいながら敵を殴り倒してゆく。

「重清っ」

「なんや兄貴っ」

「お前はしっかり九郎はんを御守りするんやでぇ」

「言われんでもわかってるわ」

門の前まで来た重家は、三人を門から出すと左右開きの門を中から閉めた。

「重家ぇっ」

弁慶は叫ぶ。

「行けぇっ」

分厚い門扉のむこうから重家の声が聞こえて来る。

「行くで弁慶はんっ。このまま奥六郡を駆け抜けて蝦夷が島やっ」

重清に袖を引かれた。

屋敷を抜けたからといって敵が失せたわけではない。屋敷を囲んでいた敵が、三人めがけて襲い来る。衣川館の周囲は、元は藤原氏の血縁である安倍一族が屋敷を構えていた場所であるため、いまでも奥州の人々の家が軒を連ねている。その入り組んだ路地に敵がひしめき合っている。

「逃すなっ。捕らえる必要ないっ。取り囲んで殺してしまえっ」

どこからか将であろう者の悲鳴にも似た声が聞こえてくる。どうやら泰衡は、義経を捕縛するつもりはないらしい。兵たちには初めから討ち取れと命じているようだった。

望むところだ。

薙刀を握りしめる弁慶の口許に笑みが宿る。血と肉に塗れた刃は、刃こぼれだらけだ。切っ先から根元までびっしりと血脂がこびりついている。もはや引いて斬れるような代物ではなかった。

しかし斬れる。

弁慶が薙刀を振るうと敵の首や手がおもしろいように宙を舞う。刃を引いて使わない。薄い鉄の板として使う。寸分違わず一直線に振るえば、どれだけ刃が脂に塗れていようと、速さと硬さで斬れる。断てる。討てるのだ。殺し過ぎて血脂が付いて斬れないなどと言っていたら、戦場ではろくな働きはできない。一直線。北を目指す。弁慶たちの猛攻に恐れを抱きながらも、将の怒号に背を押された敵が泣き顔のままむかって来る。

「きりがないなぁっ」

天を仰いで叫んだ重清の太刀も刃こぼれと血肉でぼろぼろだった。弁慶のように腕力だけで斬れるだけの腕がない熊野の侍は、欠けた切っ先で鎧に覆われていない箇所を器用に突きながら敵を動けなくしてゆく。

「ったく次から次に……。弁慶はん、もう……」

「ここからだっ」

己に言い聞かせるように弁慶は吠えた。

「重家たちが開いてくれた道だ。なんとしても九郎殿とともに蝦夷が島にっ」

たとえ二匹になろうとも、猛き炎を守るため羽虫は戦い続けなければならない。

戦神……。

鎌倉に居座る侍どもを滅ぼす戦の神を、なんとしても北の大地へと解き放たなければならぬのだ。

「九郎様ぁぁっ」

背後の敵のなかから声がした。喜三太だ。敵の波を掻き分けながら、見事な手綱さばきで馬を走らせている。己が駆る馬の手綱を右手で握りしめ、もう一方の手で鞍を乗せた馬を並走させていた。どちらも見知らぬ馬である。

「弁慶、喜三太を」

義経に命じられるよりも早く、弁慶は二頭の馬にむかって走り出していた。弁慶が鞍の空いたほうの馬の脇から手綱を取ると、義経と重清も近付いて来る。

「べんけ……」

そこまで言った喜三太がうっすらと笑った。その右目は白く濁り、左目の視軸が定まっていない。全身切り刻まれて、腹からは腸が飛び出している。塀から引き摺り下ろされた後、それでも果敢にどこぞから馬を奪い、義経の元まで駆けて来たのだ。が、それももはや限界。若き郎党は力尽きようとしていた。

「でかしたぞ喜三太。御主は立派な九郎殿の郎党ぞ」

笑いながら少年が鞍から崩れ落ちる。

「九郎さまを……」

うなずき、弁慶は喜三太と入れ替わるようにして鞍に飛び乗ると、義経の腕をつかんで引き摺り上げた。己が背に乗せ、重清をにらむ。

「そっちじゃ」

うなずいた重清がもう一頭に飛び乗る。

「駆けるぞっ」

馬腹を蹴った。

敵で埋め尽くされた道を、二頭の馬が走り出す。馬上から薙刀を振り下ろし、敵を掻き分ける。

「このまま北へむかいまするぞ」

「応っ」

義経の声が明るい。

どこまでも行ける。たとえ倭人の手が届かぬ北の果ての大地であろうと、義経とならば生きて行ける。北の地の男どもを束ね、ふたたび戻って来るのだ。蝦夷も鎌倉も都もすべて、義経とともに斬り伏せてやる。

我は戦の鬼。

主は戦の神。

決して死にはしない。

道が途切れ、森が目の前に見えて来た。里が果てようとしている。

兵が割れた。敵はいない。

「やったでぇっ」

重清が叫んだ。

激痛。

脇腹だ。

腰から下に力が入らない。

「九郎殿」

手綱を義経に渡す。

「どうした弁慶っ」

叫んだ義経の目が弁慶の腹をとらえた。

「御主っ」

矢が突き立っている。かなりの強弓であった。深いところに鏃を感じる。

死なぬ……。

心に深く念じる言葉が、腹の傷から虚しく漏れだしてゆく。

「このまま重清と」

馬から飛び降りた。力が入らず片膝を突く。義経を逃がすまいと背後から敵が迫って来る。二頭の馬が弁慶の前で足を止めた。

「来い」

馬上から義経が手を差し伸べる。首を左右に振った。

「御主とはどこまでも一緒だ」

敵が迫っている。

時はない。

目を閉じ首を左右に振る。

「行ってくだされ」

「ならば俺もともに」

「ならぬっ」

言葉とともに気合を吐き、弁慶は薙刀を杖にしながら立ち上がった。

「生きるも死ぬも同じことと思うておった拙僧に、九郎殿は生きる意味を与えてくれた。九郎殿の道こそが拙僧の道であった。拙僧が潰えても九郎殿の道は終わらぬ。其方は戦の神ぞ。神は死なぬ。生きてくだされ。生きて、生きて、生きて、反逆の志を全うしてくだされ。それが……。それこそが、武蔵坊弁慶の本懐」

義経の馬の尻を柄で叩いた。驚いた馬が一瞬棹立ちになり、森にむかって走り出す。

「重清」

義経の馬を追おうとしていた熊野の侍に叫ぶ。肩越しに弁慶を見る重清に、笑みを投げる。

「頼んだぞ」

一度うなずいた重清は二度と振り返らなかった。

「弁慶っ、弁慶ぇっ」

森の奥深くから義経の声が聞こえて来る。

目を閉じ、深く息を吸い薙刀の柄を握りしめた。

鼻から一気に吐いて迫りくる敵をにらんだ。

「我は武蔵坊弁慶。ここより先は一歩も通さぬっ」

居所を得た。

これ以上の幸福はない。

激闘は数刻に及び、鬼は立ったまま果てた。

終

白色の天地を進む。

側に従っているはずの重清の姿がない。

一人。構わない。もうなにも怖くない。どこへ行こうと己は己。源九郎判官義経という名すらも、すべてを失ったいまとなってはどうでも良かった。己が義経でなくなったとしても、胸にある想いだけはなくならない。潰えない。絶対に滅びはしない。

反逆という名の想いは、白一色に染め上げられた天地の中でも心のなかで赤々と燃え続けている。己が己である限り、胸に宿る炎は決して消えはしないのだ。奥州の泰衡、鎌倉の頼朝。恐らく二人を滅ぼしたとしても、胸の炎は絶えはしない。

ならば……。

もっと遠くへ。

刃が赴く先へ行こうではないか。

雪中を駆ける義経の、行く末を見据える瞳に光が宿る。

人も鬼も神もない白銀の天地をただひたすらに進む。反逆こそが我が生き様。どのような身になろうと、それだけは決して変わらない。

「ついてこい」

郎党たちの魂とともに歩む。

源九郎義経のその後の姿を見たという者はいない。海を渡り大陸の王になったとも伝わるが、真意のほどは定かではない。

義経が日ノ本を去って後、頼朝は奥州を攻め泰衡を討ち、藤原氏を滅ぼした。頼朝は鎌倉に幕府を開き、政を朝廷から奪った。

武士の世の到来。

鬼や神は血肉を失い、言の葉と絵巻に封じられた。

この国から鬼と神は。

消えた。

終

本書は書き下ろしです。

矢野隆

1976年福岡県生まれ。2008年『蛇衆』にて第21回小説すばる新人賞を受賞。18年福岡市文化賞を受賞。痛快な戦闘シーンと大胆な歴史解釈で注目を集める気鋭。近著に『とんちき 耕書堂青春譜』『戦百景 長篠の戦い』『さみだれ』などがある。

戦神《いくさがみ》の裔《すえ》

2021年10月25日　初版発行

著　者　矢《や》　野《の》　隆《たかし》

発行者　松　田　陽　三

発行所　中央公論新社

〒100-8152　東京都千代田区大手町1-7-1
電話　販売 03-5299-1730　編集 03-5299-1740
URL http://www.chuko.co.jp/

ＤＴＰ　ハンズ・ミケ
印　刷　図書印刷
製　本　大口製本印刷

Published by CHUOKORON-SHINSHA, INC.
Printed in Japan　ISBN978-4-12-005474-7 C0093

定価はカバーに表示してあります。落丁本・乱丁本はお手数ですが小社販売部宛お送り下さい。送料小社負担にてお取り替えいたします。

矢野隆　好評既刊

鬼《おに》神《がみ》

酒呑童子伝説。その実像は、人と人との戦争であった。

陰謀渦巻く平安時代。
源頼光率いる武人たちと、「鬼」と呼ばれた大江山の民。
二つの思いが交錯するとき、歴史を揺るがす戦が巻き起こる！

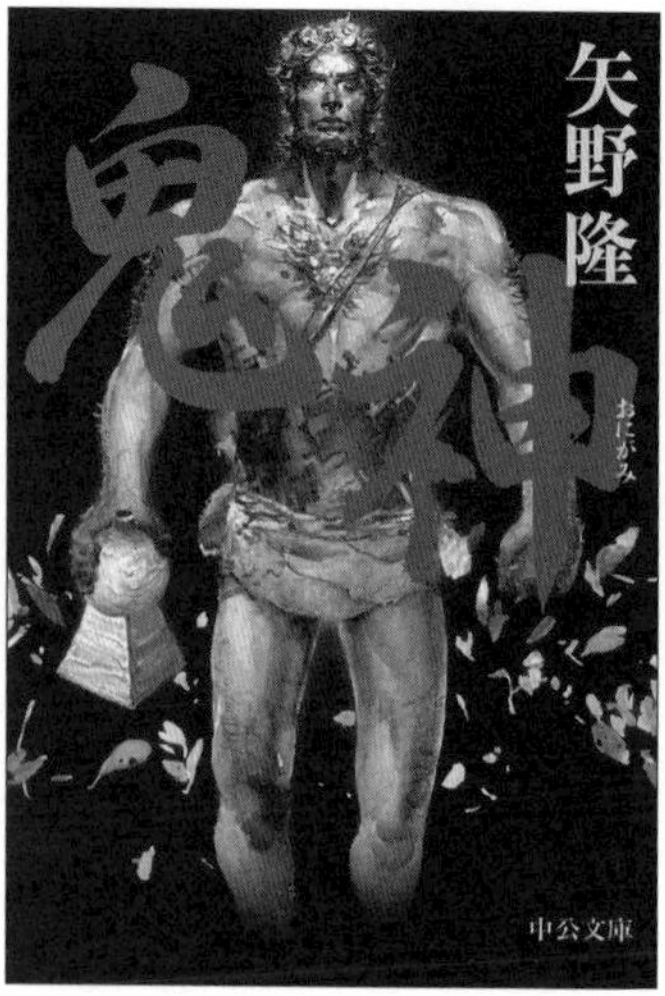

中公文庫

中央公論新社の本

幕末疾風伝

天野純希

時は幕末。男は攘夷だ勤皇だ佐幕だと意識の高い周囲に疲れ、酒浸りの日々を送っていたが、ある人物との出会いが彼の運命を変える！

中公文庫

もののふ莫迦

中路啓太

豊臣に故郷・肥後を踏みにじられた軍人・岡本越後守と、豊臣に忠節を尽くす猛将・加藤清正が、朝鮮の戦場で激突する！「本屋が選ぶ時代小説大賞」受賞作。

中公文庫

ドナ・ビボラの爪

（上・下）

宮本昌孝

蝮と恐れられた斎藤道三の娘であり、あの織田信長の妻となり愛されながらも、突如歴史上から忽然と姿を消した女・帰蝶。その隠された生涯に迫る本格歴史伝奇小説！

中公文庫